Karl Schönholtz

Falscher Tod

Für Dorit, Finn und Leo

Erste Auflage, November 2020

Geschäftsführer: Markus Pfromm
Titelillustration: Heidi Nübling
Autorenfoto: Dorit Schönholtz
Layout, Satz, Umschlaggestaltung: Sören Ruppert
Druck: Hoehl-Druck Medien + Service GmbH, Bad Hersfeld

Printed in Germany · ISBN 978-3-9820068-4-0

Karl Schönholtz | Bad Hersfeld-Krimi

Falscher Tod

Mit freundlicher Unterstützung von

Hersfelder Zeitung
Hoehl-Druck Medien + Service GmbH
Modellschule Obersberg, Bad Hersfeld
Sparkasse Bad Hersfeld-Rotenburg

Zum traurigen Geleit

Karl Schönholtz hatte als Autor große Freude am Ersinnen, Diskutieren und Schreiben dieses vierten Bad Hersfeld-Krimis um Nick, dem jungen und engagierten Reporter der Hersfelder Zeitung. Leider konnte er die Veröffentlichung nicht mehr miterleben. Im September 2020 ist er kurz nach Fertigstellung von „Falscher Tod" überraschend im Alter von nur 60 Jahren verstorben. Dass der von ihm gewählte Titel auch für ihn selbst auf so traurige Weise zutreffen sollte, konnte weder er noch unser Verlag ahnen. Er wurde mitten aus dem Leben gerissen. Wir werden seine außergewöhnliche Persönlichkeit und seine herausragende Arbeit in dankbarer Erinnerung behalten. Der Mensch Karl Schönholtz hat einen festen Platz in unseren Gedanken.

Die Kolleginnen und Kollegen
der Hersfelder Zeitung und des Ott-Verlags

Dieses Buch ist ein Roman mit realen Orten und fiktiven Charakteren. Manche von ihnen ähneln tatsächlich existierenden Personen. Wer aber annimmt, ich hätte diese in ihren Handlungsweisen und Eigenschaften 1:1 abgebildet, der befindet sich im Irrtum.

Was wahr ist und was nicht, das bleibt mein Geheimnis.

KS

Rechtsmediziner schätzen,
dass in Deutschland jedes Jahr
1.000 Tötungsdelikte übersehen werden.

Erster Teil: NOVEMBER

EINS.

Roman Seitz zog an dem Hebel neben seinem Sitz, drückte die Lehne nach hinten und machte es sich bequem. Sein Buch, einen Thriller von David Baldacci, hatte er zugeklappt und auf dem Tisch vor sich abgelegt. Der ICE 1627 glitt mit annähernd 300 Stundenkilometern geschmeidig über die Schnellbahnstrecke zwischen Halle und Erfurt, und Seitz registrierte entspannt, wie ihm immer wieder die Augen zufielen. Noch eine gute Stunde bis Bad Hersfeld, es ging auf halb zehn zu. Seine Frau Michaela links neben ihm auf dem Fensterplatz war schon längst eingenickt und hatte ihren Kopf auf seine Schulter gelegt. Das Leben konnte schlechter sein, dachte er, schloss ebenfalls die Augen und gab sich der Müdigkeit hin.

Als der Zug auf dem Gleisfeld vor Erfurt zwischen den Weichen hin und her ruckelte, erwachte Seitz aus seinem Dösen, veränderte seine Sitzhaltung mit Rücksicht auf die schlafende Michaela jedoch nicht. Stattdessen betrachtete er ihr Gesicht und kam einmal mehr zu dem Schluss, dass sie trotz ihrer 45 Jahre in seinen Augen nichts von ihrer Attraktivität verloren hatte. Seit 22 Jahren waren sie verheiratet, hatten einen Sohn in die Welt gesetzt und den Spaß aneinander nie verloren. Geschafft hatten sie das, weil sie im Alltag in nicht allzu großen Abständen Inseln platzierten, die nur ihnen beiden gehörten.

Das konnte ein Kurztrip nach New York sein, ein verlängertes Wochenende auf Ibiza oder seit Corona auch mal ein ausgiebiger Wandertag mit anschließender Einkehr in der Rhön. Oder wie jetzt der Ausflug nach Berlin. Sie hatten am Freitagmorgen noch ihre Geschäfte gecheckt, hatten aber schon zur Mittagszeit im Zug gesessen, der sie mit einem Umstieg in Erfurt in wenig mehr als drei Stunden in die Hauptstadt beförderte. Erster Klasse natürlich, und auch am Hotel hatten sie nicht gespart. Das Hyatt am Potsdamer Platz war eine Luxus-Herberge. Berlin hatten sie viele Jahre nicht besucht, so dass sie jetzt richtig neugierig gewesen waren auf Show, Theater, Museen, Spaziergänge und gutes Essen – auch wenn all das mit Maske und Abstandsregelung noch immer ziemlich ungewohnt war. Den Montag hatten sie sich auch noch gegönnt, so dass jetzt fast vier Tage Auszeit hinter ihnen lagen. Vier Tage der Zweisamkeit mit gutem Sex, jeder Menge Kultur, ausgiebigen Gesprächen und dem erneuerten Einverständnis, dass sie auf diesem Weg weiter gemeinsam gehen wollten.

Sie waren am Nachmittag noch im Vabali gewesen, einer auf balinesisch getrimmten Saunawelt nicht weit vom Hauptbahnhof und waren anschließend wohlig ermattet in den ICE nach Bad Hersfeld gestiegen – bereit für die Arbeitswochen, die nun vor ihnen lagen, bis zur nächsten Insel. Als draußen in der Höhe von Gerstungen eine Fabrikanlage am Fenster vorbei huschte, schalteten auch die Gedanken von Roman Seitz vom Freizeit- allmählich wieder in den Berufsmodus. Gleich morgen früh hatte er ein wichtiges Meeting mit dem Chef eines Hersfelder Ventilatoren-Herstellers, der kurzfristig eine hübsche Zahl von Metallteilen für seine Produktion benötigte. Schnell und trotzdem in bester Qualität zu liefern, das war die Spezialität des Seitz'schen Unternehmens. Er war ein flexibler Zulieferer für mehrere örtliche Metall verarbeitende Betriebe, funktionierte quasi auf Zuruf. Man kannte sich, man vertraute einander und fand fast immer einen Kompromiss, was Lieferzeiten und Preise anging. Zudem galt Seitz als fairer Arbeitgeber, so dass seine Mannschaft nicht murrte, wenn Überstunden oder Wochenendarbeit geleistet werden mussten. Falls mal kein dringender Auftrag zu erledigen war, dann stellten seine Leute in aufwendiger Handarbeit Kunstgegenstände her, allesamt entworfen von Michaela, die in der Johannesstraße eine erstaunlich gut laufende Galerie betrieb.

Dass er bei seinen Mitarbeitern, bei den Geschäftspartnern und auch bei seinen Freunden als hemdsärmelig galt, war Roman Seitz bewusst. Aber das trug auch dazu bei, dass ihm niemand so genau in die Karten schauen konnte. Denn die Firma war nicht seine einzige Einkommensquelle, vielmehr kam das Geld auch über eine Reihe von Immobilien herein, die er teils gekauft, teils vom Vater geerbt hatte. Sein Steuerberater war schon mal der Verzweiflung nahe, wenn er den Berg der hereingereichten Belege nach Firma, Galerie und den Häusern sortieren sollte.

Als im Fenster die Lichter des Bahnhofs Bebra erschienen, weckte Seitz Michaela und sagte: „Wir sind gleich da.“ Seine Frau gähnte, reckte sich schlaftrunken, begann aber mit noch halb geschlossenen Augen, ihre Utensilien zusammen zu suchen. Da kam auch schon die Durchsage des Zugführers: „In wenigen Minuten erreichen wir Bad Hersfeld auf Gleis zwo. Sie erreichen alle vorgesehenen Anschlusszüge. Ausstieg in Fahrtrichtung links. Wir danken für Ihre Reise mit der Deutschen Bahn." Seitz schmunzelte über den Satz mit den Anschlüssen, denn allzu viel Betrieb war an einem Montagabend um halb elf in der Kur- und Festspielstadt nicht mehr.

Wenige Augenblicke später standen sie beide in Mänteln und mit den Reisetaschen in der Hand an der Waggontür. „Fahr mich schnell nach Hause ins Bett", sagte Michaela, als sie die beiden Stufen auf den Bahnsteig kletterten, „ich bin steinmüde." Sie waren die einzigen Fahrgäste, die bei diesem Halt den ICE verließen.

Für die Fahrt zum Bahnhof hatten sie Michaelas Mini Cooper genommen. Der war unauffälliger als sein Landrover und sollte die Zeit auf dem Parkplatz hinter dem Bahnhof unbeschadet überstanden haben. Bad Hersfeld war zwar keine Hochburg der Kriminalität, aber nächtliche Autoaufbrüche durch Drogensüchtige, die den nächsten Rausch finanzieren mussten, kamen immer wieder vor.

Der Mini stand jedoch wie abgestellt. Seitz verstaute das Gepäck auf der Rückbank, öffnete seiner Frau die Beifahrertür und zwängte sich selbst hinter das Steuer. Die Fahrt auf den Obersberg würde nur wenige Minuten dauern. Ihr Haus lag in einer Seitenstraße unterhalb des monströsen Schulkomplexes, der oben auf dem Berg thronte. Modellschule, Gesamtschule und die Beruflichen Schulen – alles war hier in Baukasten-Betonarchitektur der späten sechziger Jahre versammelt, die nach einer zwischenzeitlichen Asbestsanierung mit mäßigem Erfolg aufgehübscht worden war.

Jetzt war es freilich dunkel, von der Lernfabrik nur ein Schatten zu sehen. Seitz bog von der Schulzufahrt ab in ein kleines Wohngebiet, das sich an den Hang schmiegte und in letzter Zeit stetig gewachsen war. Mit der Fernbedienung öffnete er das Garagentor, bugsierte den Mini neben den Landrover und stellte den Motor ab. Michaela gähnte herzhaft, schnappte sich ihre Handtasche und stieg aus. Ihr Mann hängte sich die eine Reisetasche über, hielt die andere in der Hand. Während sich hinter ihnen das Tor wieder schloss, gingen sie gemeinsam die Treppe zum Haus hinauf. Bewegungsmelder sorgten dafür, dass ihr Weg leidlich beleuchtet war.

„Alles schon dunkel“, sagte Seitz beim Blick aufs Haus, „da hat Simon heute aber früh schlapp gemacht.“ Ihr 18 Jahre alter Sohn war normalerweise ein Nachtmensch, der noch am Rechner saß, wenn seine Eltern schon längst schlafen gegangen waren. Ob er in diesen späten Stunden Pornos guckte, sich mit Ballerspielen vergnügte, mit hohlen Videos von sogenannten Influencern seine Zeit verschwendete oder tatsächlich noch für die Schule arbeitete, das blieb sein Geheimnis. Wahrscheinlich von allem etwas. Jetzt jedenfalls war der Bildschirm aus, sonst hätte man das fahle Licht durch das Fenster seines Zimmers schimmern sehen.

Mit Rücksicht auf den mutmaßlich bereits schlummernden Junior verkniff sich Seitz den Druck auf den Klingelknopf, um ihr Kommen anzukündigen. Stattdessen setzte er das Gepäck ab und nestelte den Haustürschlüssel aus seiner Jackentasche. Die schwere Tür war nicht abgeschlossen, nur zugezogen. Da war wohl wieder mal ein Anraunzer für den Sohnemann fällig. Denn auch in Bad Hersfeld gab es Einbrecher, die sich gerne in abgelegenen Straßen wie dieser herumtrieben. Deshalb hatte man sich in der Familie Seitz darauf verständigt, nachts die Haustür extra abzuschließen. Meist übernahmen das er oder Michaela, weil sich Simon zu ihrer Schlafenszeit schon längst in sein Zimmer zurückgezogen hatte.

In der Diele war es dunkel. Seitz betätigte den Lichtschalter, wuchtete die beiden Taschen über die Schwelle und verschloss hinter sich die Haustür. Michaela ging an ihm vorbei in Richtung Wohnzimmer, das durch eine doppelte Glastür vom Flur abgetrennt war. Sicher würde sie schnurstracks zur Hausbar in der Schrankwand gehen und ihnen beiden noch einen kleinen Schlummertrunk bereiten. Vermutlich einen Grappa, da hatten sie mehrere Sorten zur Auswahl. Und dann ab ins Bett.

Doch so weit kam seine Frau nicht. Kaum hatte sie die Tür geöffnet, entfuhr ihr ein erstickter Aufschrei, der klang, als sei sie von einem Schlag oder einen Schuss getroffen worden. Nur, dass er weder das eine noch das andere gehört hatte. Dann fiel Michaela in sich zusammen, so als ob ihre Knochen auf einmal butterweich geworden wären. Fast wie in Zeitlupe sank sie zu Boden. Seitz war in drei, vier großen Schritten bei ihr, beugte sich über seine ohnmächtige Frau, sah, dass sie atmete und wagte dann einen Blick ins Wohnzimmer.

Was er dort sah, traf ihn ins Mark. Simon hing leblos am Kronleuchter, um den Hals ein Kabel, der Kopf war zur Seite gefallen, die Zunge hing aus dem leicht geöffneten Mund. Im Schritt seiner Jeans ein dunkler feuchter Fleck, an den Füßen nur noch ein Schuh. Der andere lag auf dem Teppich. Ein umgefallener Stuhl vervollständigte das schreckliche Bild.

Roman Seitz verstand sich selbst als Mann der Tat und brauchte auch jetzt nur wenige Sekunden, um sich aus seiner Erstarrung zu lösen. Er griff sich den Stuhl, platzierte ihn neben seinem Sohn, stieg nach oben, umfasste Simons Körper mit der Linken, hob ihn leicht an und löste den Knoten, der nicht am Leuchter selbst, sondern an einem Stützbalken direkt dahinter befestigt war. Die massiven Balken hatte er erst im vergangenen Jahr unter die Wohnzimmerdecke ziehen lassen, um dem Raum eine rustikale Atmosphäre zu verleihen.

Das Gewicht von Simons schlaffem Körper hielt er nur mit Mühe, und als er ihn nach dem Abstieg vom Stuhl sanft ablegte, war er schon in Schweiß geraten. Seitz' nächster Griff galt dem Handy in der Hosentasche. Er wählte den Notruf, nannte seinen Namen, die Adresse und sprach von zwei Verletzten, obwohl er an seinem Sohn kein Lebenszeichen mehr wahrgenommen hatte. Als er das Gespräch beendet hatte, entfernte er das Kabel von Simons Hals, klapste ihm unbeholfen auf die Wangen, drückte seinen Brustkorb, doch da war keine Reaktion mehr. Der Gesichtsausdruck seines Sohnes wirkte trotz der Zunge überraschend friedlich. Mittlerweile begann sich Michaela wieder zu regen, drehte sich auf Hände und Füße und krabbelte näher. Mit waidwundem Blick schaute sie zu ihm und flehte mit brechender Stimme: „Sag, dass das nicht wahr ist!"

Seitz sah von ihr zu Simons leblosem Körper und wieder zurück. „Ich wünschte, es wäre so." Dann fiel sein Blick auf ein Blatt Papier, das auf einem Beistelltisch lag. Es war ein Zettel, irgendwo herausgerissen. Darauf stand geschrieben: „Es tut mir sehr leid, ich bitte um Verzeihung. Simon." Daneben lag die Kappe, die er immer trug. Schwarz und mit dem Nike-Logo. Er hatte sie abgesetzt, bevor er auf den Stuhl gestiegen war.

Durch ein Fenster zur Straße sah man Blaulicht flackern.

ZWEI.

Der Tod des Schülers Simon Seitz war auch zwei Wochen später beim adventlichen Gänseessen der HZ-Redaktion noch einmal Thema gewesen. Der Suizid des 18-Jährigen war erst durch die Todesanzeige in der Hersfelder Zeitung publik geworden, zuvor hatte es im Städtchen nur ein paar Gerüchte gegeben. Über Menschen, die von eigener Hand starben, berichtete die lokale Presse normalerweise nicht. Ausnahmen machten die Journalisten nur, wenn der Freitod in aller Öffentlichkeit stattfand und dadurch eine gewisse Aufmerksamkeit gegeben war. Oder wenn es sich um prominente Mitbürger handelte, deren Fehlen allgemein auffiel. Aber selbst dann wurde die Todesursache in der Regel verschwiegen.

Simon Seitz selbst war keine bekannte Persönlichkeit gewesen, nur der Sohn lokaler Prominenz. Deshalb hatte sich sein vorzeitiger Tod zwar herumgesprochen, doch Genaueres wussten nur Wenige. Gabriele Tetzel, die in der Redaktion das soziale Gewissen vertrat, hatte immerhin über zwei Ecken etwas erfahren, da ihre Tochter in der Schule mit Simon mehrere Kurse gemeinsam besucht hatte. „Angeblich war er ein Eigenbrötler. Hatte wohl nur wenig Anschluss. Hat immer wieder mal ein Mädchen aus der Klasse ziemlich angeschmachtet und hat ab und zu mit dem Geld seines Vaters geprotzt.“ Mehr wusste Tanja ihrer Mutter auch nicht zu berichten, direkten Kontakt zu Simon hatte sie nicht gehabt. Gabriele Tetzel schloss ihre Mitteilung mit einem Griff zur Schüssel mit den Thüringer Klößen und kam dabei dem Kollegen Schönewolf in die Quere, der sich ebenfalls Nachschub auf den Teller laden wollte. „Finger weg, Rollo, das ist schon dein vierter Kloß, ich habe mitgezählt!“ Schönewolf, der mit seinen 60 Jahren der Stubenälteste im Büro war und eigentlich auf den Vornamen Roland hörte, grinste keineswegs schuldbewusst, überließ Tetzel jedoch den ersten Zugriff. Nur um sich unmittelbar danach Kloß Nummer fünf zu sichern. Die Gier des offenbar unersättlichen Kollegen war schon im Vorfeld des Gänseessens immer wieder Anlass für Frotzeleien im Redaktionsalltag gewesen. Die beiden Sportredakteure Stanelle und Fischer hatten sogar eine kleine Wette um eine Kiste Bier laufen. Stanelle hatte darauf gesetzt, dass Rollo diesmal sogar acht Klöße verdrücken würde. Beim letzten Mal waren es sieben gewesen.

„Mit Seitz, also mit dem Vater, habe ich doch erst bei unseren Lolls-Interviews gesprochen“, erinnerte sich Chefredakteur Holger Störenberg, „ganz sympathischer Typ. Nicht so glatt wie viele andere. Ganz bodenständig und nicht dumm. Bisschen unorthodox halt. Das mit seinem Sohn tut mir sehr leid für ihn.“

„Stimmt. Bei dem galten das gegebene Wort und der Handschlag noch was. Bin auch immer gut mit ihm klargekommen“, pflichtete Rollo mit vollem Mund bei.

„Ihr redet so, als ob ihr einen Nachruf schreiben wolltet“, mischte sich Jung-Redakteur Nick Scholz ein, „der alte Seitz lebt doch noch. Sein Sohn ist gestorben.“

„Wissen wir, Herr Kollege“, entgegnete Störenberg, „doch so ein Schicksalsschlag hinterlässt oft Spuren und kann Menschen verändern. Vielleicht ist der Seitz von heute nicht mehr der von vor ein paar Monaten. Ich habe ihn damals bewundert, wie er auf den Corona-Shutdown zurückgeblickt hat. Auch sein Laden war über Wochen stillgelegt, doch gejammert hat er nicht. Hat wohl eine Reihe kreativer Lösungen entwickelt, um niemanden entlassen zu müssen. Und bei unserem Gespräch klang er nicht so, als hätte er wirtschaftlich noch große Probleme.“

Die HZ-Redaktion hatte im Oktober sogenannte Lolls-Interviews geführt. Lolls stand im lokalen Jargon für das Lullusfest, das in diesem Jahr nur symbolisch stattgefunden hatte. Eigentlich wäre an den acht Festtagen rund eine halbe Million Menschen in die Stadt gestürmt, hätte ausgelassen gefeiert und sich auf dem Rummelplatz auf dem Markt vergnügt. Doch das tückische Virus hatte auch dem ältesten Volksfest Deutschlands einen Strich durch die Rechnung gemacht. Abstandsregelungen und Maskenpflicht vertrugen sich nicht mit alkoholbefeuerter Party-Stimmung. Statt also jeden Tag eine andere bekannte Persönlichkeit in die Gondel des Riesenrads zu bitten und während der Runden hoch über dem Festplatz zu befragen, wurden die Interviews der HZ in diesem Jahr an der Feuergrube geführt, die dieses Jahr kalt geblieben war. Der Rückblick auf das Frühjahr, als Corona die Welt ängstigte und monatelang zum Stillstand verdammte, war in allen Gesprächen das unvermeidliche Thema gewesen. Was hatte sich durch die vielen Kranken und Toten, durch die Schließungen und die zahllosen abgesagten Veranstaltungen geändert, wie würde es weitergehen? Roman Seitz hatte dazu nicht blauäugig, aber dennoch zuversichtlich geantwortet.

Die Stimmung am Tisch nahm bald schon wieder Fahrt auf. Eine neue Runde Bier, Wein und Verdauungsschnäpse hatte die Wirtin der „Kleinshöhe“ serviert und den Dank an den Küchenchef für den Gänseschmaus mit zurückgenommen. Jetzt war es Zeit für das obligatorische „Schrottwichteln“, den vermeintlichen Höhepunkt des Abends. Natalie Müller hatte die Kollegen schon seit Tagen immer wieder daran erinnert, bloß nicht zu vergessen, irgendeinen ungeliebten oder überflüssigen Gegenstand aus dem eigenen Bestand hübsch zu verpacken und mitzubringen. So hatte jetzt jeder ein Päckchen unbekannten Inhalts vor sich liegen, das je nach Augenzahl eines Würfels an den Tischnachbarn weiter gereicht, ausgepackt oder getauscht wurde. Nach Ablauf von 20 Minuten war man mehr oder weniger glücklicher Eigentümer des Gegenstandes, der in diesem Moment vor einem lag. Dem Großteil der Runde bereitete das Wichteln geradezu kindische Freude, untermalt von wieherndem Gelächter und vorangetrieben vom eifrigen Bemühen, dieses oder jenes Päckchen zu erhaschen. Nick hingegen machte angestrengt gute Miene zum dämlichen Spiel und tauschte mehr als einmal einen Blick mit seinem Chef, der auch nur mitmachte, weil man sonst als Spielverderber dagestanden hätte.

Als der Timer den Ablauf der Frist verkündete, lag vor Nick ein vergleichsweise kleines Kästchen, noch eingeschlagen in Zeitungspapier. Ein älterer Mensch als er hätte Format und Größe sicher gleich erkannt, doch Nick musste erst die Verpackung entfernen, um den Gegenstand als Musikkassette zu identifizieren. „T.Rex – Tanx“ war darauf gedruckt und die Titel von sechs oder sieben Liedern, genauso viele auf der anderen Seite.

„Zeig mal, was du da ergattert hast“, fragte Rollo, der ihm schräg gegenüber saß, und die Scheinheiligkeit stand ihm ins Gesicht geschrieben. Nick mutmaßte wohl nicht zu Unrecht, dass es der Alt-Kollege selbst gewesen war, der das gute Stück aus seiner Musik-Sammlung aussortiert hatte.

„T.Rex – das war 'ne Rockgruppe in den 70ern. Ziemlich coole Mucke“, tat Rollo schlau.

„Ich weiß“, sagte Nick, „Marc Bolan und so. Get it on, Hot Love und Children of the Revolution. Hat mein Vater immer gehört, ist mir also seit frühester Jugend geläufig. Das Tanx-Album kenne ich auch, also vielen Dank, Rollo!“

Dieser stutzte für einen Moment, grinste dann bis über beide Ohren und sagte: „Gern geschehen. Ist wenigstens kein Schrott wie das andere Zeugs hier.“

Nick lachte. „Stimmt, aber schenkst du mir auch den Kassettenrekorder, den ich brauche, um das Ding abspielen zu können? So was habe ich nämlich nicht!“

„Versuch's auf Ebay, mein Bester“, gab Rollo ungerührt zurück und widmete sich wieder seinem Bier.

Vom kühlen Gerstensaft hatte auch Holger Störenberg schon mehr hinter die Binde gegossen als die Polizei erlaubt. Das war an diesem Abend jedoch kein Problem, denn Nick hatte sich großmütig bereit erklärt, den Redaktionsleiter nach Gans und Pils nach Hause zu kutschieren. Die Uhr zeigte schon weit nach 23 Uhr, längst Zeit zum Aufbruch. Auch am nächsten Tag wollte wieder eine Zeitung gemacht werden. Und Rollo hatte diesmal tatsächlich nur sechs Klöße geschafft.

DREI.

Ich habe eine gute und eine schlechte Nachricht für Sie“, nuschelte Störenberg unter seinem Mund- und Nasenschutz, den er sich pflichtschuldigst aufgesetzt hatte, als er sich in Nicks alten Polo zwängte. „Die schlechte zuerst“, sagte Nick und wunderte sich über die plötzliche Ernsthaftigkeit seines Chefs zum Abschluss eines feucht-fröhlichen Abends.

„Also“, begann Störenberg, „dass Babette heute nicht dabei war, hat einen anderen Grund als die Kopfschmerzen, von denen ich vorhin erzählt habe. Babette hat gesundheitliche Probleme und muss länger behandelt werden. Ihr Arzt hat sie aus dem Verkehr gezogen, zunächst für ein paar Wochen, aber es wird vermutlich länger dauern.“

„Was hat sie denn?“

„Das darf ich eigentlich nicht sagen, aber sie ist schwanger. Erst in der zehnten Woche und mit Komplikationen.“

„Oweh. Das tut mir leid. Also, dass sie Probleme hat. Nicht, dass sie schwanger ist. Sie hat ihren Job wirklich prima gemacht und ist eine tolle Kollegin. Nur war sie in letzter Zeit etwas, wie soll ich sagen, abwesend.“

„Ja, das könnte damit zu tun gehabt haben. War wohl nicht geplant, das Ganze. Und der werdende Vater scheint von ihr nichts mehr wissen zu wollen. So eine Tinder-Bekanntschaft halt."

„Woher wissen Sie das denn?"

„Na, Sie wissen doch, Nick. Die jungen Frauen und der verständnisvolle Chef. Beim Störenberg finden sie ein offenes Ohr."

„Hatte ich wieder mal vergessen. Armes Mädchen."

Babette hatte bei der Hersfelder Zeitung gerade ihr Volontariat, also die Ausbildung zur Redakteurin, abgeschlossen und war mit Blick auf Rollos in absehbarer Zeit bevorstehenden Ruhestand übernommen worden. HZ-Geschäftsführer Matthias Berger hatte sich von der Einstellung der jungen Frau die dringend erforderliche Blutauffrischung des Teams versprochen. Von den älteren Kollegen hätte sie noch eine Weile lernen können und wäre anschließend mit Land und Leuten ausreichend vertraut gewesen, um die vielfältigen Aufgaben einer Lokalredaktion mit dem entsprechenden Hintergrundwissen bewältigen zu können. Nun also Störenbergs überraschende Mitteilung.

Weil der Chefredakteur nichts mehr sagte, hakte Nick nach. „Und was ist die gute Nachricht?"

„Na, dass Sie jetzt eine verantwortungsvolle Aufgabe übernehmen müssen. ‚Zeitung in der Schule'. Das kann Babette jetzt nicht mehr betreuen. Und ich wüsste keinen Besseren als Sie, der den Erwartungen und Ansprüchen der Lehrer gewachsen ist und der mit jungen Leuten gut umgehen kann. Sowohl vom Alter als auch von der Erfahrung her."

Nick schwieg eine Sekunde, dann brach es aus ihm heraus. „Das ist nicht Ihr Ernst! Ich soll mich mit diesem Kinderkram herumschlagen und meine Zeit verschwenden, indem ich Schüler-Aufsätze redigiere und Füllseiten mit Klassenfotos baue? Das glaub' ich nicht!"

„Irgendjemand muss es machen", murmelte Störenberg, nahm die Maske ab und sagte deutlicher: „Und jetzt bloß mal keine Arroganz gegenüber angeblich niederen Aufgaben. Sie sind zwar ein aufgeweckter Reporter, aber vielleicht schadet es Ihnen nicht, mal wieder ein bisschen demütig zu werden. Nicht, dass Sie mir noch überschnappen."

Nick verstand die Welt nicht mehr. Er hatte immer ein gutes Verhältnis zu seinem Chef gehabt. Störenberg war fair, für alle zugänglich und fordernd. Nick hatte schnell erkannt, dass mit ihm das Prinzip des Gebens und Nehmens gut funktionierte. Nick lieferte dank seiner guten Kontakte im Städtchen zuverlässig Geschichten und nahm Störenberg dadurch die ständige Sorge um den Aufmacher auf der 1. Seite und vorzeigbare Stories und Berichte auf den Seiten 2 und 3. Was dahinter zu lesen war, befriedigte die Leser-Interessen in den Nischen von Vereinen, Organisationen und Parteien. Das füllte sich immer. Was vorne stand, das prägte das Gesicht der Zeitung und musste bestimmten Kriterien genügen. Gut recherchiert, gut geschrieben, gut bebildert – und im besten Falle überraschend. Hier war Nick fast täglich vertreten.

Holger Störenberg honorierte die engagierte Arbeit des jungen Kollegen, indem er ihm jegliche Freiheit gewährte. „Sie bringen immer etwas mit", attestierte er Nick, wenn dieser wieder einmal für ein paar Stunden in der Stadt verschwunden war. Und dass Nick kein Freund des Redigierstapels war, in dem die hereingereichten Manuskripte von Pressewarten, freien Mitarbeitern oder eifrigen Lesern auf sorgfältige Bearbeitung warteten, ließ Störenberg ihm ebenfalls durchgehen – solange Nick fleißig selber produzierte.

Auch menschlich waren sich die beiden nähergekommen, als der Chefredakteur im vergangenen Jahr im Mordfall einer erwürgten Schauspielerin der Bad Hersfelder Festspiele vorübergehend hochverdächtig in Untersuchungshaft gewandert war. Nick war einer der Wenigen gewesen, die an Störenbergs Unschuld geglaubt und nach entlastenden Indizien gesucht hatte. Am Ende mit Erfolg.

Und das sollte jetzt der Dank sein? Nick war nicht arrogant, und Arbeit, die getan werden musste, die scheute er nicht. Aber groß angelegte Projekte wie Zeitung in der Schule, die einen über Tage und Wochen in Beschlag nahmen, so dass nur wenig Zeit und Raum für Aktuelles blieb, die vermied er nach Kräften. Zu viel Routine, zu viel Gleichförmigkeit. Zu wenig Abwechslung, keine Spannung. Die suchte und fand er in der Hersfelder Stadtpolitik, in den Prozessen im Amtsgericht und bei den Festspielen der Stiftsruine, wenn renommierte Schauspieler und Regisseure aus allen Teilen des Landes nach Bad Hersfeld kamen. Hier fühlte er sich journalistisch wie ein Fisch im Wasser.

Er wusste jedoch, dass er nicht einfach Nein sagen konnte. „Zeitung in der Schule“, kurz Zisch genannt, war ein Jahr für Jahr neu aufgelegtes Programm, das jungen Menschen die gedruckte und längst auch digitale Tageszeitung sowie die Grundlagen des seriösen Journalismus näherbringen sollte. Das fand Hand in Hand mit den Klassenlehrern statt, die das Medium zum Thema ihres Unterrichts machten und so das Wesen einer Nachricht erläuterten – oder eben den Missbrauch durch Fake News. Jeder Schüler hatte dafür täglich seine eigene HZ-Ausgabe auf dem Tisch liegen oder einen Zugang für das ePaper. Im Verlauf des mehrwöchigen Projekts versuchte sich jede Klasse an einem Bericht oder einer kleinen Reportage. An diesem Punkt stiegen meist die Sponsoren von Zisch mit ein: Die örtliche Bank öffnete ihren Tresorraum, der Bauunternehmer warf den Bagger an, und das Physiocenter lud zum Fitness-Kurs. Auch Besuche im Tierheim, bei der Polizei oder im Rathaus gehörten zum Standardprogramm des Reporter-Nachwuchses. Alles sehr nett für alle Beteiligten, aber in Nicks Augen eher eine Strafarbeit.

Störenberg hatte seinem kurzen Anraunzer nichts mehr hinzugefügt und sagte auch jetzt nichts mehr, als Nick den Polo über die kurvenreichen Wohnstraßen hinunter in die Stadt und dann wieder hinauf auf den Berg steuerte. Zwar hätte er seinen Chef sicher auch über Schleichwege zu dessen Wohnung auf der anderen Seite des Tagebergs fahren können, doch die Temperaturen hatten ein wenig angezogen, so dass es stellenweise glatt auf der Straße war. Außerdem blieben ihm so vielleicht noch ein paar Minuten, die Dinge zu seinen Gunsten zu regeln.

„Sie wissen aber schon, dass mich Zisch ziemlich blockieren wird“, startete er einen neuen Versuch, „also mein gewohntes Pensum schaffe ich nicht auch noch. Das muss Ihnen klar sein.“

„Das ist mir klar.“ Störenberg klang zerknirscht. „Aber ich hatte keine andere Wahl. Berger will, dass Zisch ordentlich betreut wird. Kinder sind ein kritisches Publikum, und wenn wir da irgendjemanden hinschicken, der keine Ahnung hat, dann merken die das. Außerdem dürfen auch unsere Sponsoren gute Arbeit erwarten. Gerade in diesen Zeiten.“

„Und da bin nur ich Ihnen eingefallen?“

„Nee. Auch die anderen sind mir eingefallen. Aber überlegen Sie doch mal. Den alten Rollo zu den Kids schicken? Der mit seinen Ansichten aus der Steinzeit des Journalismus? Weiß der überhaupt, wie Internet geschrieben wird?“

Nick musste unwillkürlich lächeln. „Unterschätzen Sie Rollo nicht. Der ist im Netz fitter als Sie denken."

„Weiß ich. Aber Sie wissen auch, was ich meine. Natalie? Ist unsere Spitzenkraft, wenn es um Online geht und schnell reagiert werden muss. Wenn die stundenlang weg ist, haben wir gegen Waldhessen-TV erst recht keine Chance. Frau Tetzel? Die könnte das mit den Schulen. Aber dann liegen sämtliche Sozialthemen bloß. Und Sie wollen die auch nicht machen!"

„Aber was ist mit meinen Themen?"

„Na, da kann ich ja einspringen," sagte Störenberg, klang aber nicht wirklich überzeugend.

„So, so. Und wann haben Sie es vor lauter Verwaltungskram zum letzten Mal in die Stadtverordnetenversammlung geschafft? Und wann sind Sie überhaupt mal vor Gericht gewesen? Abgesehen von Ihrem Auftritt beim Haftrichter, als Sie unter Mordverdacht standen?"

„Treffer. Versenkt. Das habe ich verdient, lieber Nick, aber Sie müssen auch anerkennen, dass ich mir Gedanken gemacht habe. Und dass auch Sie keine bessere Idee haben. Sonst hätten Sie mir die schon unter die Nase gerieben."

„Ach, Scheiße", sagte Nick, „ich habe doch nur keine Lust, den umständlichen Fragen selbstgefälliger Lehrer zuzuhören und die immer gleichen Texte zu bearbeiten."

„Das kann ich ja verstehen. Aber sehen Sie es doch mal positiv. Ein bisschen hängt es auch von Ihnen ab, was sie aus den Terminen und Berichten machen. Und mal ganz ehrlich, die Betreuung von Zisch ist ja kein Fulltime-Job. Da bleibt Ihnen schon noch Spielraum für Festspiele und Gerichtsverhandlungen. Und vielleicht treffen Sie in den Schulen ja auch eine schicke, knackige Lehrerin, mit der das Ganze doch ein bisschen Spaß macht. Sie haben doch zurzeit keine Freundin, oder?"

„Sie alter Chauvi! Nichts gelernt aus der Geschichte mit der armen Karmen Pudelko! Störenberg bleibt Störenberg!“

„Nana, Herr Kollege! Ich bin weiß Gott geläutert. Der Mord an der armen Schauspielerin und mein Part in dieser unseligen Geschichte waren mir eine Lehre. Ich habe nur an Sie und ihr Wohlbefinden gedacht!“

„Wer’s glaubt, wird selig“, lachte Nick und hielt vor dem Haus, in dem sein Chef mit Frau und drei Kindern daheim war. „Machen Sie’s gut, bis morgen!“

„Bis morgen. Und schlafen sie mal über die Zisch-Aufgabe. Dann ist alles halb so wild.“ Störenberg schloss die Autotür, wandte sich seiner Gartenpforte zu und ging unter dem sternklaren Himmel Richtung Haus, ohne sich noch einmal umzuwenden.

VIER.

Sie haben doch keine Freundin? Ha, lachte Nick im Stillen, wenn der wüsste. Seit mehr als zwei Jahren hatte er eine heiße Affäre mit Kriminalrätin Britta Stegemann, der Leiterin der Regionalen Kriminalinspektion in der Polizeidirektion Bad Hersfeld. Britta, die mittlerweile getrennt von ihrem Ehemann, einem hohen Beamten im Kasseler Regierungspräsidium, lebte, hatte er bei einer Pressekonferenz kennengelernt. Aus spontaner Sympathie war ein Verhältnis geworden, das mit der Zeit zu einer festen, allerdings hoch geheimen Beziehung gewachsen war. Beide hatten sie kleine Wohnungen in der Bad Hersfelder Innenstadt, wobei Brittas Unterkunft am Neumarkt mittlerweile nur noch ein Alibi war. Ihr gemeinsames Zuhause war in einem Haus am Brink, in dem sich vor allem Büros und Praxen befanden.

Nick hatte sein Auto auf dem Markt geparkt und war die Johannesstraße hinunter gelaufen, wo er so spät am Abend keiner Menschenseele mehr begegnete. Das italienische Restaurant „Quattro mori“ und der Grieche vom „Akropolis“ hatten längst geschlossen. Britta würde vermutlich schon auf ihn warten, obwohl sie oft bis spät in den Abend hinein arbeitete. Als Kripo-Chefin verstand sie ihren Job nicht nur administrativ, sondern bemühte sich mit großem Engagement darum, auch bei den Ermittlungen ihres Teams auf Ballhöhe zu bleiben, zumindest bei den wichtigen Fällen. Da sie ihre Leute in aller Regel machen ließ und ihnen nicht grundlos reinredete, hatte niemand Probleme damit, Britta einzubeziehen. Im Gegenteil: Gerade weil sie informiert war, hatte sie sich bei Nachfragen aus dem übergeordneten Polizeipräsidium in Fulda immer vor ihre Mitarbeiter stellen können.

Als Nick seine Wohnungstür öffnete, hörte er aus dem Badezimmer das Wasser der Dusche rauschen. Rasch zog er seine Straßenschuhe aus, legte die Jacke ab und überlegte kurz, ob er Britta gleich überraschen oder sie im Bett erwarten sollte. Er entschied sich für Ersteres. Im Bad empfing ihn dichter Nebel. Offenbar genoss Britta schon eine ganze Weile den warmen Wasserstrahl.

„Hallo, mein Schatz", begrüßte sie Nick, denn natürlich hatte sie sein Hereinkommen bemerkt. „Du glaubst nicht, wie wohl das tut. Ich war völlig durchgefroren, als ich endlich nach Hause gekommen bin. Kowalski hat mich auf dem Parkplatz noch in ein Gespräch verwickelt, das viel zu lange gedauert hat. Aber du weißt ja, wie er ist. Braucht immer ewig, bis er sich ausgelassen hat."

Tatsächlich war Nick aus vielen Gesprächen mit Britta auf dem Laufenden, was die Umständlichkeit ihres Kollegen Erich Kowalski anging. Allerdings war dieser auch ein Kripo-Mann alter Schule, gründlich und grundsätzlich misstrauisch gegenüber zu einfachen Lösungen.

„Worum ging es denn?"

„Ach, eigentlich das Übliche. Zu wenig Leute für all das, was eigentlich gemacht werden müsste. Gibt ein paar Hinweise aus der Drogenszene. Könnte sein, dass Crystal auch bei uns angekommen ist.“

„Das wäre übel. Aber es wäre auch naiv zu glauben, dass das Teufelszeug ausgerechnet um Bad Hersfeld einen Bogen macht.“

„Du sagst es.“ Britta stellte das Wasser ab, streifte den transparenten Vorhang zur Seite und trat aus der Wanne. Nick reichte ihr ein Handtuch, nicht ohne einen bewundernden Blick auf den nackten Körper seiner Geliebten zu werfen. Schlank, aber nicht dürr, groß gewachsen und mit verführerischen Rundungen, immer noch straffe Brüste und sorgfältig getrimmtes Schamhaar – für eine Frau in ihren Vierzigern war Britta physisch eine Wucht. Und obendrauf ein hübscher, blitzgescheiter Kopf mit sportlicher Kurzhaarfrisur. Er liebte jeden Quadratzentimeter an ihr.

Nick, der sich seinerseits allmählich der 30 näherte, aber noch ein paar Jahre Frist hatte, hatte den Altersunterschied immer als besonderen Reiz ihrer Beziehung empfunden. Mit Vielem, das gleichaltrige und jüngere Menschen beschäftigte, konnte er so gar nichts anfangen. TV-Shows und Radio-Geplauder tat er sich freiwillig nicht an, auch im Netz konnte er über das Meiste nur verständnislos den Kopf schütteln. So kam er zwar mit Babette bei der Arbeit prima aus, doch wenn sie beide die Redaktion verließen, trennten sie Welten. Warum das so war? Es konnte mit seinem Elternhaus zu tun haben, in dem ein prall gefülltes Bücherregal eher der Altar war als der Tisch, auf dem der Fernseher stand. Und dieser wurde tatsächlich nur eingeschaltet, wenn bewusst zugeschaut werden sollte: bei den Nachrichten, bei wichtigen Fußballspielen oder dem gelegentlichen Krimi, über den sich die Familie vorher verständigt hatte. Nick hatte als Jugendlicher natürlich bei Gelegenheit die Sendungen geschaut, die seinen Eltern zuwider waren, hatte aber mit der Zeit deren Abneigung übernommen. Mittlerweile bog sich sein Regal unter der Last der Bücher, und der Fernseher war von einer dünnen Staubschicht überzogen. Was er als Journalist mitbekommen musste, das teilte ihm sein Smartphone mit und tagsüber ein Monitor in der Redaktion.

„Und bei dir?“, erkundigte sich Britta ihrerseits. Nick berichtete kurz vom ungeliebten Spezialauftrag, zu dem ihn Störenberg verdonnert hatte. Doch er hatte keine Lust zu jammern. Nicht, wenn ihm eine Nacht mit Britta bevorstand. „Lass uns nicht darüber reden, sondern lieber etwas Schönes machen.“

Britta verstand den Wink, denn auch sie hatte sich auf zweisame Momente gefreut. Also hüpfte Nick ebenfalls kurz unter die Dusche und traf seine Geliebte, die sich gar nicht erst die Mühe gemacht hatte, in ein Nachthemd zu schlüpfen, wenig später im Bett.

Nachdem sie sich in aller Vertrautheit, die in den Jahren ihrer Beziehung stetig gewachsen war, geliebt hatten, erzählte Nick ihr noch ein wenig vom Gänseessen mit den Redaktionskollegen, von Rollos antikem Wichtel-Geschenk und vom Thema des Abends, dem Selbstmord des jungen Simon Seitz.

Da merkte Britta auf. „Mit Simon Seitz hatte ich heute auch zu tun“, hakte sie ein, „seine Eltern waren bei mir im Büro.“

„Weshalb das denn?“

„Sie tun sich schwer damit, den Tod ihres Sohnes als Suizid zu akzeptieren.“

„Und? Was glauben sie denn, was es war?“

„Na, eben kein Suizid. Obwohl sie das so direkt gar nicht sagen. Sie haben nur ein komisches Gefühl. Und können sich eben gar nicht vorstellen, warum der Junge sich das Leben nehmen sollte. Keine Andeutungen, keine depressiven Phasen, in ihren Augen ein ganz normaler Jugendlicher. Vielleicht ein bisschen in sich gekehrt, keine richtigen Freunde. Die große Frage nach dem Warum."

„Aber es hat doch einen Abschiedsbrief gegeben."

„Ja, so eine Art Entschuldigung. Dass es ihm leidtut."

„Und gibt es irgendwelche Anhaltspunkte, dass es kein Selbstmord gewesen sein könnte?"

„Nein. Wie denn auch? Ich habe mir den Bericht der Kollegen angeschaut, die vor Ort gewesen sind. Der Vater hatte den Leichnam schon abgenommen, und der Notarzt hatte den Tod festgestellt. Hinweise auf andere Personen im Haus: keine. Und es gibt sogar ein Video von einer Überwachungskamera an der Haustür. Auf dem ist der Sohn zu sehen, wie er nach Hause kommt. Alleine. Wenn davor oder danach noch jemand dort gewesen wäre, hätte das die Kamera ebenfalls aufgezeichnet."

Nick dachte nach. „Ist die Leiche obduziert worden?"

„Nein. Dafür gab es keinen Anlass. Und mittlerweile ist sie eingeäschert, die Urne begraben."

„Also macht ihr jetzt das Buch zu."

„Ja, aber das habe ich den Eltern so direkt nicht gesagt. Ich habe versucht, ihre Zweifel mit den Fakten zu entkräften, aber ganz behutsam. Die sind erst mit Verzögerung von ihrer Trauer überwältigt worden. Man kann ihnen den Schmerz richtig ansehen. Ich haben ihnen versprochen, dass wir Augen und Ohren offen halten und nachfragen, wenn sich noch etwas ergeben sollte. Aber das machen wir ja ohnehin. Ganz schön tragisch die Geschichte. Ich mag mir gar nicht vorstellen, wie es ist, ein Kind zu verlieren. Noch dazu, wenn es so jung ist. Ist ja auch die falsche Reihenfolge, wenn ein Kind vor seinen Eltern stirbt."

Britta gähnte herzhaft, kuschelte sich an ihn, zog die Bettdecke bis unters Kinn und war schon wenige Minuten später tief und fest eingeschlafen.

Nick hingegen war durch das Gespräch über den Schicksalsschlag, den die Familie Seitz erlitten hatte, wieder wach geworden. Wie verletzlich das Leben doch war. Eben noch schien alles geordnet, um im nächsten Moment eine irre Wendung zu nehmen. So wie bei ihm und Britta. Nick stammte aus geordneten Hersfelder Verhältnissen, hatte an der Modellschule Obersberg, die ihren Namen einem Profil mit dem Schwerpunkt Volkswirtschaftslehre verdankte, sein Abitur bestanden und sich danach irgendwie nicht entscheiden können, was er sinnvoller Weise studieren sollte. Ein halbherziger Versuch mit der Juristerei in Marburg endete nach zwei Semestern, verschaffte ihm jedoch profundes Halbwissen, das er später bei der Gerichtsberichterstattung anwenden konnte. Schon während der Zeit an der Uni hatte er als freier Mitarbeiter für die HZ geschrieben, zunächst im Sport, dann auch im Lokalen. Als er sich schließlich um ein Volontariat bewarb, war die Zusage nur Formsache. Auch seine Übernahme als Redakteur stand nie in Frage, denn als Sohn der Stadt war Nick schon als Berufsanfänger ein alter Hase, was Ortskenntnis, jüngere Hersfelder Geschichte und Kontakte anging. Schnell flocht er ein umfangreiches Netzwerk, das er nutzen konnte, um an Informationen zu gelangen. Weil er mit seinen Gesprächspartnern in den allermeisten Fällen fair umging, war er auch umgekehrt gefragt, wenn jemand einen bestimmten Sachverhalt, eine Meinung oder eine politische Initiative in die Zeitung bringen wollte.

Die Polizei war allerdings nicht sein Zuständigkeitsbereich gewesen. So war es dem Zufall eines plötzlich erkrankten Kollegen zu verdanken, dass Nick über die Vorstellung der neuen Kripo-Chefin berichten sollte. Dass dieser Termin der Beginn einer abenteuerlichen Liebesbeziehung mit einer 15 Jahre älteren Frau geworden war, darüber schüttelte Nick auch später immer wieder mal den Kopf und freute sich, was für ein Glückspilz er doch war.

Britta war damals noch unglücklich verheiratet gewesen. Schon deshalb war Heimlichkeit ihr ständiger Begleiter. Sie hatten schon manchen heiklen Moment überstanden, wenn sie bei einem ihrer seltenen Treffen in der Öffentlichkeit überrascht worden waren oder wenn besonders neugierige Menschen Verdacht geschöpft hatten. Bisher war alles gut gegangen. Auch der gegenseitige Informationsaustausch klappte perfekt. Britta versorgte ihren Reporter-Freund mit Details, die es ihm erlaubten, die richtigen Fragen zu stellen oder im rechten Moment am rechten Ort zu sein. Dabei kam es immer auf das Timing an. Dass man ihn um seine Spürnase beneidete, damit hatte Nick kein Problem. Wenn man allerdings mutmaßte, dass er unzulässige Quellen hatte, dann wurde es gefährlich. Vor allem für Britta. Sie wiederum bekam durch Nick ungefiltert mit, wie man draußen über die Arbeit der Polizei dachte. Auch hatte Nick schon manches Mal durch eigene Recherchen Hinweise geben können, die der Kripo bei der Aufklärung halfen. Dabei war es auch schon vorgekommen, dass er sich zu weit vorgewagt hatte – sehr zum Missfallen von Britta. Unter dem Strich vertrauten sie jedoch einander rückhaltlos. Mehr Geheimnistuerei als das Versteckspiel im Städtchen wäre auch kaum zu ertragen gewesen.

In letzter Zeit allerdings hatte Nick immer einmal das Gefühl beschlichen, dass Britta ganz eigenen Gedanken nachhing. Sie schien melancholischer als üblich, schaltete dann aber von einem Moment zum anderen wieder auf ihren Positiv-Modus um. Dennoch nahm sich Nick vor, die passende Gelegenheit zu suchen, um sie darauf anzusprechen. Denn wenn es Britta nicht gut ging, dann spürte er das und litt mit. Über diesen Gedanken schlief er schließlich ein.

FÜNF.

Als Nick ein paar Tage später zur Frühkonferenz in der Redaktion am Schilde-Platz erschien, roch es nach Wurst und Zwiebeln. Sport-Kollege Fischer, ein gemütlicher Kahlkopf in den Fünfzigern, hatte anlässlich seines Geburtstags Mettbrötchen, Ahle Worscht und Bauernbrot fürs zweite Frühstück aufgefahren. Alles importiert von seinem Hausmetzger in Niederaula. Auweia, dachte Nick sogleich, da muss ich aber aufpassen. Denn um elf wurde ein gutes Dutzend Lehrerinnen und Lehrer erwartet, die zum Auftakt von „Zisch“ die heiligen Hallen der Lokalzeitung besichtigen wollten. Auch sie würden danach in der Gerüchteküche – so hieß bei der HZ die Kantine – bewirtet werden. Da sich Journalisten zwischen ihren bunt über den Tag verteilten Terminen und unvorhersehbaren Ereignissen viel zu oft hastig und im Vorübergehen ernährten, war der doppelte Imbiss dieses Morgens natürlich eine Versuchung, die denen, die nicht widerstehen konnten, schnell ein paar Fettpölsterchen verpasste. Nick hielt zwar mit zwei, drei wöchentlichen Jogging-Runden tapfer dagegen, doch genauso oft hatte er wegen zu üppiger Mahlzeiten und zu vieler Süßigkeiten ein schlechtes Gewissen.

Fischers Frühstück würde jedoch erst nach dem „Stehkonvent“ serviert, bei dem sich die Redaktionsmitglieder um den Schreibtisch des Producers versammelten. Dessen Aufgabe war es, die bereits geschriebenen oder über den Tag erwarteten Texte auf den Lokalseiten zu verteilen und ins Layout einzupassen. Das geschah je nach Bedeutung der Nachrichten und der Illustration der Artikel. Mit Bild war immer besser als ohne, es sei denn, die Nachricht war so stark, dass sie ungeachtet der Optik prominent platziert werden musste.

Gabriele Tetzel, die sich mit Vorliebe um soziale Themen kümmerte, warb für ihren Bericht über die Neugründung des vor einiger Zeit aufgelösten Frauen-Netzwerkes, einer Interessenverbindung verschiedener Gruppen, Vereine und Organisationen. Chefredakteur Störenberg nickte pflichtschuldigst, hoffte aber auf weitere Vorschläge für die Schokoladenseiten der morgigen Ausgabe. „Gibt’s ein Bild dazu?“, fragte er in der Erwartung, dass die Kollegin nur das schon vielfach verwendete Porträt einer Frauenbeauftragten anzubieten hatte, mit der Tetzel besonders gut konnte. „Ja, habe ich“, grinste diese jedoch, „ich habe die Frauen der fünf wichtigsten Gruppen vor eine Tafel gestellt, auf die sie mit bunter Kreide ein Netz gezeichnet haben.“ Störenberg schluckte und gab sich geschlagen. „Klingt nicht schlecht. Andere Ideen?“

„Ich habe mich um die alten Mühlen im Kreis gekümmert. Von denen sind sogar noch einige in Betrieb“, meldet sich Natalie Müller zu Wort. „Ist eine schöne Geschichte mit mehreren ganz romantischen Bildern. Vielleicht für die Seite 3?“

„Äh, schön, Natalie, aber vielleicht doch eher für hinten. Ist ja mehr kulturell,“ wandte der Redaktionsleiter ein, der die fleißige Kollegin schätzte, aber den Nachrichtenwert von alten Mühlen für nicht sonderlich hoch hielt. „Von Ihnen was für morgen, Rollo?" Störenbergs Stimme hatte jetzt schon etwas leicht Verzweifeltes, denn Frauen-Netzwerk und alte Mühlen würden die HZ-Leserschaft nicht gerade von den Sitzen reißen.

„Wie? Was? Oh, Verzeihung, habe gerade was anderes…", sagte der Angesprochene mit vollem Mund. Offenbar hatte sich Schönewolf bereits am Imbiss bedient.

„Ob Sie was Aktuelles im Köcher haben?", wiederholte sich Störenberg nun in betont deutlicher Aussprache.

„Ich? Ja, äh, nein, also doch, äh schon. Baustelle", gab Rollo von sich, sehr bemüht, beim Reden nicht Brötchenkrümel und Wurstteile von sich zu geben. Erst als er mit hochrotem Kopf den Großteil heruntergeschluckt hatte, war die Gefahr gebannt und das Gesagte wieder problemlos zu verstehen. „Also, ich meine die Autobahnbaustelle bei Kirchheim. Da habe ich gestern Nachmittag noch ein Foto gemacht. Mit Arbeitern im Vordergrund und dem Stau dahinter. Sieht heute nicht anders aus und morgen vermutlich auch nicht."

„Ist das eine Geschichte oder nur ein Bild?", fragte Störenberg

„Ein Bild. Denn was dort gebaut wird, wie lange es dauert und wieviel es kostet, habe ich erst letzte Woche in einem großen Artikel geschrieben. Falls Sie sich erinnern", erwiderte Rollo leicht beleidigt.

„Jaja, natürlich erinnere ich mich", sagte der Chef leicht gereizt, rollte mit den Augen und spielte seine letzte Karte: „Nick?"

Der hatte am Abend zuvor die Sitzung des Haupt- und Finanzausschusses der Bad Hersfelder Stadtverordneten 16 umfangreiche Tagesordnungspunkte lang durchlitten und konnte sowohl eine überraschende Nachricht wie ein akzeptables Foto bieten: Bürgermeister Tobias Baumeister hatte im Vorgriff auf den Haushalt für das nächste Jahr das Stadtmarketing mit einer ganz neuen Ausrichtung in den Mittelpunkt seines Vortrags gestellt. Anschließend hatte Nick den Rathauschef vor einem Porträt Konrad Dudens abgelichtet, den die Stadt künftig als Kopf ihrer Eigenwerbung und Selbstidentifikation nutzen wollte.

„Sehr gut!" Störenbergs Augen leuchteten wieder. „Dann haben wir's ja."

„Moooment!", schaltete sich Peter Nerlinger, der Producer ein, ein bisweilen raubeiniger Pragmatiker, dem nichts mehr zuwider war als schwammige Absprachen und ungefähre Ansagen. „Was haben wir, Chef? Was soll jetzt wohin? Klarheit, bitte! Womit machen wir auf?"

„Mit dem Stadtmarketing natürlich."

„Und was soll auf die 3?"

„Ja, auch Nick. Der Rest vom Ausschuss."

„Und wohin sollen die Frauen?"

„Auf die 5 vielleicht?", sagte Störenberg, ohne allerdings Gabriele Tetzel anzuschauen. Nick jedoch riskierte einen Blick und sah die Enttäuschung im Gesicht der Kollegin. „Die Mühlen dann auf die 7 oder die 9."

„Da ist kein Platz!", donnerte Nerlinger und ratterte bereits an den Vortagen verschobene Artikel herunter, die ebenfalls ins Blatt drängten und ältere Rechte hatten als Natalies sicher schöne, aber zeitlose Geschichte. „Dann bleiben die Mühlen eben liegen", entschied der Redaktionsleiter und hatte damit auch der zweiten Frau im Team den Tag verdorben. Hundert Prozent, dachte Nick, denn Babette war ja nicht mehr da.

Als sich eine Stunde später unter der Führung von HZ-Geschäftsführer Matthias Berger mehr als ein Dutzend Lehrerinnen und Lehrer in die Redaktion drängte, hing erst recht ein leichter Wurst- und Zwiebelduft im Raum. Berger schaute zwar etwas irritiert, doch er sah fast ausnahmslos in zufriedene Gesichter: Die gesamte Redaktion hatte sich mit Fischers guten Gaben versorgt und war gesättigt. Nick hatte allerdings mit Rücksicht auf eventuelle Unterhaltungen mit den Pädagogen auf die Zwiebeln verzichtet. Berger überließ nun großmütig Holger Störenberg das Wort. Der spulte bei solchen Gelegenheiten eine Art Standard-Rede ab, die den unermüdlichen Kampf des Print-Journalismus gegen die immer stärkere Konkurrenz der Online-Medien beschrieb. Wobei sich Störenberg im Verlauf seiner leidenschaftlich vorgetragenen Ausführungen allerdings selbst widersprach, weil natürlich auch die Hersfelder Zeitung längst auf allen relevanten Kanälen im Netz unterwegs war, damit die Zukunft nicht ohne sie stattfand. Dennoch: Tradition machte sich immer gut. Seit 1763 bestand die HZ und zählte nicht nur in Deutschland, sondern weltweit zum guten Dutzend der ältesten, noch heute erscheinenden Zeitungen. Störenberg betonte die Verlässlichkeit des alteingesessenen Mediums, das Pressemitteilungen aus Rathäusern, PR-Agenturen und von Vereinen nicht unbesehen abdruckte, sondern zumindest auf eine möglichst interessante Nachricht abklopfte, den Wahrheitsgehalt hinterfragte und die oft ziemlich verschwurbelten Texte umschrieb. Das alles kostete Hirnschmalz und Zeit, was den Wettbewerb mit Portalen wie Waldhessen-TV oder Osthessen aktuell nicht einfach machte. Dort war man mit Copy and paste schnell bei der Hand, so dass das Thema hier oft früher online war als bei der HZ. Das war ein Wettbewerb, den die Lokalzeitung mit ihren Qualitätsansprüchen im Grunde nicht gewinnen konnte. Nick fiel dazu immer das Rennen zwischen Hase und Igel ein.

Zwei Pluspunkte hatten die Zeitungsleute jedoch auf ihrer Seite: Zum einen waren Rollo, Gabriele Tetzel, Peter Nerlinger, Natalie Müller, Störenberg und eben der

Herschfeller Junge Nick allesamt dank ihres Lebensalters oder ihrer Berufserfahrung mit Land und Leuten derart gut vertraut, dass viele Nachrichten, Hinweise und Geschichten direkt bei ihnen landeten. Daraus wurden exklusive Beiträge, die zuerst bei der HZ zu lesen waren. Und zweitens hatte die Zeitung aus dem kleinen Bad Hersfeld große Partner, die sie nicht nur mit den Nachrichten und dem Lesestoff aus Hessen, Deutschland und der Welt versorgten, sondern die auch einen ordentlichen Online-Auftritt produzierten, in den die lokalen Inhalte aus Stadt und Kreis eingespielt wurden. Das sah dann ziemlich professionell aus und nicht handgemacht provinziell.

Davon durfte sich die Schar der Lehrerinnen und Lehrer mit Blicken auf die Bildschirme der unbeirrt weiter arbeitenden Redaktionsmitglieder selbst überzeugen. Allerdings hatte nicht jeder Störenbergs Ausführungen mit der gebotenen Aufmerksamkeit gelauscht, so dass irgendwann geradezu zwangsläufig die Frage eines vermeintlichen Schlaumeiers nach den Weltnachrichten kam: „Und wie erfahren Sie hier in unserem schönen Bad Hersfeld“, meldete sich ein silberhaariger Pädagoge mit beifallsheischendem Blick in die Runde zu Wort, „wenn Herr Trump im fernen Amerika mal wieder einen großen Blödsinn getwittert hat?“

„Gar nicht“, gab Störenberg ungerührt zurück, „dafür sind die Kollegen in Kassel zuständig. Wir kümmern uns ausschließlich um das lokale Geschehen.“

„Aha,“ sagte der Fragesteller, dem offenbar nichts weiter einfiel, und packte die Frankfurter Rundschau, die er unter dem Arm trug, ein wenig fester. Matthias Berger nutzte die Atempause, um nun in die Gerüchteküche ein Stockwerk höher zu bitten. Auf dem Weg nach oben liefen Störenberg und Nick hinter einer jungen Lehrerin die Treppe hinauf. Mit Blick auf ihren wohlgeformten Hintern raunte der Chef seinem Redakteur zu: „Na, Nick, wäre das nichts für Sie?“ Nick hoffte inbrünstig, dass die Frau ihre Ohren auf Durchzug gestellt hatte, und rollte mit den Augen. Störenberg grinste schelmisch und zwinkerte ihm übertrieben zu.

In der Gerüchteküche ging es dann eher praktisch weiter. Zu den Pädagogen hatten sich hier auch die Vertreter der Sponsoren gesellt, ohne deren Unterstützung „Zisch“ nicht hätte stattfinden können. Nachdem Geschäftsführer Berger die Bedeutung von „Zeitung in der Schule“ hervorgehoben und allen für ihre Bereitschaft zur Mitarbeit gedankt hatte, wurden die Abläufe der nächsten Wochen besprochen. Verabredet wurden auch schon erste Themen, für die sich die Zeitung lesenden Jugendlichen bei einer eigenen Reportage interessieren könnten. Gern genommen wurde hier immer wieder der „Blick hinter die Kulissen der Bad Hersfelder Festspiele“, obwohl es im November und Dezember in der Spielstätte Stiftsruine erstens keine Kulissen gab und zweitens dort auch noch nichts zu sehen gewesen wäre. Zu dieser Jahreszeit waren die Theatermacher froh, wenn der Spielplan feststand und der Vorverkauf rechtzeitig vor dem Weihnachtsgeschäft begonnen hatte. Dennoch würde sich der Intendant für die Schülerinnen und Schüler wie gewohnt Zeit nehmen, um sie zumindest in deren Fantasie etwas Theaterluft schnuppern zu lassen. Dem Bürgermeister einen Tag lang über die Schulter zu schauen oder eins der beiden Hersfelder Logistikzentren von Amazon zu besichtigen, waren weitere vorhersehbare Wünsche. Und selbstverständlich durfte auch der Marketingleiter der Sparkasse gütig lächelnd nicken, als es um die Besichtigung des Tresorraums ging.

In diesem Jahr fand „Zeitung in der Schule“ nicht nur in den Grundschulen, sondern mit deutlich höherem Anspruch auch in der Mittelstufe statt. Außerdem war als Extra-Projekt die Zusammenarbeit mit der Redaktion des „Obersburger“ vorgesehen, der Schülerzeitung der Oberstufe in der Modellschule Obersberg. Die Chefredakteurin des Blattes, Rebekka Wiegand, gehörte ebenfalls zur Besuchergruppe in der HZ.

Lange dunkle Haare, Brille, ein ebenso unscheinbares Gesicht wie ihr ganzes Äußeres, doch Rebekkas Augen strahlten aufgeweckte Intelligenz aus. Nick gesellte sich neben die Schülerin, um gleich bei dieser Gelegenheit einen ersten Kontakt zu knüpfen. „Zisch“ und der „Obersburger“, das erschien ihm noch der vielversprechendste Teil dieser Veranstaltung zu sein.

Nachdem sich alle Beteiligten ihrer gegenseitigen Wertschätzung versichert sowie die Bedeutung seriöser Medien für eine aufgeklärte Gesellschaft hervorgehoben hatten und Nick Scholz als zuständiger Betreuer seitens der HZ vorgestellt worden war, wurden die vom ortsansässigen Caterer Bücking gelieferten kleinen Leckereien serviert. Bald hatten alle einen Teller mit diversen Häppchen und eine Serviette in der einen Hand, in der anderen ein Getränk – um diese Tageszeit natürlich alles alkoholfrei.

„Sie sind hier die Exotin unter all den Lehrern“, wandte sich Nick an die junge Dame von der Schülerzeitung.

„Ja“, lachte diese, „denke schon. Und ich will später ganz bestimmt mal keine Lehrerin werden.“

„Aha, und was wollen Sie werden?“

„Journalistin natürlich!“

„Autsch! Sie wissen aber schon, worauf Sie sich da einlassen. Print im stetigen Sinkflug, stattdessen schlecht bezahlte Online-Jobs mit jeder Menge Konkurrenz, weil alle glauben, das sei chic und könne nicht so schwer sein…“

„Mag sein. Aber ich bleibe sowieso nicht hier in diesem Nest. Wenn ich mein Abi in der Tasche habe, dann nichts wie raus aus dem Kaff!“

„Und wohin, wenn ich fragen darf?" Nick legte ein wenig Skepsis in seine Stimme, bemerkte aber sogleich, dass sein Gegenüber für solche Nuancen nicht empfänglich war.

„München, Hamburg, Berlin – egal. Hauptsache weg und irgendwohin, wo die großen Medien zu Hause sind. Muss ja nicht Tagesjournalismus sein. Ich will eh' erst mal studieren."

„Was denn?"

„Weiß ich noch nicht genau. Vielleicht Kunstgeschichte. Vielleicht Jura. Vielleicht BWL. Findet sich." Rebekka lachte.

Der Optimismus einer unbeschwerten Jugend, dachte Nick. War er jemals selbst so gewesen? Eher nicht. Er war zumeist auf der grüblerischen Seite zuhause gewesen. War sich nach der Schule auch ziemlich orientierungslos vorgekommen und froh gewesen, nach dem Uni-Desaster bei der HZ gelandet zu sein. Nick war sich bewusst, dass sein Vater Eberhard irgendwie mehr von ihm erwartet hatte und jetzt gute Miene zum ihm etwas fremden Spiel machte. Dass sein Sohn auch ohne abgeschlossenes Studium bei der Zeitung eine doch recht exponierte Position einnahm und in der Öffentlichkeit Wertschätzung genoss, das war ihm im Grunde suspekt. Weil aber offenbar keiner außer ihm Nicks Werdegang in Frage stellte, erlaubte er sich bei der einen oder anderen spektakulären Story, die mit der Autorenzeile seines Sohnes erschien, doch ein bisschen Stolz. Eberhard Scholz war klar, dass auch Nick wusste, wie er dachte. Ihren Umgang miteinander hatte dies jedoch nicht beschädigt. Wenn sie diskutierten, dann freundschaftlich und respektvoll. Denn dass sein Sohn durch den Beruf über Viele und Vieles besser Bescheid wusste als der durchschnittliche Hersfelder, das machte auch dem Vater Spaß.

Mit Rebekka Wiegand fand sich Nick schnell auf einer Wellenlänge. Die junge Frau hatte ein gesundes Selbstbewusstsein, ohne überheblich zu sein. Sie interessierte sich für die gute, alte HZ und fand es spannend, über „Zisch“ Bande zu knüpfen, die vielleicht auch über Instagram, Snapchat oder Facebook Bezüge herstellten, die junge Menschen mit der Tageszeitung in Verbindung brachten. Auch der „Obersburger“, die vierteljährlich erscheinende Schülerzeitung, war schließlich in erster Linie ein Print-Produkt. Die eigene Website war in Arbeit, allerdings – wie Rebekka freimütig zugab – schon viel zu lange. Mehr als eine Titelseite, die Vorstellung des Redaktionsteams und ein ziemlich langweiliger Beitrag der Schülervertretung waren bisher nicht zustande gekommen. Noch dazu sah das Design bieder, also wie selbst gemacht aus. Und das war es ja auch.

Beide plauderten angeregt miteinander und bemerkten gar nicht, dass sich die Versammlung schon bis auf wenige verbliebene Gäste aufgelöst hatte. Nick erhaschte schließlich einen mahnenden Blick Störenbergs, der ihn offenbar wieder zum Tagesgeschäft in die Redaktion lotsen wollte. Das brachte ihn ein wenig aus dem Konzept, so dass er über seine nächste Bemerkung nicht groß nachgedacht hatte, ehe er sein Gegenüber fragte: „Sie sind doch so ein positiver Mensch, warum tragen Sie von oben bis unten schwarz? Sie sind doch kein Grufti?“

Von einer Sekunde auf die andere erlosch das freundliche Lächeln in Rebekkas Gesicht. Wie ausgeknipst. „Schon mal was von Trauer gehört?“

„Äh, ja“, stotterte Nick, „natürlich. Sorry, wenn ich was Blödes gesagt habe. Jemand, der Ihnen sehr nahe stand?“

Die Schülerin sah ihn einen Moment prüfend an, erkannte dann aber offenbar seine Anteilnahme und sagte:

„Ja, einer von uns. Aus der Redaktion. Simon Seitz. Mein Stellvertreter. Vielleicht haben Sie davon gehört."

„Ja, haben wir. Einige meiner Kollegen kennen den Vater. Tragische Geschichte. Man mag sich kaum vorstellen, wie es für Eltern ist, ein Kind zu verlieren. Und dann so. Nochmal sorry, ich wollte Ihre Gefühle nicht verletzen."

„Haben Sie ja nicht." Rebekka hatte sich wieder gefasst. „Das konnten Sie ja nicht wissen. Aber es hat uns sehr getroffen. Und es ist nicht leicht, einfach so weiterzumachen. Ohne ihn."

„Das kann ich verstehen." Nick gelang es, das Gespräch in einen geordneten Abschied überzuleiten, denn mittlerweile waren er und die „Obersburger"-Chefin wirklich die Letzten in der Gerüchteküche. Er schnappte sich schnell noch zwei Lachshäppchen und geleitete die junge Frau hinunter und hinaus auf den Schilde-Platz.

Zurück in der Redaktion widmete er sich nun endlich der neuesten Idee des Bürgermeisters, die eigentlich eine ganz alte war: Konrad Duden zu vermarkten, ein Name der wohl jedem Deutschen geläufig war. Daraus Kapital zu schlagen, hatte die Stadt Bad Hersfeld bisher sträflich versäumt. Duden stand für eine saubere, geordnete deutsche Sprache, er war in keiner Weise vorbelastet. Und er war für Bad Hersfeld – das war das Allerwichtigste – total authentisch. Nicht irgendein mehr oder weniger geliehener kluger Kopf wie der Computer-Vater Konrad Zuse, um den sich die Hersfelder mit dem benachbarten Hünfeld balgen mussten, nicht ein doch recht Unbekannter wie der Stadt-Retter Lingg von Linggenfeld und erst recht nicht einer wie der von vielen Städten beanspruchte Reformator Martin Luther, der auf der Durchreise auch mal für eine Nacht im Kloster Hersfeld Station gemacht hatte. Nein, Konrad Duden war anders. Er war Direktor des Königlichen Gymnasiums gewesen, hatte hier sein erstes Wörterbuch zusammengeschrieben und lag auf dem Hersfelder Friedhof begraben. Im Kurpark stand ein kleines Denkmal, das Relikt eines Brunnens, und am Katharinenturm verschönte eine Skulptur, die der Rotary-Club gespendet hatte, den Stiftsbezirk. Was wollte man mehr? Das hatte endlich auch Tobias Baumeister erkannt und entschieden, mit dem Hüter der deutschen Sprache Bad Hersfeld landauf landab bekannt zu machen. Das hatte Niveau, das hatte Potenzial, und das konnte der Stadt niemand streitig machen. Denn warum sollte etwa der Konrad-Duden-Preis für Verdienste um die deutsche Sprache nicht jedes Jahr mit entsprechendem Tamtam in der Stiftsruine verliehen werden? Auch die Aula der Konrad-Duden-Schule, Nachfolger seiner früheren Wirkungsstätte, wäre ein geeigneter Ort, etwa im Winter. Warum also sollte der Duden-Verlag seine Programme nicht in Bad Hersfeld vorstellen – wenn er nicht gleich seinen Sitz hierher verlegte? Das passte auch zu den Festspielen, die sich dem Sprechtheater in besonderer Weise verpflichtet fühlten, das passte zu Bildung und zu Geschichte. Und es war ein Name, den man zumindest in Deutschland niemandem erklären musste.

So hatte der Bürgermeister am Abend zuvor für sein Konzept und eine fünfstellige Summe im Haushalt geworben. Eine Idee, die Nick absolut überzeugend fand, und die er den Leserinnen und Lesern der HZ nun gerne näherbrachte. Eifrig tippte er seinen Aufmacher, eine Fortsetzung für die nachfolgende Seite sowie einen Kommentar und bereitete seine Texte auch für Online auf. „Zeitung in der Schule“ war in diesem Moment auf seiner Prioritätenliste ganz weit nach hinten gerückt.

SECHS.

Das änderte sich auch nicht bis zum folgenden Wochenende, weil Nick mit Britta über ein Thema sprechen wollte, das schon seit einiger Zeit über ihrer Beziehung schwebte. Das war nichts für zwischendurch, also wartete er auf einen passenden Moment, es in aller Ruhe zu tun.

Samstag war der Tag, an dem beide es gewollt locker angingen. Wenn sie nicht schon am Freitagabend mit einem guten Essen und einer Flasche australischem Rotwein den Stress der Arbeitswoche abgestreift hatten, so war am Samstag Ausschlafen angesagt. Vorausgesetzt, sie beide hatten dienstfrei. Nach einer Tasse Kaffee im Bett würde Nick am späten Vormittag beim Bäcker am Linggplatz frische Brötchen holen und wie jedesmal bedauern, dass die alteingesessene Familie Jäger von der Filiale eines Betriebs aus Hohenroda abgelöst worden war. An dessen Backwaren gab es zwar auch nichts zu mäkeln, doch Nick fehlte der kurze Plausch mit der freundlichen Juniorchefin von Jägers.

Weil er ahnte, dass Britta Redebedarf hatte, ließ er sich diesmal ein wenig mehr Zeit als sonst, erstand im Zeitungsladen am Markt noch die Wochenendausgabe der Süddeutschen und den neuen Spiegel und machte sich dann auf den Rückweg. Britta würde sicher schon den Tisch gedeckt und frischen Saft gepresst haben. Nick hatte normalerweise keinen Grund, einem Gespräch mit seiner Geliebten auszuweichen, doch diesmal vermutete er, dass es um etwas gehen würde, was ihm nicht schmeckte.

Britta hatte sich schon vor einiger Zeit von ihrem Mann getrennt, aber die Scheidung lief noch. Ulf war kein Mann, mit dem man sich in diesem Punkt gütlich einigen konnte. Er hatte das Ende der Ehe als Affront verstanden und Britta den Krieg erklärt. Dabei hatte sie ihm trotz der Trennung noch beigestanden, als sich Ulf wegen einer Krebserkrankung einer Chemotherapie unterziehen musste. Nun war der gekränkte Gatte wieder halbwegs hergestellt – zwar ohne Haare und deutlich abgemagert –, aber kampfeslustiger denn je. Seiner Frau machte er das Leben schwer, wo immer es ging. Das gelang ihm insbesondere in materieller Hinsicht. Britta hatte bei ihrer Heirat im Überschwang der Gefühle einen Ehevertrag unterschrieben, der sie zwar nicht ganz als die Bettelstudentin dastehen ließ, die sie damals als junge Frau gewesen war, der ihr aber fast alles nahm, was sie sich an Ulfs Seite erarbeitet hatte. Damals, als sie noch an der Uni von der Bafög-Unterstützung lebte und ihr Zukünftiger als aufstrebender Beamter im höheren Dienst schon etwas darstellte, hatte so ein Vertrag nicht unbillig ausgesehen. Heute schalt sie sich für ihre Unterschrift eine doofe Nuss. Nick wusste, dass Britta darunter litt, mitten im Leben ohne Familie, ohne nennenswertes Eigentum, und – wie sie meinte – ohne Status dazustehen. Welche Konsequenzen sie daraus ziehen würde, wusste Nick nicht. Also fürchtete er sich ein wenig davor, sie zu erfahren.

Tatsächlich duftete es nach frischem Kaffee, Obst und Rührei mit Speck, als Nick die Wohnungstür hinter sich schloss. Beide genossen ihr Frühstück, den Blick in die Zeitungen und Magazine und ließen sich nicht drängen. Doch nachdem Brötchen und Eierspeise vertilgt waren, der Kaffee und der Saft ausgetrunken, eröffnete Britta das Gespräch mit den Worten: „Nicki, ich brauch' was Eigenes."

„Wie meinst du das?"

„Naja. Einen eigenen Ort. Meinen Ort. Einen Platz, an dem ich zuhause bin."

„Aber du bist doch hier zuhause. Bei mir."

„Ja. Das stelle ich ja gar nicht in Frage. Aber das hier ist dein Platz, deine Wohnung. Ich bin hier, wie soll ich sagen, Gast."

„Komm schon, Britta." Nick war ehrlich verwundert. „Seit du hier bist, haben wir gemeinsam tausend Dinge verändert, weil du sie so haben wolltest. Die neuen Vorhänge, die Bettwäsche, das ganze Zeug in der Küche und sonst noch was. Du weißt schon. War ja alles unsere gemeinsame Entscheidung, aber dadurch ist meine Wohnung ja auch deine Wohnung geworden."

„Ach Nick, Du bist so süß. Als wir die ersten Male in deiner Bayern-München-Bettwäsche geschlafen haben, war das ja ganz lustig, aber hallo, du bist doch keine 15 mehr! Und deine Küchenausstattung von Ikea, das war nur was für einen Junggesellenhaushalt. Aber darum geht es mir gar nicht. Denn du hast ja Recht, das haben wir alles gemeinsam verändert. Trotzdem ist es deine Wohnung geblieben, in der ich mittlerweile einen Großteil meiner freien Zeit verbringe. Du darfst nicht vergessen, mit Ulf in Kassel habe ich im eigenen Haus gelebt. Viel Platz, mit Garten, mit Sauna, gemeinsam eingerichtet. Da konnte man auch mal Freunde empfangen, Partys feiern und sich zurückziehen, wenn man allein sein wollte."

Nick wusste nicht, was er dazu sagen sollte. Er vermisste hier nichts, ahnte aber, dass seine Sichtweise möglicherweise nicht mehrheitsfähig war. Er lebte gerne mitten in der Stadt, genoss die Nähe zu Britta, die in den beengten Räumlichkeiten zwangsläufig entstand, und hatte bisher keinen Anlass gesehen, daran etwas zu ändern. Oder auch nur daran zu denken.

„Und was willst du jetzt tun? Ausziehen?", fragte er und schluckte.

„Weiß ich noch nicht. Ein Kollege hat mir einen Makler empfohlen, der das so nebenher macht. Der ist diskret und schaut sich jetzt mal um für mich."

Nick dachte einige Momente über das Gesagte nach. Eine räumliche Trennung von Britta ließ ihn auch um ihre Beziehung fürchten. Bisher hatten sich beide treiben lassen. Der Altersunterschied, ihre jeweiligen beruflichen Positionen – das schien überhaupt nicht zueinander zu passen und irgendwie auch keine Zukunft zu haben. Also hatten sie sich mit einer Perspektive bisher überhaupt nicht beschäftigt. Auch Brittas Trennung von Ulf hatte daran nichts geändert. Ihr Verhältnis jetzt öffentlich zu machen, gar zu heiraten oder Kinder in die Welt zu setzen – das waren für sie keine Themen. Allerdings hatten sie schon einige Male mit ehrlicher Verwunderung festgestellt, dass sie es jetzt schon eine ganze Weile miteinander ausgehalten hatten. Und dass ihnen die Freude aneinander nicht verloren gegangen war. Im Gegenteil. Mit der Zeit war die Vertrautheit gewachsen, jeder von ihnen wusste, dass er sich auf den anderen absolut verlassen konnte. Sollte dieser gemeinsame Weg jetzt zu Ende gehen?

„Und wonach schaut sich der Makler für dich um?", traute sich Nick zu fragen.

„Eine größere Wohnung, ein kleines Haus. Zur Miete. Entweder in einem Stadtteil oder in einer Gemeinde nicht allzu weit weg. Ein Ort, wo ich ich sein kann."

„Und das kannst du bei mir nicht?"

„Nick, versteh' mich doch bitte nicht falsch. Es geht mir nicht darum, mich von dir zu distanzieren. Du weißt, dass ich dich liebe. Wir verstehen uns, wir vertrauen uns, wir haben Spaß. Das soll auch so bleiben. Aber ich bin nicht nur ein Anhängsel, also im privaten Bereich. Und da bist nur du mir geblieben, seit ich Ulf verlassen habe. Ich brauche aber auch noch andere Menschen. Freunde, Verwandte, Bekannte. Die ich alle lange nicht gesehen habe. Zu denen ich gerade mal über WhatsApp leidlich Kontakt halte. Das reicht nicht. Oder glaubst Du, ich könnte meine Eltern hierher einladen, damit sie mal meinen neuen Freund kennenlernen? Sicher nicht."

Nick musste unwillkürlich lachen. „Aber wie stellst du dir das vor?"

„Naja. Einen Platz für mich. Mit einem Klingelschild, auf dem mein Name steht. Hübsch eingerichtet."

„Aha. Hier ist es dir nicht hübsch genug."

„Nick, hör auf! Ich sage nur: Ikea. Ich bin eine Frau! Ich brauche ein paar Kerzen, ein paar Kissen und Deckchen, bisschen Nippes. Individuell. Mein Geschmack. Nicht aus einem Katalog. Versteh' mich doch!"

„Tu ich ja. Aber welche Rolle spiele ich dabei?"

„Keine, das ist es doch! Ich will einen Ort, an dem ich mich nicht verstecken muss! Ich will eine Wohnung, wo es völlig normal ist, dass ich abends von der Arbeit nach Hause komme. Wo sich keiner wundert, wenn ich da bin, weil es nämlich meine Wohnung ist!"

„Also könnte ich Dich dort nicht mal besuchen?"

„Nein. Doch, ja. Oder besser doch nicht. Nick! Wir beide sind als Paar nicht existent! Nicht in der Öffentlichkeit. Der HZ-Reporter und die Kripochefin. Geht gar nicht. Und deswegen wäre es komisch, wenn du dort auftauchst. Und wenn dann womöglich noch verdächtige Geräusche zu hören wären. Unser Liebesgeflüster, etwa."

„Habe ich irgendwie dran zu knabbern", gestand Nick.

„Ja. Kann ich verstehen. Aber hast du wirklich geglaubt, das ginge immer so weiter? Meine Absteige hier mitten in der Stadt? Nichts, um dort zu wohnen, die taugt nur zum Übernachten. Und mal ehrlich, hier in deiner Wohnung ist Platz für einen und einen Gast. Aber nicht für zwei, die hier auf Dauer leben wollen. Und jedes Mal, wenn ich die Treppe hochgehe, muss ich mich umschauen, ob da nicht jemand ist, der mich erkennen könnte. Das ist kein Zustand. Leider."

Nick, der sich darüber bisher so gar keine Gedanken gemacht hatte, schwieg. Er konnte Brittas Überlegungen zwar nachvollziehen, hielt sie auch nicht für überzogen, doch ihre Tragweite verstörte ihn.

„Also, was soll ich dazu sagen? Kann nichts sagen. Außer, dass ich es scheiße finde, wenn wir uns dann weniger sehen."

Britta wartete einen Moment, ehe sie antworte. „Nick, das muss ja nicht sein. Lass uns erst mal schauen, ob und was der Makler für mich findet. Dann reden wir weiter. Okay? Und jetzt lass uns das Wochenende genießen. Worauf hast du Lust?"

Das war eine Frage, die sich unter normalen Umständen von selbst beantwortet hätte. Jetzt aber schaute Nick nur trübsinnig ins Leere und sagte: „Weiß nicht."

SIEBEN.

Als sich Nick am Montagmorgen durch die Fußgängerzone auf den Weg in die Redaktion begab, lag ein außergewöhnlich ereignisloses Wochenende hinter ihm. Britta und er hatten die Dinge getan, die sie fast immer taten, und doch war alles anders gewesen als sonst. Als hätte ein grauer Schleier auf allem gelegen, was sie sagten und taten. Nicht, dass sie sich gestritten hätten. Ihr Gespräch vom Samstagvormittag hatte zwar ein lange schwelendes Thema aufgegriffen, doch am Ende waren fast alle damit verbundenen Fragen ohne Antworten geblieben. Er wusste nun, was Britta wollte. Was das aber für sie beide bedeutete, das war völlig offen.

Kein Wunder, dass Nick nicht sonderlich vergnügt über den Linggplatz Richtung Weinstraße ging, am Rathaus vorbei in die Klausstraße und an der City Galerie nach links in die Benno-Schilde-Straße, an deren Ende das neue Verlagsgebäude der Hersfelder Zeitung lag. Fast jedes Mal, wenn er die moderne Architektur am Zugang zum angrenzenden Schilde-Platz erblickte, kam ihm sein Arbeitsplatz wie ein Statement der Lokalzeitung vor: Entworfen und gebaut vor wenigen Jahren in

Zeiten, in denen die gedruckte Tageszeitung schon mit stetig sinkenden Auflagenzahlen kämpfen musste, sich aber selbstbewusst, vielleicht sogar ein bisschen trotzig behauptete. Digitale Konzepte zur Vermarktung im Netz machten den journalistischen Alltag nicht leichter. Und dann hatte auch noch das Coronavirus sein Unwesen getrieben und die Verlagsgeschäfte torpediert.

Doch in Nicks Kopf war an diesem Morgen kein Raum für solche Gedanken. Auch das Wetter war nicht dazu angetan seine Stimmung zu verbessern. Kalter Regen tropfte von einem bleischweren Himmel, so dass er froh war, als er sein überdachtes Ziel erreicht hatte. „Herr Scholz, Sie haben Besuch", flötete Inge Möller vom Empfang und wies mit einem Kopfnicken auf ein kleines Büro im Foyer, das für solche Gelegenheiten genutzt wurde.

Nick war sich sicher, dass er an diesem Morgen keinen Termin vereinbart hatte. Im Gegenteil, in einer Stunde wollte er im Amtsgericht einen Prozess vor der Jugendrichterin verfolgen und dann darüber schreiben. Weil in dem Besucher-Büro die Jalousien zur Straße heruntergelassen waren, sah er auch nur schemenhaft zwei Personen, konnte aber niemanden erkennen. Er seufzte und ging statt nach rechts zum Treppenhaus folgsam nach links, um zu erfahren, wer da was von ihm wollte.

Als er die Tür zu dem abgedunkelten Raum öffnete, erschrak er, denn die beiden Besucher, die bei seiner Ankunft aufgestanden waren, schienen sich der fehlenden Farbigkeit angepasst zu haben. Eine Frau, elegant ganz in Schwarz gekleidet, und ein Mann, weniger elegant in Lederjacke und dunklen Jeans, auch sein Hemd dunkel. Nick brauchte ein paar Sekunden, bis der Groschen fiel. „Herr Seitz", sagte er dann und mit Blick zu ihr schlussfolgernd „Frau Seitz. Es tut mir leid. Ich habe Ihren Sohn nicht gekannt, aber der Verlust muss schrecklich sein."

Roman Seitz nickte traurig, murmelte ein „Danke“ und bewegte seine Frau mit sanftem Druck auf die Schulter, sich wieder zu setzen. Nick nahm ihnen gegenüber Platz und fragte: „Was führt Sie zu mir? Wie kann ich Ihnen helfen?“

„Herr Störenberg hat uns an Sie verwiesen, weil Sie doch für die Stadt zuständig sind und sich keiner so gut auskennt wie Sie, hat er gesagt“, antwortete Roman Seitz. Nick seufzte, aber nur innerlich. Danke Chef, das kriegen Sie bei der nächstbesten Gelegenheit zurück, dachte er, verzog aber keine Miene. Er konnte sich gut vorstellen, dass weder der Redaktionsleiter noch der Alt-Kollege Rollo, der sich natürlich noch viel besser auskannte als der Jung-Reporter, Lust hatten, die tief trauernden Eheleute Seitz zu empfangen. Solche Gespräche führte niemand gerne.

Er war leicht überrascht, als anschließend Michaela Seitz das Gespräch übernahm und mit einer Stimme, die den hysterischen Unterton nur mit Mühe unterdrückte, sagte:

„Verstehen Sie, Herr Scholz, er hätte das nie getan!“

Nick verstand nicht gleich. „Was hätte er nie getan?“

„Sich das Leben genommen!“

Dabei sah sie ihn nicht an, sondern blickte auf ihre Hände, die sie fortwährend knetete.

„Aber...“ Nick wusste nicht, was er entgegnen sollte.

„Ja, wir wissen, dass es so ausgesehen hat. Aber er war unser Sohn, wir haben ihn gekannt. Und Simon hätte nie, also nicht so, so ohne Grund. Ich weiß, wie sich das anhört, aber...“ Michaela Seitz schluchzte und brach in Tränen aus.

Nick wartete einen Moment und fragte dann: „Hat denn die Polizei nicht ermittelt?“

„Doch, natürlich“, antwortete jetzt Roman Seitz. „Also, ob sie ermittelt haben, weiß ich nicht. Aber es war ja sogar eine Streife von der Kripo aus Fulda da. Die sind in der Nacht für uns zuständig. Die haben sich alles angeschaut und uns Fragen gestellt. Und es sah ja auch alles so aus, als ob... also wie Selbstmord. Noch dazu der Abschiedsbrief, und es war ja auch niemand anders im Haus. Aber wenn man richtig drüber nachdenkt, also später dann, dann fragt man sich schon, warum er sich umgebracht haben soll. Da war doch nichts..."

„Und der Abschiedsbrief! Eine Entschuldigung mit seiner Unterschrift. Das passt auch nicht zu Simon. Der hat immer alles ausführlich und ein bisschen umständlich erklärt." Michaela Seitz schüttelte den Kopf, und es sah ein wenig so aus, als wollte sie sich selbst überzeugen.

Dann wandte sie sich an ihren Mann: „Hast du von der Flasche erzählt?"

„Äh, nein", antwortete Seitz, und dann zu Nick: „Da war eine Flasche unter dem Sofa. Irgend so ein Zeug wie Jägermeister."

„Ja?"

„Naja, aber Simon hat nicht getrunken. Und schon gar nicht sowas. Und dann eine ganze Flasche! Mal ein Glas Wein zum Essen oder Sekt zum Anstoßen. Aber sonst nicht."

„Aha", sagte Nick, der wieder nicht ganz verstand. „Aber was ist jetzt mit der Flasche gewesen?"

„Na, die lag unter dem Sofa. Leer. Haben wir erst ein paar Tage später gemerkt, als uns die Putzfrau darauf aufmerksam gemacht hat."

„Und die Flasche kann nicht von Ihrer letzten Party übrig geblieben sein?"

„Wo denken Sie hin?", mischte sich jetzt wieder Frau Seitz ein. „Sonja, unsere Putzfrau, kommt jede Woche. Und sie ist gründlich."

„Ich meine ja nur. Und woher kam die Flasche? Aus Ihrer Hausbar?“

„Nein“, sagte Roman Seitz entschieden, „sowas haben wir nicht. Also so einen billigen Schnaps. Eine Bar aber schon. Mit anderen Sachen.“

„Gut. Und wo ist die Flasche jetzt?“

„Im Altglas. Dort, wo sie hingehört“, sagte Frau Seitz und klang ein wenig pikiert, als hätte Nick die Ordnung in ihrem Haushalt ein weiteres Mal in Frage gestellt.

„Naja“, gab er zu bedenken, „wenn Sie doch den Verdacht hatten, dass da etwas nicht stimmt, hätte man die Flasche doch untersuchen können. Fingerabdrücke und so.“

Michaela Seitz sah wie ertappt ihren Mann an, der genauso betroffen zurückblickte.

„Das ist richtig“, räumte sie ein, „aber daran haben wir nicht gedacht.“

„Okay. Anderes Thema.“ Nick wollte nicht weiter auf der Verlegenheit der Eheleute herumreiten und machte es durch seine nächste Frage ungewollt noch schlimmer. „Was hatte Simon denn für Pläne an dem Wochenende?“

Roman Seitz errötete. „Keine Ahnung. Wir haben uns kurz verabschiedet, als wir losgefahren sind. Aber das war auch nur so ein Rufen die Treppe hoch. Simon hat ein Stück weit sein eigenes Leben gelebt, darüber wussten wir nicht allzu viel. Was wir wussten, war, dass wir uns auf ihn verlassen konnten. Also, wir waren nicht in Sorge, dass er irgendwas anstellen würde, wenn wir nicht da waren. Aber was er genau gemacht hat?“ Seitz schüttelte den Kopf. „Darüber wussten wir nicht viel. Vielleicht wussten wir auch gar nichts darüber.“

Nick überlegte. „Und was ist mit Ihren Nachbarn? Haben die was mitbekommen? Wie ist Simon überhaupt unterwegs gewesen? Hat er ein eigenes Auto oder durfte er Ihres fahren?“

Seitz kratzte sich am Kopf. „Nein zu allem. Simon hatte noch keinen Führerschein. Er war entweder mit dem Fahrrad unterwegs oder ließ sich von seinen motorisierten Freunden abholen. Da gab es welche, die schon ein Auto hatten. Oder Motorräder. Und die Nachbarn? Weiß nicht. Hast du mit denen gesprochen, Michaela?“

Seine Gattin nickte. „Ja, die sind nach Simons Tod vorbeigekommen, um ihr Beileid auszusprechen. Die Maiwalds jedenfalls. Die Grebes nicht, die haben nur eine Karte geschickt. Aber ich habe Frau Grebe auf der Straße getroffen und kurz mit ihr gesprochen.“

„Und?“, wollte Nick wissen.

„Nein, nichts. Ich habe sogar direkt gefragt, ob sie mitbekommen haben, wie Simon nach Hause gekommen ist. Grebes haben vor der Glotze gesessen. Ein Krimi. Da hat es wohl genug geknallt, so dass Geräusche von der Straße untergegangen wären.“

„Und die anderen Nachbarn, die Maiwalds?“ Nick wurde allmählich etwas ungeduldig.

„Haben auch nichts Auffälliges wahrgenommen“, berichtete Michaela Seitz von ihren Erkundungen am Gartenzaun. „Möglicherweise wäre da mal ein Auto gewesen. Das fällt in unserer Straße ja auf. Und normalerweise passt auch ein Nachbar auf den anderen auf. Aber so spät am Abend? Und dann weiß ja keiner genau, ob Simon am Samstag oder am Sonntag gestorben ist...“

„Haben wir am Sonntag nicht noch mit ihm telefoniert?“, fragte Roman Seitz.

„Nein, das war Samstag“, antwortete seine Frau.

„Ach ja. Stimmt ja.“ Roman Seitz versank wieder ein wenig in sich selbst.

„Hat denn der Arzt keinen Todeszeitpunkt festgestellt?“, ließ Nick nicht locker.

„Naja. So ungefähr nur. Die Leichenstarre war ja schon wieder vorbei, als ich Simon..., also als ich ihn da heruntergeholt habe. Deshalb muss das alles schon einige Zeit vorher gewesen sein, also nicht erst am Montag, als wir nach Hause gekommen sind.“

Nick hatte keine Fragen mehr. Auch von den Eheleuten Seitz kam nun nichts mehr.

„Sind Sie mit Ihren Bedenken denn nochmal bei der Polizei gewesen?“, fragte Nick schließlich und kam sich ein wenig scheinheilig vor.

„Ja“, sagte der Vater und klang resigniert, „aber das hat nichts gebracht. Wir waren sogar bei der Chefin von der Kripo. Die war sehr freundlich, aber sie hat uns auf die Fakten verwiesen. Ein Tatort ohne Anzeichen für Fremdeinwirkung, der Abschiedsbrief und das Video. Noch dazu war Simon längst eingeäschert. Da sei nichts mehr zu machen, hat sie gesagt. Aber sie hat natürlich versprochen, Augen und Ohren offen zu halten, falls es neue Erkenntnisse gibt.“

„Das klingt auch für mich ganz vernünftig, leider“, bekannte Nick, „aber was ist das mit dem Video?“

„Von unserer Überwachungskamera“, sagte Roman Seitz, „kann ich Ihnen zeigen.“ Er kramte sein iPhone aus der Jackentasche, scrollte ein bisschen rauf und runter und hielt das Telefon dann Nick vor die Augen. Die Perspektive der Kamera war von oben herab, sie musste also über der Haustür angebracht sein. Die Qualität des Filmchens war grenzwertig, schwarzweiß und ziemlich grobkörnig. Nick sah dennoch einen jungen Mann mit Nike-Basecap auf dem gesenkten Kopf, der sich der Haustür näherte, einen Schlüssel aus der Hosentasche zog und ins Schloss steckte. Das letzte Bild war der Blick von oben auf die Basecap und die dunklen Sneakers mit den hellen Schnürsenkeln.

„Das ist Simon?"

„Kein Zweifel. Das ist unser Sohn mit der Nike-Kappe, die er immer getragen hat, manchmal auch zum Schlafen." Roman Seitz steckte sein Handy wieder ein.

Nick überlegte einen Moment und sagte dann: „Ich wünschte, ich könnte Ihnen helfen. Aber ich habe keine Ahnung, wo ich ansetzen sollte. Ich kann Ihnen nur wie die Polizistin versprechen, dass ich mich umhören werde. Dass ich herumfrage, wo es sinnvoll sein könnte. Aber ich fürchte, das bringt alles nichts. Manchmal ist das, wonach es aussieht, ganz einfach die Wahrheit. So bitter das ist." Irgendwie beschlich ihn das Gefühl, dass sein Gespräch mit den Eheleuten Seitz die Wiederholung dessen war, was sie mit Britta besprochen hatten.

Michaela Seitz klang dann ganz gefasst, als sie antwortete: „Wir danken Ihnen, dass sie uns angehört haben. Auch das hilft uns. Aber bitte behalten Sie auch im Hinterkopf, dass wir überzeugt davon sind, dass es anders war, als es jetzt scheint. Simon hätte das nie getan, das steht für uns fest."

„Okay, ich werde mir das merken", sagte Nick, stand auf und geleitete die Eheleute zum Ausgang. Als sie gegangen waren, blieben ihm nur wenige Minuten Zeit, sich auf den Weg ins Gericht zu machen. Wie jeder gute Journalist gelang es ihm, von einem Moment auf den anderen von einem Thema zum nächsten umzuschalten.

Der Prozess im Amtsgericht war eine mühselige Angelegenheit gewesen. Eine Drogengeschichte mit einem verstockten Angeklagten, der all die Bälle, die ihm von seinem Verteidiger, dem Staatsanwalt und Jugendrichterin Manuela Königshof, die auch die Direktorin des Gerichts war, entweder nicht erkannte oder einfach nicht annehmen wollte. Bei glasklarer Beweislage hätten dem jungen Mann ein Geständnis, Einsicht und Reue sowie ein halbwegs überzeugender Plan für seine Zukunft einen erheblichen Rabatt beim Strafmaß eingebracht. Aber Pustekuchen, der 19-Jährige berief sich auf sein löcheriges Gedächtnis, gab nur wenige brummige Antworten und tat ansonsten so, als ginge ihn das alles nichts an. Sein Anwalt rollte mehrfach verzweifelt mit den Augen. Als ihn die Richterin schließlich zu Dauerarrest verdonnerte, fühlte sich der Angeklagte auch noch ungerecht behandelt. Auch dass er trotz seiner Volljährigkeit noch nach Jugendrecht verurteilt worden war, wusste er nicht zu würdigen. Wieder einer, der hier nichts verstanden hat, dachte Nick. Wenn er wenigstens lesen kann, erfährt er morgen aus der Zeitung, wie dämlich er sich verhalten hat.

Zurück in der Redaktion traf Nick um die Mittagszeit nur noch Rollo an. Der Rest der Mannschaft hatte seine übliche Rundtour zu einem der gastronomischen Betriebe in der Innenstadt angetreten. Die führte üblicherweise von Griechenland mit dem „Naxos" am Markt, über Vietnam im „Hai Long" am Linggplatz nach Italien mit dem „La Favola" im Hanfsack. Das waren die festen Stationen, die jede Woche auf dem Speiseplan standen. Sie wurden an den beiden anderen Tagen durch einige Variable ergänzt, etwa diverse Metzger mit Mittagstisch oder ein Burger-Restaurant. Das ging auf Dauer ganz schön ins Geld, weshalb Nick nur dann und wann mitzog. Mit Britta kochte er des Öfteren abends warm, so dass ihm jetzt ein belegtes Brötchen oder ein Salat reichten. Auch Rollo war ein Sparfuchs, der sich mit einem Imbiss aus eigener Herstellung versorgte. Zum Leidwesen von Geschäftsführer Matthias Berger verzehrte er diesen nicht in der dafür bestens ausgestatteten Gerüchteküche, sondern baute seine Tupperdosen rund um die Computer-Tastatur auf. Weil der Schreibtisch des Kollegen mit diversen Topfpflanzen, einer Musikanlage und zahllosen Erinnerungsgegenständen wie ein Wohnzimmer im Kleinformat anmutete, tat die wahlweise krümelige bis tropfende Verpflegung ein Übriges, um Berger die Zornesröte ins Gesicht zu treiben. Er hatte mit Hinweis auf die entsprechenden Einrichtungen, die in jeder Etage vorhanden waren, angeordnet, dass am Arbeitsplatz nicht gegessen und auch kein Kaffee gekocht, sondern nur gearbeitet wurde. Auch die Bepflanzung von Tischen und Schränken war nicht gestattet. Beim letzten Anpfiff hatte ihn Rollo nur angegrinst und gesagt: „Jaja. Ich schau mal, was sich machen lässt.“ Erwartungsgemäß hatte sich nichts machen lassen, so dass Rollos Schreibtisch Wochen später genauso verwahrlost aussah wie vorher. In Flurgesprächen begegneten die Redaktionsmitglieder einem ratlosen Verlagschef: „Ich kann ihm doch deswegen keine Abmahnung schreiben? Der ist schon über 40 Jahre bei uns. Aber was soll ich tun?“

Als Nick Rollo kurz vom Prozess im Amtsgericht erzählen wollte, unterbrach ihn der Kollege schon nach wenigen Sätzen. „Mir ist da was eingefallen, mit Gericht und so. Weil du doch heute Morgen Besuch hattest.“

„Ja?“, fragte Nick, der in Rollo nicht zu Unrecht das einzig wahre Redaktionsarchiv sah. Was Schönewolf in all den Jahren miterlebt hatte, mit wem er gesprochen und wen er politisch hatte agieren sehen, das war durch das Blättern in alten Zeitungen oder durch die Suchfunktion im ePaper nicht zu ersetzen.

„Also, ich habe doch richtig gehört, dass der Seitz vorhin bei dir war?“

„Genau. Er und seine Frau. Sie glauben nicht, dass es Selbstmord war.“

„Nun, das weiß ich auch nicht. Ich hab’ mich nur erinnert, dass mir vor einiger Zeit mal jemand von der Polizei was über den Sohn erzählt hat. War eine irre Geschichte, die man nicht vergisst.“

„Nun spann’ mich bitte nicht auf die Folter, Rollo, ich bin ganz Ohr!“

„Jaja.“ Rollo genoss offensichtlich das Interesse des Jüngeren und schaufelte sich zunächst einmal aus seinen Brotdosen und Plastikschüsseln einen undefinierbaren Pamps auf den Teller, der strengen Knoblauchduft verströmte. Matthias Berger würde hyperventilieren. Rollo langte zweimal herzhaft zu, dann fuhr er fort. „Ich musste erstmal überlegen, ob ich das noch zusammen bekomme. Also, muss zwei, drei Jahre her sein, da hatten sie ein paar jugendliche Erpresser am Wickel. Die haben ihre Mitschüler ziemlich drangsaliert. Ging außerdem um Körperverletzung und Diebstahl, ziemliche Früchtchen. Und eins der Opfer war der Sohn vom Seitz.“

„Okay“, sagte Nick, „aber was spielt das jetzt für eine Rolle, wenn das doch schon so lange her ist?“

„Naja, weiß ich auch nicht. Aber der Clou kommt ja noch.“

„Mann, Rollo...“

„Schon gut.“ Der Stubenälteste im HZ-Team schaute amüsiert und mampfte unverdrossen weiter. „Also, die haben den Sohn mit irgendwas erpresst, Androhung von Schlägen oder sowas. Und der junge Seitz hat Kohle beigeschafft, um sich die Arschlöcher vom Leib zu halten. Und weißt du, woher er das Geld hatte?“

„Nein, woher denn?“

„Na, von seinem Vater.“

„Der hat’s ihm gegeben?“

„Quatsch! Aber beim alten Seitz in der Wohnung lag so viel Geld rum, dass sich der Sohnemann bedienen konnte, ohne dass es der Vater bemerkt hat."

Nick lachte auf. „Das glaub' ich nicht!"

„Doch. Genauso ist es gewesen. Also, genauso hat man es mir erzählt. Der Seitz hat überall Bargeld gehabt. In der Jacke, in der Aktentasche, in irgendwelchen Schubladen. War wohl nicht mal richtig versteckt. Und das hat der Sohn genommen, um nicht verdroschen zu werden. Er musste das damals sogar vor Gericht aussagen, allerdings in Fulda."

„Beim Landgericht? Vor zwei Jahren oder so? Ich erinnere mich nicht daran."

„Nee, kannste auch nicht. Ich glaube, du hattest damals Urlaub, und wir haben die Gerichtsberichte von der Fuldaer Zeitung übernommen. Dass es der Sohn vom Seitz war, habe ich damals nur hintenrum erfahren."

Nick versuchte, Rollos Informationen in einen Zusammenhang mit dem Freitod von Simon Seitz zu bringen, doch das gelang ihm nicht. Einen Moment später kehrte die vom Griechen gesättigte Truppe in die Redaktion zurück, und Nick machte sich daran, seinen Gerichtsbericht von heute Morgen zu schreiben.

ACHT.

Britta war in Tränen aufgelöst, als Nick nach Hause kam. Er war sofort alarmiert, denn so kannte er seine Geliebte nicht. Normalerweise wurde Britta in der Krise eher stärker, als dass sie Schwäche zeigte. Das galt auch im privaten Bereich. Obwohl sie ein empathischer Mensch und im Grunde harmoniebedürftig war, ließ sie sich nicht so schnell aus der Fassung bringen und reagierte in den allermeisten Fällen zunächst gelassen. Dass sie hemmungslos heulte, hatte Nick bisher nicht erlebt.

„Was ist passiert, mein Schatz?"

„Ulf, das Schwein", schluchzte sie, „er will mich fertigmachen."

„Oh Gott, was hat er sich jetzt wieder ausgedacht?" Nick hatte sich schon seit ein paar Wochen gewundert, dass Brittas verlassener Ehemann nicht mehr von sich hören ließ. Unmittelbar nach der Trennung hatte er seine Frau noch in die Pflicht genommen, als er während der Chemotherapie gegen seine Krebserkrankung Hilfe im Haushalt und bei der Pflege benötigte. Nachher hatte er ihr über seinen Anwalt das Leben schwer gemacht und Britta mit Erfolg verdeutlicht, dass sie eine Scheidung teuer bezahlen würde. Dann aber war über Monate Schweigen im Walde gewesen.

Britta brauchte eine Weile, bis sie sich beruhigt hatte, so dass sie halbwegs sortiert über ein hochnotpeinliches Gespräch mit ihrem Vorgesetzten, dem Leiter der Hersfelder Polizeidirektion, berichten konnte. Rainer Becker verstand sich zwar als väterlicher Freund seiner Leute, doch unterstand auch er dem Regiment Klaus Zieglers, der das übergeordnete Polizeipräsidium in Fulda nach außen hin jovial, doch nach innen mit harter Hand leitete. Folglich balancierte Becker ständig zwischen verständnisvoller Zuwendung und bisweilen ruppiger Autorität, die ihn davor schützen sollte, dass man ihm allzu oft auf der Nase herumtanzte. Zu Britta, die bisweilen sogar als seine Stellvertreterin fungierte, hatte er im Alltag ein durchaus entspanntes Verhältnis. Allerdings war Becker, einem Polizisten alter Schule, bei bestimmten Gelegenheiten anzumerken, dass er mit Frauen in Führungspositionen ein wenig fremdelte.

Wie Nick von einer erst verzweifelten, dann aber immer wütenderen Britta erfuhr, hatte Becker sie in sein Büro beordert, kaum dass sie an diesem Morgen im Direktionsgebäude in der Kleinen Industriestraße eingetroffen war. Weil sich Britta auf dem Weg zur Arbeit noch kurz den Tatort eines Einbruchs in eine Apotheke angesehen hatte, war sie eine Viertelstunde später gekommen als üblich. In diesen 15 Minuten hatte Becker dreimal bei der Wache am Eingang nachgefragt und jedes Mal hinterlassen, Frau Stegemann möge doch unverzüglich bei ihm vorsprechen. Beim dritten Mal soll der Polizeidirektor schon ziemlich sauer gewesen sein.

Als Britta dann endlich auf einem der beiden unbequemen Stühle saß, die Becker vor seinem Schreibtisch aufgestellt hatte, druckste dieser zunächst herum. Von einer höchst unangenehmen Angelegenheit sprach er umständlich, denn Brittas Privatleben ginge ihn natürlich nichts an, solange es nicht im Widerspruch zu ihren dienstlichen Verpflichtungen stünde. Nun sei ihm aber „zu Ohren gekommen", dass sich bei Britta möglicherweise beide Bereiche überlappten und dass deshalb ihre „polizeiliche Integrität" in Frage stehe.

Britta schaute ihren Chef ratlos an. „Sehen Sie die dicken Fragezeichen über meinem Kopf? Ich habe keine Ahnung, was Sie mit dieser kryptischen Rede sagen oder mir gar vorwerfen wollen. Würden Sie sich freundlicherweise deutlicher ausdrücken?"

Beckers Gesichtsfarbe wechselte von schweinchenrosa zu dunkelrot. Ob aus Scham oder aufsteigender Wut, konnte Britta nicht deuten. Einmal mehr war sie froh, dass sie im Umgang mit ihrem Vorgesetzten dem in der Direktion weit verbreiteten Du entsagt und es beim freundschaftlichen Siezen belassen hatte. Ein gewisser Sicherheitsabstand war nicht nur beim Coronavirus von Vorteil.

Der Polizeidirektor war offenkundig angefressen. „Ersparen Sie mir bitte Wortklauberei und Spielchen, Frau Stegemann. Was ich aus meiner Ansicht nach zuverlässiger Quelle gehört habe, ist der sehr, sehr ernst zu nehmende Vorwurf, Sie hätten eine private Beziehung zu Jemandem von den Medien."

„Wer behauptet so etwas?"

„Sie werden Verständnis haben, dass ich meine Quelle hier und heute nicht offenlege. Ich sage nur so viel, dass es sich hier nicht um Flurgeschwätz, sondern um einen Hinweis von ganz oben handelt."

Jetzt schrillten bei Britta die Alarmglocken. Becker wohnte im Nachbar-Landkreis Schwalm-Eder, hatte praktisch keine Bezüge zur Hersfelder Gesellschaft und ließ sich nur bei einigen wenigen offiziellen Terminen blicken. In der Stadt und der Umgebung hatte sie mit Nick schon die eine oder andere brenzlige Situation erlebt, als sie unversehens Bekannten über den Weg gelaufen waren. Das war zwei- oder dreimal ganz schön knapp gewesen, hatte auch ein paar dumme Fragen nach sich gezogen, doch für die Aufdeckung ihres Verhältnisses hatte es glücklicherweise nie gereicht. „Von ganz oben“ konnte nur eine übergeordnete Behörde sein. Das Präsidium in Fulda? Dort gab es niemanden, der von ihr und Nick wissen konnte. Das Ministerium in Wiesbaden? Das Landeskriminalamt? Dito und dito. Blieb nur das Regierungspräsidium in Kassel, mit dem es zu bestimmten Anlässen immer wieder Berührungspunkte gab. Man kannte sich, man sprach miteinander. Und dort brütete Ulf offenbar intensiv darüber, wie er seiner Ex die Karriere vermasseln konnte. Ulf hatte lange nicht mitbekommen, dass sie fremdging, doch irgendwann etwas geahnt. Auch hatte er bei einem oder zwei Presseterminen Nick gegenüber Bemerkungen gemacht, die diese Vermutung nährten. Gesprochen hatte sie mit Ulf darüber nicht. Wenn er jetzt seinen Verdacht bis in ihre Dienststelle lancierte, dann war das die Rache des Verlassenen.

„Herr Becker, Sie haben Recht“, sagte Britta nach einem Moment des Überlegens, „mein Privatleben geht Sie nullkommanull an. Und natürlich kenne ich eine ganze Reihe von Menschen, die bei den Medien arbeiten. Das bringt mein Job mit sich. Mit denen rede ich und tausche auch mal Informationen aus, das ist ein Geben und Nehmen. Selbstverständlich nur im zulässigen Rahmen. Wenn Sie also an meiner Loyalität zweifeln, sage ich Ihnen: Dazu besteht nicht der geringste Anlass. Wenn Sie anderer Ansicht sind: Beweisen Sie es!“ Mühsam beherrscht stand sie auf und verließ ohne ein weiteres Wort oder Abschiedsgruß Beckers Büro.

Nachher bezweifelte sie, ob sie sich klug verhalten hatte. Becker würde die Sache bestimmt nicht auf sich beruhen lassen. Andererseits konnte sie sich nicht sein altväterliches Getue gefallen lassen. Erst recht musste sie der Unterstellung, Dienstliches und Privates nicht auseinanderhalten zu können, widersprechen. Natürlich war sie sich des Konfliktes bewusst, der durch ihre Beziehung zu Nick entstanden war. Doch bisher hatten sie diese Gratwanderung weitgehend problemlos gemeistert.

Beckers Anspielungen waren für Britta eindeutiges Indiz, dass Ulf seine Finger im Spiel hatte. Mittlerweile verachtete sie ihren früheren Ehemann für seine Rachsucht, für seinen Kleingeist, für sein menschlich mieses Verhalten. Er hatte sie doch schon wirtschaftlich gedemütigt. Reichte das nicht? Musste er sie nun auch beruflich fertigmachen? Wieder kullerten die Tränen.

Nick nahm Britta fest in den Arm, streichelte ihr Gesicht und küsste die Tränen weg. Nachdem er sie eine Weile so gehalten hatte, ebbte ihr Schluchzen ab. Sie erwiderte seine Zärtlichkeiten, und Nick wusste nun, dass bald wieder Britta, die Kämpferin, die Oberhand gewinnen würde. Und tatsächlich schaltete sie von einem Moment auf den anderen um und verblüffte ihren Freund dadurch einmal mehr. „Mach's mir", verlangte sie, „gleich hier!"

Nick kannte sie nun wieder gut genug, um keine überflüssigen Fragen zu stellen. Also war die Wohnzimmercouch ein ebenso guter Ort für ihr Liebesspiel wie das Bett im Schlafzimmer. Nick küsste Britta auf den Mund, während seine Hände schon damit beschäftigt waren, ihr die Klamotten vom schönen Leib zu schälen. Es war jedes Mal so wie ein Geschenk auszupacken. Nick küsste sie jetzt überall, ließ seine Zunge über ihre köstlich duftende Haut wandern, hatte sich selbst seiner Kleidung entledigt und drang schließlich fordernd in sie ein.

Als sie später schweißgebadet zur Ruhe kamen, überraschte ihn Britta mit einem weiteren Themenwechsel. „Damit du es weißt, ich schaue mir morgen eine Wohnung an. Drei Zimmer, Küche, Bad, Terrasse und bezahlbar." Sie sah ihm vergnügt in die Augen.

„Schön für dich. Wo denn?"

„Auf dem Johannesberg."

„Und wo da?"

Britta nannte einen Straßennamen, der mit einer Baumart begann. In dem Hersfelder Stadtteil, der sich ab Anfang der 70er Jahre jenseits der Autobahn A4 entwickelt hatte, waren die Straßen phantasielos nach Bäumen und Sträuchern benannt. Mittlerweile war der Johannesberg, der sich bis zum ehemaligen Ableger des Klosters Hersfeld bis ganz nach oben erstreckte, mit knapp 4000 Einwohnern der größte Vorort der Kernstadt.

Nick stutzte, als er die Adresse realisierte. „Bist du verrückt? Das ist nicht weit von meinen Eltern!"

„Ist sogar direkt daneben, wenn ich das richtig sehe. Eine Einliegerwohnung bei netten alten Leuten. Mit eigenem Eingang. Und eine Sauna haben die wohl auch im Haus. Die könnte ich mitbenutzen."

„Du spinnst wirklich, Britta. Das sind die Neumanns. Direkt das Grundstück neben meinen Eltern."

„Ja und? Ist doch prima und das, was du wolltest!"

„Was ich wollte?"

„Na, sieh doch mal: Du besuchst als guter Sohn die liebe Mama und den lieben Papa, und keiner denkt sich was dabei. Und dann schlüpfst du mal über den Zaun zu deiner scharfen Freundin – ist das nichts?"

„Du bist ein Biest, Frau Stegemann!"

„Kann sein. Aber viel wichtiger ist: Kannst du noch mal?"

Nick konnte. Diesmal im Schlafzimmer. Und auch damit war der Spaß noch nicht vorbei. Nach ein paar Minuten der Erschöpfung verlangte Britta nach Eiscreme. Nick stürzte splitternackt wie er war zum Kühlschrank und holte eine Packung Vanille-Nuss aus dem Gefrierfach. Irgendjemand hatte ihm mal einen Portionierer geschenkt, mit dem sich schöne Kugeln formen ließen. Er bestückte zwei Schüsselchen, sprühte noch etwas Sahne darüber und kehrte zum Bett zurück. Während sich Britta heißhungrig über ihren Teil hermachte, ließ sich Nick mehr Zeit: Er drapierte sein Eis Löffelchen für Löffelchen auf besonders interessante Stellen von Brittas Körper und schleckte sie dort genussvoll ab. Britta quiekte zwar jedes Mal, wenn sie Kälte an einem neuen Ort spürte, doch Nicks süße Entdeckungsreise bereitete auch ihr lustvolles Vergnügen. Nachher klebten beide so, dass sie noch unter die Dusche hüpfen mussten. Auch das Bettzeug war so versaut, dass sie es noch rasch wechselten. Dabei lachten sie so unbeschwert wie lange nicht. Kein Gedanke mehr an Ulf, an den Polizeipräsidenten und an das leidige Thema der getrennten Wohnungen.

Zweiter Teil: DEZEMBER

NEUN.

Nick war auf dem Weg zum Obersberg. Er hatte eine Verabredung mit Rebekka Wiegand, der Chefredakteurin der Schülerzeitung „Obersburger". Für ihn war die Fahrt zum oberhalb des Hallenbades „Aquafit" gelegenen Schulkomplex eine Reise in die Vergangenheit. Die dreiteilige Lernfabrik war ihm über viele Jahre eine zweite Heimat gewesen, in der sich zentrale Teile seines Lebens abgespielt hatten. Jeden Morgen war er mit seinem Fahrrad den Johannesberg hinunter gesaust, hatte auf dem Radweg über die Lomo-Kreuzung ordentlich in die Pedale getreten und war dann in kleinen Gängen den Obersberg hinauf gestrampelt, um leicht verschwitzt den Schultag zu beginnen. Der Heimweg war dann sogar ein wenig anstrengender gewesen, weil sich die Steigung des Johannesbergs ein Stück länger hinzog als der Obersberg-Anstieg, bis Nick sein Elternhaus hoch droben erreicht hatte. Nur im dicksten Winter oder bei Glatteis war er in den Schulbus gestiegen, der mit dem Umweg über die Innenstadt seine Zeit brauchte, um seine vielköpfige, lärmende Fracht vor der Schule abzuladen.

Nick stellte sein Auto auf dem kleinen Parkplatz unterhalb der Großsporthalle ab und ging die Treppen zum Pausenhof hinauf. Dabei passierte er das Schwimmbad der Schule. Von außen blickte er auf die 25-Meter-Bahn, die bei ihm ungute Erinnerungen weckte. Weil Nick ein mäßiger Schwimmer war, der auch als junger Mensch einen eher betulichen Brust-Stil pflegte, bei dem sein Kopf kaum unter Wasser geriet, war ihm das sportliche Kraul-Schwimmen immer suspekt geblieben. Sein damaliger Sportlehrer hatte ihn jedoch nicht vom Haken gelassen und ihn eine versäumte Prüfung in der nächsten Stunde nachholen lassen. Nick hatte in diesem Moment wieder die Bilder vor Augen, wie er fast abgesoffen war, als er zwei Bahnen auf Zeit kraulen sollte, sich auf der ersten Hälfte schon verausgabt hatte und ihn beim zweiten Teil die Kräfte verließen. Wie ihn der Lehrer am Beckenrand mit leichtem Spott in der Stimme anfeuerte und wie er sich kurz vorm befürchteten Ertrinken noch in erbärmlich schlechter Zeit nach Luft schnappend an den Beckenrand gerettet hatte – noch heute schoss ihm ob dieser blamablen Vorstellung die Schamesröte ins Gesicht.

Das Gute an der Schule war, dass sich an den Schüler Nick Scholz bestenfalls ein paar ältere Lehrer oder Lehrerinnen erinnern würden. Folglich gab es keinen Grund für ihn, hier nicht mit seinem gewohnten Selbstbewusstsein aufzutreten. Er war kein Schüler mehr, sondern Redakteur der Hersfelder Zeitung.

Links vom Haupteingang befand sich die Pausenhalle, in der Nick allerdings vergeblich nach Rebekka Wiegand Ausschau hielt. Ein Blick auf seine Uhr sagte ihm, dass er überpünktlich war. Noch zwei Minuten bis zum vereinbarten Termin.

„Ah, Besuch von der Zeitung! Was verschafft uns die Ehre?“, tönte eine sonore Stimme hinter ihm. Nick drehte sich um und sah sich Dr. Friedemann Ehrlich gegenüber, dem illustren Leiter der Modellschule. Ehrlich war wie immer picobello gekleidet in modischem Anzug mit Weste, dezent gemustertem Hemd und Fliege. Aus der Westentasche wand sich eine goldene Kette, an deren Ende sich – wie Nick von früheren Begegnungen wusste – eine antik anmutende Taschenuhr befand. Im Zeitalter der Apple Watch ein außergewöhnliches Accessoires, doch niemand wäre auf die Idee gekommen, den Direx für einen Mann von gestern zu halten. Im Gegenteil: Dr. Ehrlich, ein jung gebliebener Mitt-Fünfziger mit immer noch vollem, leicht ergrautem Haar, galt als moderner, kommunikativer Schulleiter, der die MSO auch nach außen souverän vertrat und ein offenes Verhältnis zu den Medien pflegte. Bei Veranstaltungen der HZ wie etwa dem „Lolls-Schoppen“ während des traditionellen Lullusfestes im Oktober, war Ehrlich gern gesehener Stammgast, der immer für ein Bonmot gut war. Auch bei unangenehmen Themen drückte er sich nicht vor einer Auskunft oder einer Stellungnahme.

„Warum bin ich nicht überrascht, Sie hier zu sehen?“, flachste Nick, „aber ich will heute gar nichts von Ihnen.“

„Da bin ich beruhigt! Zu viel Aufmerksamkeit unserer investigativen Heimatzeitung, da müsste ich mich in Acht nehmen. Am Ende finden Sie noch was Verdächtiges!“, kam es ebenso launig zurück.

„Keine Sorge, Herr Doktor! Ich bin nur hier, um etwas Nettes über die Schülerzeitung zu schreiben, für unsere Zisch-Aktion.“

„Dann treffen Sie sich bestimmt mit unserer sehr begabten Chefredakteurin Frau Wiegand, die da hinten den Saal betritt“, sagte Ehrlich mit einem Kopfnicken in Richtung Eingang. „Dann viel Vergnügen! Ich kann Ihnen leider keine Gesellschaft leisten. Sie wissen schon, die Pflichten eines viel beschäftigten Mannes…"

„Jaja. Kann ich mir vorstellen, so kurz vor Lehrer-Dienstschluss am Mittag!"

„Wenn Sie wüssten, Herr Scholz! Aber die Presse lebt ja von ihren Vorurteilen!" Mit einem breiten Grinsen und einem lässigen Winken wandte sich Ehrlich ab und verschwand in Richtung des Lehrerzimmers.

Die noch immer ganz in Schwarz gekleidete Rebekka Wiegand führte Nick zielsicher zu einem ehemaligen Klassenzimmer im Untergeschoss. Der Raum war fensterlos, und die bloße Vorstellung, hier Unterricht in Latein, Deutsch oder Mathematik über sich ergehen zu lassen, wirkte trostlos. Für die Redaktion des „Obersburger" mochte es angehen. An den kahlen Wänden befanden sich DIN A1-Ausdrucke einiger Titelseiten, die der journalistische Nachwuchs offenbar für gelungen hielt, und diverse Charts, auf denen die nächste Ausgabe des Schülermagazins geplant wurde. Zwei Rechner älteren Datums standen zur Verfügung, ein Drucker und mehrere Tische, auf denen Kartons, Arbeitsmaterialien, Unterlagen und Bücher deponiert waren – in der erwarteten Mixtur aus heillosem Chaos und penibler Ordnung. Herzstück der Redaktion war ein altes Sofa, auf dem jetzt auch Rebekka und Nick Platz nahmen.

„Ihr habt jetzt gleich Redaktionssitzung?", fragte Nick, der sich ein wenig wunderte, dass sie niemanden anderes angetroffen hatten.

„Ja, gleich. Wenn die nächste Stunde rum ist. Dann kommen die Jessie und der Philipp. Matze ist auf Tutorenfahrt und Simon… also, mehr sind wir nicht."

„Und das reicht, um regelmäßig eine Zeitung zu machen?"

„Oh ja", bestätigte Rebekka. „So oft erscheinen wir ja nicht. Und auch nicht wirklich regelmäßig. Immer wenn genug Stoff für eine Ausgabe da ist, drucken wir. So etwa zweimal im Halbjahr. Wir bekommen ja auch Beiträge von anderen. Manchmal sogar von Lehrern."

„Aha. Und was sind so Eure Themen?"

Rebekka Wiegand stutzte. „Ja, alles Mögliche. Das ist verschieden. Nachrichten aus der Schule natürlich, aber sonst das, was reinkommt. Interviews mit Lehrern und Mitschülern. Fotoprojekte, Witze, aber auch Infos zu Veranstaltungen, die noch kommen, und Berichte über die, die schon stattgefunden haben. Manchmal haben wir auch Reportagen über Klassenfahrten oder den Austausch mit Partnerschulen im Ausland."

„Und Sie entscheiden, was reinkommt ins Blatt und was nicht?"

„Nein, das entscheiden wir gemeinsam. Aber es war bisher schon so, dass Simon und ich die meiste Arbeit gemacht haben. Die anderen sind mehr so dabei. Wenn Sie verstehen, was ich meine. Ist halt cool, wenn man sich als Journalist bezeichnen kann. Und so einen Ausweis von der Jugendpresse hat. Aber das sehen Sie ja gleich selbst, wenn die anderen kommen."

„Okay. Aber Simon fehlt Ihnen jetzt. Was bedeutet das für Ihre Arbeit?"

Wiegand schwieg, blickte ins Leere und plötzlich kullerte eine Träne über ihre Wange.

„War Simon Ihr Freund?", fragte Nick mit leiser Stimme.

Die junge Frau sah ihn an und schien etwas sagen zu wollen, als plötzlich die Tür zum Redaktionsraum aufgerissen wurde.

„Hey, was läuft?", kam es laut und aufdringlich von einer Schülerin, deren äußere Erscheinung mit dem Wort „grell" umfassend beschrieben war. Die Haare asymmetrisch geschnitten, so dass sie auf einer Seite lang, auf der anderen fast stoppelig kurz waren. Die Farben Pink und ein irgendwie schmutziges Türkis waren über den gesamten Schopf ziemlich ungleichmäßig verteilt. In der Nasenscheidewand steckte Metall, in der Unterlippe ebenfalls, was Nick ziemlich abstoßend fand. Dass es sich bei dieser Person um die angekündigte Jessie handeln musste, schloss er aus ihrem besitzergreifenden Eintreten. Auch ihre Kleidung war ein Statement: Trotz der kühlen Jahreszeit trug sie einen ledernen Minirock über einer schwarzen Strumpfhose und ein schlabberiges, ebenfalls dunkles Oberteil, das weder als T-Shirt noch als Bluse zu identifizieren war. In ihrem Schlepptau befand sich ein unscheinbarer junger Mann mit Brille, der Nick nicht etwa als Philipp, sondern als „Professor" vorgestellt wurde.

„Du bist also der Typ von der Zeitung", quietschte Jessica zur Begrüßung, rammelte sich zu Nick und Rebekka auf das Sofa und fragte: „Gibt's Kaffee?"

Rebekka Wiegand wies mit einem Kopfnicken zur gegenüberliegenden Wand, wo auf einem Tisch die Kaffeemaschine mit einer halbvollen Kanne auf der Wärmeplatte stand. „Da drüben. Musst sehen, ob er noch okay ist."

„Noch jemand einen?", flötete Jessica, und Nick hörte sich zu seiner eigenen Überraschung sagen: „Ja, gerne."

„Milch, Zucker?", fragte der Paradiesvogel, der mit seinem Auftritt irgendwie die Regie übernommen zu haben schien, und wieder kam es von Nick lammfromm: „Ja, bitte." Der Professor wurde nicht gefragt, sagte aber auch nichts. Und die Chefredakteurin blieb ebenfalls stumm.

Während Jessica mit Kaffeetassen hantierte, wurde kein weiteres Wort gesprochen. Zurück auf der Couch reichte sie Nick eine der beiden Tassen und beugte sich dabei so weit vor, dass ihr Oberteil einen tiefen Einblick gewährte. Kleine Brüste, kein BH, stellte Nick fest und schaute schnell wieder weg. Ob das beabsichtigt gewesen war? Als er im nächsten Moment Jessicas amüsierten Gesichtsausdruck registrierte, hatte er seine Antwort.

Anschließend stellte Nick der versammelten Redaktion das Zisch-Projekt im Allgemeinen und die Zusammenarbeit des „Obersburger" mit der HZ im Besonderen vor. Man wollte nach geeigneten Themen suchen, um sie sowohl in den Print-Ausgaben als auch Online auf Instagram und Facebook zu präsentieren. Dass es kein leichtes Unterfangen werden würde, sowohl die etablierte HZ-Leserschaft als auch die Schulgemeinde gemeinsam anzusprechen, war ihnen klar. Versuchen würden sie es trotzdem und dabei unter anderem auf eine jugendlich-frische Optik setzen. Hier meldete sich dann auch Philipp, der Professor, zu Wort, der offenbar über Kenntnisse im Web-Design verfügte. Von Jessica kam im Grunde nichts Konstruktives, so dass Nick Rebekkas Einschätzung ihrer Redaktionsmitglieder nachvollziehen konnte. Nach etwa 20 Minuten verebbte das Gespräch, und Jessica entschuldigte sich kurz darauf mit Vorbereitungen für eine am nächsten Tag anstehende Klausur. Auch Philipp war wenig später mit einem „Tschüss, dann" verschwunden.

„Jetzt wissen Sie, was ich gemeint habe", stellte Rebekka Wiegand kurz und trocken fest, als sie mit Nick wieder alleine auf dem Sofa saß, und der lächelte verständnisvoll.

Nick ließ ein paar Momente verstreichen, ehe er seine Frage von vorhin sinngemäß wiederholte. „Vermissen Sie Simon nur als Redaktionskollege oder war da mehr?"

„Warum wollen Sie das wissen? Was geht Sie das an?"

„Nichts. Aber ich sehe, was ich sehe. Und es interessiert mich, wenn ich mich mit Ihnen unterhalte."

Die junge Frau blickte erneut ins Leere, ehe sie sprach. Und wieder kullerte eine Träne über ihre Wange. Dann sagte sie so leise, dass Nick sie kaum verstand: „Ich habe Simon geliebt."

Nick, der das Dilemma erahnte, ließ sich ebenfalls einen Moment Zeit, ehe er feststellte: „Aber Simon hat Ihre Gefühle nicht erwidert."

„Nein. Und ich weiß nicht einmal, ob er sich klar darüber war, was ich für ihn empfunden habe."

„Haben Sie nicht mit ihm darüber gesprochen? Schließlich haben Sie ja hier eng miteinander gearbeitet."

Wiegand schluckte. „Das konnte ich nicht."

„Zu schüchtern?"

„Das auch. Aber das war es nicht in erster Linie."

„Sondern?"

„Simon war auch verliebt – aber eben nicht in mich. Und das konnte jeder sehen, der nicht ganz mit Blindheit geschlagen war."

„Oweh, das tut mir leid für Sie. Das muss schwer gewesen sein."

Die Schülerin wandte sich jetzt Nick zu, hatte offenbar Vertrauen gefasst. Vielleicht sah sie auch eine Gelegenheit, ihren Kummer endlich mit jemandem zu teilen.

„Ja. Es war schwer. Wir hatten ein prima Verhältnis, fast intim, aber eben nicht so. Wir waren in den allermeisten Dingen absolut auf einer Linie. Das passiert mir nicht oft. Mir sind viele Gleichaltrige noch zu kindisch oder oberflächlich, und ich kann mit dem meisten, was die anderen machen, nicht viel anfangen. Also Netflix schauen, Games, Tindern – all der Quatsch, der heute so getrieben wird, das ist nicht meine Welt. Und Simon war im Grunde genauso. Er hat zwar stundenlang vor dem PC gehockt und gespielt, doch sein Hirn war noch nicht weichgekocht. Wir mussten manchmal nur eine Silbe von irgendwas sagen –

und wooosh – wir hatten dasselbe gemeint. Dann haben wir uns angeschaut und gelacht wie blöd. Echt krass."

„Und trotzdem hat es nicht gefunkt?"

„Nein, das war alles so... so kumpelhaft. Wie beste Freunde eben. Aber nicht wie Lovers."

„Komisch. Was Sie erzählen, klingt so, als hättet ihr gut zueinander gepasst."

„Habe ich auch gedacht. Aber Simon hat mir immer wieder von seiner großen Liebe vorgeschwärmt. Wie toll er sie fand, wie gut sie aussieht, wie sie ihn immer wieder mit ihren Ansichten überrascht, wie unerschrocken sie ist. Ich war ihm da wohl viel zu gewöhnlich. Zu langweilig."

„Diesen Eindruck machen Sie auf mich nun gerade nicht, Rebekka. Ich sehe eine attraktive, intelligente Frau, die die Dinge reflektiert, die sich engagiert und die zehnmal interessanter ist als die Hühnchen, die es in Ihrer Altersklasse zuhauf gibt."

Das brachte Wiegand zwar nicht zum Lachen, rang ihr jedoch ein Lächeln ab. „Danke für die Blumen. Ich wünschte, es wäre so."

„Wussten Sie eigentlich, für wen Simon da so geschwärmt hat? In wen er verliebt war?"

„Ja. Leider. Jessie. Die von eben."

„Oh Gott! Das ist nicht Ihr Ernst?"

„Oh doch. Und Sie werden verstehen, dass ich das nicht begreifen konnte. Oder wollte. Simon und Jessie? Da gab es in meinen Augen so gar nichts, was zueinander passte. Zunächst einmal hat sie schon einen Freund. Und dann... Dieses Grelle, dieses Aufgesetzte, dieses Kalkulierte. Ich hatte das Gefühl, sie hat nur ein bisschen mit ihm gespielt. Hier ein Spruch, dort eine plump vertrauliche Geste oder ein provozierter Blick ins T-Shirt, das ganz zufällig aufklafft. Das war alles so billig, und ich habe lange nicht glauben wollen, dass Simon auf diese Nummer abfährt. Vor allem, weil klar war, dass daraus nicht mehr werden würde. Aber er fand das angeblich originell und fühlte sich von ihr wahrgenommen."

„Nicht zu fassen. So wie Sie das erzählen, muss er da seinen Verstand ausgeschaltet haben."

„Kann gut sein. Man sagt ja, dass Männer manchmal mit den Eiern denken. Verzeihung."

Nick lachte. „Habe ich auch schon gehört. Also haben Sie vermutlich recht."

Nick dachte nach. „Ist es möglich, dass sich Simon wegen dieser unerwiderten Liebe das Leben genommen hat?"

„Weiß ich nicht", kam es kurz angebunden zurück.

„Naja. Sein Abschiedsbrief mit der Entschuldigung würde dazu passen."

„Welcher Abschiedsbrief?"

„Davon wissen Sie nichts?"

„Woher denn?"

„Sorry, stimmt ja. Also Simon hat einen kurzen Abschiedsbrief hinterlassen, in dem er sich entschuldigt."

„Wofür denn?", fragte Wiegand.

„Das hat er nicht geschrieben. Nur, dass es ihm leid tut und dann seine Unterschrift. War wohl kein richtiger Brief, sondern ein abgerissenes Stück Papier."

Rebekka Wiegand sah Nick mit weit aufgerissenen Augen an. „So ein Quatsch!"

„Wieso Quatsch?"

„Dieses Tut-mir-leid mit Unterschrift ist eine Strafarbeit vom letzten Jahr gewesen. Da hatte Simon mit ein paar anderen ziemlichen Mist gebaut. Da ging es um massives Mobbing. Simon war nicht der Schlimmste von denen, aber er war dabei. Und er musste eine ausführliche Entschuldigung schreiben. Sein angeblicher Abschiedsbrief, von dem Sie da erzählen, der klingt genauso wie der Schluss davon."

Nick war einen Moment sprachlos. „Und wer weiß über diese Mobbing-Geschichte Bescheid? Sie etwa?"

„Nein. Nicht wirklich. Simon hat mir das auch nur so grob erzählt. Hat sich ganz schön geschämt dafür. Ging gegen ein Mädchen aus seinem Deutsch-Leistungskurs. Er hat nicht gern darüber gesprochen. Hat sich da wohl von ein paar richtigen Arschlöchern mit reinziehen lassen. Das war halt seine große Schwäche, dass er so leicht zu beeinflussen war und dann immer ziemlich lange gebraucht hat, sich ein eigenes Bild zu machen und das Richtige zu tun."

„Hm. Aber wer kann mir dann was darüber erzählen?"

„Na, der Dr. Ehrlich. Der hat die Geschichte damals zur Chefsache gemacht und sich die Beteiligten zur Brust genommen."

„Okay. Dann frage ich bei ihm mal nach. Aber davon ab, liebe Rebekka, das war sehr schön und interessant mit Ihnen in der Obersburger-Redaktion. Ich hoffe sehr, dass aus unserer Zusammenarbeit was wird und danke Ihnen für Ihr Vertrauen."

„Wahrscheinlich habe ich viel zu viel erzählt. Aber ja, ich würde mich ebenfalls freuen, wenn das Projekt funktioniert."

Nick verabschiedete sich aus dem tageslichtlosen Raum und machte sich auf den Weg zum Büro des Schulleiters. Vielleicht hatte er Glück und konnte Ehrlich gleich noch zu besagter Mobbing-Affäre befragen. Die Sekretärin des Schulleiters machte diese Hoffnung jedoch gleich zunichte. Dr. Ehrlich befände sich in einer Konferenz, die sicherlich noch zwei Stunden dauern würde. Auch morgen sei es schlecht. Wenn er doch in den nächsten Tagen noch einmal anrufen könne, um einen Termin zu vereinbaren?

Mist, dachte Nick, der sich ungern vertrösten ließ. Leicht gefrustet marschierte er zu seinem Polo und fuhr zurück in die Redaktion. Auf dem Weg den Berg hinunter und in die Stadt sinnierte er über die Merkwürdigkeiten, die im Falle Simon Seitz aufgetaucht waren: Die Schnapsflasche unter dem Sofa, für die es keine Erklärung gab, und der Abschiedsbrief, der vielleicht keiner war. Aber reichte das aus, um den Suizid in Frage zu stellen? Schließlich war Simon an jenem Abend alleine zuhause gewesen, das war schon durch das Video der Überwachungskamera bewiesen.

Der Rest des Tages war Routine und ging mit dem Redigieren von hereingereichten Manuskripten und per E-Mail übermittelten Pressemitteilungen schnell vorüber. Telefonate, die der Recherche oder Terminabsprachen dienten und die obligatorischen Konferenzen zu diversen Themen kamen hinzu, doch auch sie waren Alltag und kaum der Rede wert. Nur Chefredakteur Holger Störenberg wanderte nervös von Schreibtisch zu Schreibtisch, um sich nach potenziellen Aufmachern für die Zeitungsausgaben der nächsten Tage zu erkundigen. Der Redaktionsleiter schlief offenbar schlecht, wenn nicht mindestens eine Woche im Voraus absehbar war, was auf der ersten Seite der Hersfelder Zeitung prangen würde. Dass es sich bei der HZ um eine Tageszeitung handelte, die aktuell auf gerade geschehene Ereignisse und Nachrichten zu reagieren hatte, spielte in Störenbergs Überlegungen keine Rolle. Lieber mal eine gute Geschichte für den Papierkorb geschrieben oder auf einer hinteren Seite versteckt als auf der Titelseite nackig dazustehen.

In Nicks Hinterkopf wuchs trotzdem die Vorfreude auf den Abend, den er ausnahmsweise nicht mit Britta verbringen würde. Sie hatte eine dienstliche Verpflichtung, so dass Nick der Einladung seiner Eltern zum gemeinsamen Abendessen gern gefolgt war. Seine Mutter kochte leidenschaftlich gern und hatte sicher wieder eines seiner Leibgerichte vorbereitet.

ZEHN.

Nick war hin- und hergerissen. Als er von seinem Vater an der Haustür empfangen wurde, konnte er schon erschnuppern, was seine Mutter extra für ihn auftischen würde: Rinderrouladen mit Klößen. Auch wenn er den Gänsebraten von neulich längst verdaut hatte und er von gut gemachten Kartoffelklößen eigentlich nie genug bekommen konnte, fürchtete er doch, dass er die schwere Kost so spät am Tag später bereuen würde. Aber da musste er jetzt durch, und im Grunde freute er sich auch auf ein schmackhaftes Essen, das er nicht zwischen zwei Terminen im Vorübergehen in sich hineinschlingen musste.

„Grüß dich, Paps!"

„Grüß dich, Sohnemann, komm rein", erwiderte Eberhard Scholz, ein groß gewachsener Mann, dem man die Jahre jenseits der 60 nicht ansah. Sein Vater hatte sich gut gehalten. Das Haar war zwar ergraut, doch noch reichlich vorhanden, auch wenn sich am Hinterkopf so langsam eine Kniescheibe Bahn brach. Mit gut 1,85 Meter und an die 90 Kilo war Scholz eine stattliche Erscheinung, und Nick hatte im Schlussspurt seines Wachstums gerade einmal zwei Zentimeter mehr geschafft, so dass sich die beiden immer auf Augenhöhe begegnen konnten.

Vater und Sohn verstanden sich bestens, was wohl auch daran lag, dass sie beruflich völlig verschiedene Wege eingeschlagen hatten. Eberhard Scholz war Ingenieur und in führender Position bei den Hersfelder Ventilatoren-Werken tätig. Er war Techniker durch und durch und damit das genaue Gegenteil zu seinem Sohn, der die Präzision nur im Umgang mit der deutschen Sprache suchte, ansonsten aber zwei linke Hände hatte. In ihren Diskussionen bewegten sie sich oft aus entgegengesetzten Positionen aufeinander zu und waren dann beide erstaunt, wie oft sie zu Schnittmengen und Kompromissen fanden. Hier der mit Fachwissen und Lebenserfahrung randvoll ausgestattete Senior, dort der Journalist mit dem ozeanweiten Wissensspektrum, das so tief wie eine Pfütze war – daraus ergaben sich immer wieder die überraschendsten Konstellationen, wenn gegenseitiger Respekt die Basis war.

Nick mochte seinen Vater, der in vielem so klar, so vorhersehbar war. Bestimmt war er heute wieder im Garten des schmucken Einfamilienhäuschens im Holunderweg gewesen, hatte sich am Unkraut abgearbeitet und sich an einem Frauenschuh, einer Orchideenart, erfreut, während seine Frau das Abendessen vorbereitete. Bestimmt hatte er gefragt, ob er in der Küche helfen könne, und genauso sicher hatte ihn Silke Scholz fortgeschickt, um ungehindert wirken zu können.

Seine Mutter gefiel sich durchaus in der Rolle der Hausfrau – wenn sie zuhause war. Mit einem Halbtagsjob in der Bad Hersfelder Stadtverwaltung, wo sie im Bürgerbüro am Markt arbeitete, hatte sie eine Beschäftigung mitten im Leben. Ihr entging wenig, was sich in der Kur- und Festspielstadt abspielte, so dass es ihr weder an intellektueller Herausforderung noch an Gesprächsstoff mangelte. Wenn sich ab und an der einzige Sohn im Elternhaus blicken ließ, dann ging es jedoch ganz traditionell zu: Mutter kochte etwas Leckeres, deckte den Tisch besonders hübsch und freute sich von ganzem Herzen, dass die Familie mal wieder vollzählig am Tisch saß.

Als die Roulade gegessen, in den höchsten Tönen gelobt war, und er drei dicke Klöße verdrückt hatte, war Zeit für das übliche Update dessen, was sich seit seinem letzten Besuch auf dem Johannesberg ereignet hatte. Nick berichtete vom ungeliebten Auftrag, „Zeitung in der Schule" betreuen zu müssen und dem Zufall, dass der verstorbene Simon Seitz die heimliche Liebe der „Obersburger"-Chefredakteurin gewesen war.

„Den Obersberg von heute kenne ich ja gar nicht", stellte Eberhard Scholz fest, und Nick wusste aus früheren Unterhaltungen über die Schule, was nun folgen würde. Sein Vater würde jetzt in seinen Erinnerungen an die eigene Schulzeit kramen und Geschichten erzählen, die sein Sohn fast schon auswendig kannte. Aber das war diesmal der Preis für das Leibgericht, das ihm serviert worden war.

„Wusstest du eigentlich, dass ich auch mal für die Schülerzeitung geschrieben habe?", begann sein Vater und Nick merkte auf. Das war ihm neu. „Nee, erzähl!"

„Damals war der Obersberg noch nicht lange in Betrieb. Also, ich war ja erst noch auf der Alten Klosterschule, du weißt schon, das ist heute die Konrad-Duden-Schule. Mitten in der Stadt, nicht draußen auf dem Berg."

Es würde doch länger dauern, stöhnte Nick innerlich, wenn sein Vater erst die Anfänge seines gymnasialen Schuldaseins referieren würde. Silke Scholz war nach dem Abräumen der letzten Teller wohlweislich erst gar nicht ins Wohnzimmer zurückgekehrt. „Paps, bitte, natürlich weiß ich, wie die Duden-Schule früher hieß und woher sie ihren Namen hat. Das hat jetzt auch unser Bürgermeister gemerkt und in der Stadtverordnetenversammlung einen langen Vortrag gehalten."

„Schon gut, schon gut. Zu meiner Zeit hieß der Direx aber schon längst nicht mehr Duden, sondern Gliss. Und danach kam der Windemuth, Edgar mit Vornamen. Fuhr einen VW Porsche mit Mittelmotor. Wenn Du überhaupt weißt, was das für ein Auto war. Also, der Windemuth war erst an der Klosterschule, dann nach dem Umzug aber auch im Neubau auf dem Obersberg. Das muss so 73 gewesen sein."

„Okay. Du wolltest von der Schülerzeitung erzählen."

„Dräng mich nicht, muss mich doch erst sortieren. Wir waren damals auch nicht ohne und haben allen möglichen Blödsinn gemacht. Da fällt mir die Sache mit den Stinkbomben ein."

„Die kenne ich schon", traute sich Nick zu sagen, wurde jedoch glatt ignoriert.

„Also, du weißt schon, diese Ampullen, da hatten wir eine im Klassenschrank verschüttet, und es hat wirklich ganz bestialisch nach faulen Eiern und so gerochen. Unser Klassenlehrer, der hieß Willi..."

„...Wirweitzky, und der hat gesagt: Die Fenster bleiben zu. Das riecht ihr alles selber auf!"

Nick hatte die oftmals zum Besten gegebene Geschichte einfach selber fortgesetzt und seinem Vater die Pointe genommen.

„Ach, das wusstest du schon? Hab ich wohl schon mal erzählt?"

„Nicht nur einmal, Paps. Wie war das nun mit der Schülerzeitung?"

„Ja, die hatte nicht mal einen Namen. War aber gut gemacht, also richtig gedruckt und geheftet, mit Fotos und Zeichnungen. Sie hieß Zon."

„Hast du nicht eben gesagt, sie hätte keinen Namen gehabt?“

„Ja, doch, Zon war eine Abkürzung. Für Zeitung ohne Namen.“

„Sehr witzig. Und worüber hast du da geschrieben?“

Sein Vater setzte seinen listigen Blick auf. „Über unser Bürostuhlrennen.“

Da eine Kunstpause folgte, fragte Nick wie erwartet nach. „Bürostuhlrennen? Was war das denn?“

„Also, das war dann schon am Obersberg. Wir hatten eine Freistunde und haben in unserem Klassenraum aus den Tischen so eine Art Rennstrecke aufgebaut, mit vielen eckigen Kurven und Schikanen, an denen es sehr eng wurde. Dann haben wir uns auf unsere Stühle gesetzt und uns rückwärts in Bewegung gesetzt. Mit fleißiger Fußarbeit und auf dem glatten Linoleumboden ging das prima. Wenn ich mich recht erinnere, haben wir sogar Bohnerwachs oder sowas auf die Kufen der Stühle geschmiert.“

„Krass!“, entfuhr es Nick, „Muss man erstmal draufkommen.“

„Ja, und dann haben wir wie beim Autorennen in der Formel 1 erst mal ein Training mit gestoppten Rundenzeiten gemacht, so dass wir eine Startaufstellung mit Pole Position hatten. Und dann ging es los. Aber so richtig. Wir waren ganz schön flott unterwegs und sind in den Kurven ziemlich ins Schleudern geraten. Und beim Überholen ging es mächtig zur Sache. Ich weiß gar nicht mehr, wie viele Runden wir durch die Tischreihen gedonnert sind, aber es war ein Riesenspaß! Und ich bin Zweiter geworden!“ Eberhard Scholz gluckste vor Vergnügen.

Nick lachte mit. „Da wäre ich gerne dabei gewesen. Aber hat das nicht furchtbaren Krach gemacht? So in der Schule, wo andere Unterricht hatten?“

„Nee. Der Krach hielt sich in Grenzen. Aber der Fußboden war versaut, die gerade aufgebrachte Versiegelung gleich wieder im Arsch! Der Windemuth hat uns noch am selben Nachmittag zum Rapport bestellt. Hat uns sogar im Schwimmbad ausrufen lassen. Wir mussten dann bei ihm im Büro Männchen machen und zur Strafe eine Grundreinigung des Klassenzimmers bezahlen. Aber glaub mir, das Geld war es wert!"

„Das glaube ich gerne. Und darüber hast du in der Zeitung geschrieben?"

„Ja, klar!"

„Und sonst?"

„Wie sonst?"

„Na, hast du auch ernsthafte Artikel verfasst?"

„Nee, also, naja. Ich war ja gar nicht so lange dabei. Und für das Intellektuelle war ja auch der Chefredakteur zuständig, der Hans-Helmut. Da wollte ich mich gar nicht einmischen."

„So so. Aber immerhin hast du mir das Journalistische noch in die Wiege gelegt. Oder war dafür eher die Mama zuständig?"

„Auf gar keinen Fall. Also wenn, dann ich. Aber ist ja auch egal. War jedenfalls eine tolle Zeit da oben auf dem Obersberg. Auch wenn ich natürlich wie du über die Lehrer und zu viel Arbeit gestöhnt habe. Aber das gehört wohl dazu. Magst du noch einen Verdauungsschnaps nach dem Rouladenschmaus?"

„Nee, lass mal, Papa. Ich muss doch noch fahren. Ist zwar nicht weit, aber ohne Führerschein bin ich geliefert. Ich glaube, ich mach mich auf den Weg."

„Ja, dann. War schön, mit dir zu plaudern. Lass von dir hören und schau mal wieder vorbei."

„Mach ich." Nick kannte die unsentimentalen Abschiede schon, zu denen sein Vater neigte, und machte sich nichts draus. So wunderte er sich nicht, dass Eberhard Scholz im nächsten Moment eine Zeitung vor der Nase hatte und das Verschwinden seines Sohnes gar nicht mehr wahrnahm.

Nick ging in die Küche, wo seine Mutter längst die Spülmaschine bestückt, die Töpfe geschrubbt und auch ansonsten alles wieder so sauber und adrett hergerichtet hatte, was sie als ihre Ordnung betrachtete. Nick bekam sofort ein schlechtes Gewissen, dass er sich bei seinen Besuchen ohne groß nachzudenken ins tradierte Rollenverhalten fügte, doch auch er wäre von seiner Mutter mit einem Lächeln fortgeschickt worden.

„Wollte nur noch kurz tschüss sagen, Mum, hat wieder toll geschmeckt."

„Danke für das Kompliment. Freut mich immer, wenn du dich mal sehen lässt und wenn ich dir dann auch mal was Richtiges servieren kann. In deinem Job isst du bestimmt die meiste Zeit zu schnell und zu fettig."

„Stimmt", sagte Nick ohne zu zögern und entschuldigte sich im Geiste bei Britta, die ja auch gerne den Kochlöffel schwang.

„Ach, übrigens", fuhr seine Mutter fort und schien seine Gedanken gelesen zu haben, „wir bekommen eine neue Nachbarin."

„Aha", sagte Nick und versuchte, ein bisschen gelangweilt zu klingen.

„Ja, bei Neumanns in der unteren Wohnung. Die Kinder sind ja schon lange ausgezogen, und seitdem stand die Wohnung leer. Jetzt wollten sie wohl wieder ein bisschen Leben im Haus haben. Sind ja auch nicht mehr die Jüngsten. Und so ein Haus kostet ja."

Auch nicht mehr die Jüngsten? Wenn ihn seine Erinnerung nicht trog, waren Frank und Julia Neumann Mitte bis Ende fünfzig, also ein paar Jährchen jünger als seine Eltern. Allerdings hatten sie früh für Nachwuchs gesorgt, so dass die Zwillingstöchter längst eigene Wege gegangen waren. Deren Kinderzimmer hatten die Neumanns allerdings noch während der Zeit von Ausbildung und Studium vorgehalten. Zur Sicherheit, so wie man das eben machte.

„Ja natürlich", stimmte Nick pauschal zu und fragte: „Und wer zieht da ein? Das ist es doch, was du mir eigentlich mitteilen willst. Kann ich dir doch an der Nasenspitze ansehen, du alte Klatschtante!"

„Erlauben Sie mal!", empörte sich seine Mutter, „Klatschtante ja, alt, das verbitte ich mir!"

„Komm, spuck's aus! Wer zieht bei Neumanns ein? Unser Bürgermeister, der sich von seiner Frau getrennt hat? Eine berühmte Schauspielerin der Festspiele? Nicht etwa einer meiner Kollegen? Bitte nicht der Rollo!"

„Quatsch, alles weit daneben. Die Hersfelder Kripochefin ist es. Eine Frau Stegemann. Aber psst, ist alles noch ganz geheim."

Und deswegen posaunt es Frau Neumann auch schon über den Gartenzaun. Nick musste sich nicht anstrengen, um verwundert aus der Wäsche zu schauen. Seines Wissens hatte Britta die Wohnung noch nicht einmal besichtigt, und doch wurde hier schon Vollzug gemeldet.

„Na, dann will ich das Geheimnis auch gut bewahren. Aber sag mal, eine hochrangige Polizistin mit ihrer Familie bei Neumanns im Keller – passt das überhaupt?"

„Du hast ja keine Ahnung, Nick. Manchmal frage ich mich, ob ich nicht besser informiert bin als du Zeitungsmann. Also, erstens ist diese Wohnung nicht im Keller, sondern quasi im Erdgeschoss. Sie nimmt fast die ganze Fläche ein und ist total hell. Nur ein kleiner Teil ist in den Hang gebaut. Und zweitens ist Frau Stegemann alleinstehend. Geschieden. Keine Kinder. Und ob sie einen Freund hat, das wissen wir nicht."

„Wir?"

„Na, Julia und ich."

„Aha. Und warum nicht eine Freundin?"

„Wie kommst du darauf?"

„Na, kann doch sein. Vielleicht ist Frau Stegemann lesbisch. Weiß ich doch nicht."

„Aber sie war doch verheiratet!"

„Ja und? Mit einem Mann? Oder mit einer Frau?"

„Herrjeh, Nick! Was soll das?"

„Ich will ja nur sagen, dass man mit dem Tratsch vorsichtig sein muss. Vielleicht ist ja nicht alles so, wie es scheint. Habe ich bei der Zeitung gelernt…"

Seine Mutter schaute ihn mit großen Augen an und prustete dann los. „Okay. 1:0 für dich, alter Besserwisser. Sieh zu, dass du nach Hause kommst! Und komm bald wieder! Vielleicht weiß ich dann schon wieder mehr!"

Britta war im Sessel eingeschlafen, eine Akte noch in der Hand, als Nick von seinem abendlichen Ausflug auf den Johannesberg zurückkehrte. Das Klappern der Wohnzimmertür ließ sie jedoch aufschrecken. „Sieht nach einem anstrengenden Tag aus", begrüßte er seine Geliebte und küsste sie auf die Stirn. Britta rollte mit den Augen. „Kannst du laut sagen. Der Kreis wird seit einiger Zeit mit Drogen geradezu überschwemmt, und es ist richtig starkes Zeug dabei. Crystal Meth, falls dir das was sagt. Und wir haben bisher nur ein paar kleine Fische gefangen. Woher das Zeug kommt und wer es bei uns verkauft – keine Ahnung. Bisher halten alle dicht."

„Übel. Aber es war ja klar, dass Crystal irgendwann auch bei uns ankommen würde. Teufelszeug. Ein schneller Kick, hohes Suchtpotenzial und schneller körperlicher

Verfall. Darüber habe ich schon geschrieben, als deine Kollegen noch nicht mal wussten, wie man das buchstabiert. Produziert wurde das damals in Tschechien, und im grenznahen Oberfranken war das gleich ein Riesenproblem."

„Ganz genau. Und jetzt bekommen wir das Problem. Nur mit dem Unterschied, dass die Dealer dazugelernt haben. Die Vertriebswege sind momentan ziemlich undurchsichtig."

„Hast du dir deshalb Arbeit mit nach Hause genommen?", fragte Nick mit einem Blick auf die Akte in ihrer Hand.

„Ja. Hab ich im Büro nicht geschafft. Und Becker macht mir Druck. Hat mich heute wieder in sein Büro bestellt. Keine Silbe über meine angebliche Illoyalität. Dafür scheinheilige Fragen nach unseren Fortschritten bei der Drogenfahndung. Er wusste ganz genau, dass wir da im Dunkeln tappen."

„Du Arme. Ich dagegen hatte einen lustigen Abend mit meinen Eltern. Gutes Essen, gute Gespräche, alles wie gehabt."

„Wie schön für dich."

„Ja, aber da ist noch was: Ich dachte, wir hätten keine Geheimnisse voreinander..."

„Wie meinst du das?"

„Naja, wenn doch schon der halbe Johannesberg weiß, dass du bei Neumanns ins Erdgeschoss ziehst..."

„Wer erzählt denn so etwas?"

„Na, meine Mutter. Und die scheint es von Frau Neumann zu haben. Klingt alles so, als würde spätestens am Wochenende die Umzugsfirma vorfahren."

Britta schüttelte den Kopf. „Nicht zu glauben. Ich habe die Wohnung doch noch nicht einmal gesehen. Ich hab' dir doch erzählt, dass ich sie erst noch besichtigen will."

„Ja, hast du. Deswegen frage ich ja, ob du sie nicht schon längst angeschaut hast."

„Kein Stück. Ich habe bisher nur einmal mit Frau Neumann telefoniert und mit ihr über die Bilder gesprochen, die bei Immowelt im Netz stehen. Da sind etliche Fotos, so dass man schon einen guten Eindruck bekommt. Über die Miete haben wir auch geredet, und ich habe gesagt, dass ich mir das sehr gut vorstellen kann. Aber das war's auch schon."

„Tja", lachte Nick, „jetzt musst du sehen, wie du aus der Nummer wieder rauskommst. Wenn du überhaupt herauskommen willst."

Britta stöhnte auf. „Oh Gott. So einen Scheiß habe ich jetzt noch gebraucht. Nach allem, was heute so schon gewesen ist."

„Dann komm jetzt, ab ins Bettchen! Ich streichle dich in einen erholsamen Schlaf, und morgen ist ein neuer Tag."

Britta kämpfte sich aus dem Sessel hoch. „Okay. Streicheln darfst du, aber ich bestimme wo. Also mach dir besser keine falschen Hoffnungen."

ELF.

Auch diesmal sah Dr. Friedemann Ehrlich aus wie aus dem Ei gepellt, die Fliege heute hellgrün mit kleinen weißen Punkten. Mancher andere hätte in diesem Aufzug wie ein Clown ausgesehen, doch der Schulleiter der MSO wirkte lediglich ein wenig extravagant. Um dem Ganzen die Krone aufzusetzen, war seine Mund-Nasen-Maske im selben Muster gefertigt wie die Fliege. Und er war so freundlich wie immer, hatte auch prompt Zeit gehabt, als Nick um einen Termin gebeten hatte.

„Was kann ich für Sie tun?“, fragte er und bot Kaffee oder Tee an.

Nick hatte in der Redaktion schon die Tassen drei und vier nach dem Frühstück daheim getrunken und verzichtete deshalb dankend auf weiteres Koffein.

„Ich hoffe, Sie können mir helfen“, begann er. „Es geht um Simon Seitz. Seine Eltern glauben nicht, dass es ein Suizid war. Und tatsächlich gibt es ein paar Punkte, die Fragen aufwerfen.“

„Sollten sich die Eltern Seitz da nicht besser an die Polizei wenden?“, fragte Ehrlich.

„Sicher. Haben sie ja auch. Doch dort ist der Fall klar. Es gibt keine Anhaltspunkte für ein Fremdverschulden, also auch keinen Anlass für weitere Ermittlungen. Deshalb sind Herr und Frau Seitz zu mir in die Zeitung gekommen. Im Nachhinein sind ihnen ein paar Dinge aufgefallen, die sie sich nicht erklären können. Und ich bin bei meinen Recherchen auf weitere Ungereimtheiten gestoßen."

„Aha. Aber was hat das jetzt mit der Schule oder mit mir zu tun?"

„Das weiß ich noch nicht. Ich versuche halt, auf bestimmte Fragen Antworten zu finden."

„Na, dann mal los, Herr Reporter!" Dr. Ehrlich schaute immer noch freundlich.

„War Simon Seitz im letzten Schuljahr mal in einen Fall von Mobbing gegen eine Mitschülerin verwickelt?"

Dr. Ehrlichs Gesichtsausdruck wechselte von amüsierter Gelassenheit zu professionellem Ernst. „Herr Scholz, jetzt enttäuschen Sie mich aber."

„Wieso?"

„Sie glauben doch nicht im Ernst, dass ich Ihnen als Zeitungsreporter so mir nichts dir nichts Auskunft über einen bestimmten Schüler geben kann – selbst wenn er nicht mehr lebt. Schon mal was von Datenschutz gehört, junger Mann?"

Nick errötete leicht. „Verzeihung, da bin ich wohl mit der Tür ins Haus gefallen. Sie haben natürlich Recht. Also andersherum..."

„Genau. Andersherum", unterbrach ihn Ehrlich und hatte wieder ein Lächeln im Gesicht. „Also angenommen, Sie würden mich jetzt fragen, ob es vor nicht allzu langer Zeit an dieser Schule einen gravierenden Fall von Mobbing gegeben hat, der es glücklicherweise nicht bis in die Hersfelder Zeitung geschafft hat, dann würde ich Ihnen antworten: Ja, leider."

Nick hakte erleichtert ein. „Genau das wollte ich jetzt fragen. Und dann auch: Können Sie mir etwas über diesen Fall erzählen – natürlich nur in dem Ihnen erlaubten Rahmen unter Berücksichtigung des Datenschutzes?"

„Kann ich", antwortete der Schulleiter. „War eine absolut üble Angelegenheit, unter die allerdings ein dicker Schlussstrich gezogen wurde. Und glauben Sie mir, wir nehmen das Thema an unserer Schule absolut ernst. Es gibt durch die sozialen Netzwerke mittlerweile so viele Möglichkeiten, ungeliebten Mitschülern eins auszuwischen, sie herabzusetzen, zu beleidigen, bloßzustellen oder zu verleumden, das ist in ein paar Minuten gar nicht darstellbar. Aber jetzt zu dem konkreten Fall." Ehrlich machte es sich in seinem Chefsessel bequem. Es würde also ein längerer Vortrag werden.

„Es ging gegen ein Mädchen mit Migrationshintergrund. Es kam aus dem Iran, war aber schon etliche Jahre hier. Vater und Mutter Ärzte am Klinikum. Sprach fließend Deutsch und ein ausgesprochen hübsches Kind. Und blitzgescheit. Aber nicht sonderlich integriert. Jedenfalls nicht bei uns. Keine Freundinnen und an Freundschaften nicht interessiert. Das heißt auch, dass sie sich nur selten an Gemeinschaftsaktionen beteiligt hat. Im Guten wie im Schlechten."

„Was heißt das genau?", fragte Nick nach.

„Sie hat beispielsweise an Klassenfahrten nicht teilgenommen, am Sportunterricht nur teilweise, und sie hat bei irgendwelchen blödsinnigen Streichen nicht mitgemacht. Hat auch andere nicht abschreiben lassen bei Hausaufgaben oder Klassenarbeiten, sie blieb halt am liebsten für sich. Nur bei Gruppenarbeiten, da hat sie sich klaglos eingefügt. Immer freundlich, immer korrekt und super Noten."

„Und deshalb wurde sie gemobbt?"

„Jein. Also ja und nein. Das wird es bestimmt nicht allein gewesen sein. Ich glaube, dass es einigen pubertierenden Herren nicht gefallen hat, dass sie bei ihr so gar nicht landen konnten. Am Ende ging es um Macht, um Überlegenheit, um Statements. Und darum, jemanden vermeintlich Schwächeren fertigzumachen."

„Und wie ging das vor sich?"

„Das hat sich ausschließlich im Internet abgespielt. Da gab es eine WhatsApp-Gruppe, in der erst die Klasse, dann bestimmte Kurse vertreten waren. Da gab es anfangs Kommentare und Anspielungen, und dann kursierte da ein Schmähgedicht über diese Schülerin."

„Ein Schmähgedicht? Wie muss ich mir das vorstellen?"

„Das war so eine Art Rap. Keine Ahnung, ob die das selber zusammengedichtet oder irgendwo abgeschrieben haben, auf jeden Fall war das absolut unterste Schublade. Sexuelle Anspielungen, Rassismus und Beleidigendes über ihre Eltern. Unterirdisch."

„Gab's noch mehr?"

„Und ob. Ein Photoshop-Künstler hat irgendwelche Pornobilder mit ihrem Kopf versehen. Die sind dann rund gegangen. Einmal soll es sogar ein Video gewesen sein. Wie perfide, denn die junge Frau ist wohl ziemlich streng religiös. Sie ist dann übrigens selbst zu unserer Schulsozialarbeiterin gegangen und hat die Sache angezeigt. Ich bin, ehrlich gesagt, aus allen Wolken gefallen. Auch als ich die Namen der Übeltäter gehört habe. Alle aus gutem Hause, wie man so sagt."

„Und wie sind Sie mit der Angelegenheit umgegangen?"

„Ich wünschte, ich könnte sagen, dass das fadengerade gelaufen wäre. Aber so war es nicht. Und ich habe nachher verstanden, warum die Kinder so waren wie sie waren."

Nick merkte auf. „Wie meinen Sie das?“

„Na, ich hatte mir den Vater des größten Übeltäters einbestellt. Finanzberater wie er im Buche steht. Ein Auftreten wie Graf Koks, glaubte über alles Bescheid zu wissen und hatte auf alles eine Antwort. Sein missratener Sohn hatte dieses widerwärtige Gedicht verfasst oder zumindest ins Netz gestellt. Was ich überhaupt wolle, hat der Herr Finanzberater ernsthaft gefragt, das sei doch eine geschlossene Gruppe bei WhatsApp gewesen, der Kreis der Empfänger also sehr begrenzt. Ich habe diesen Pinsel fast angeschrien, als ich ihn darauf hingewiesen habe, dass man Chats einfach kopieren und weiter versenden kann und dass dann nichts mehr geschlossen und begrenzt ist. Hat den Typen aber kein bisschen beeindruckt. Er würde doch nicht die Chats seines Sohnes lesen, das sei ja wie eine Verletzung des Briefgeheimnisses. Unglaublich! So was von borniert, quatsch, doof. Ich bin überhaupt nicht zu dem durchgedrungen. Das hat mich entsetzt, denn ich habe mich auf einmal ziemlich machtlos gefühlt. Keine Einsicht, kein Verständnis, als ob der mit seinem Filius auf einem anderen Planeten lebt. Was sollte ich hier unternehmen? Schulverweis? Eigentlich hätte der Vater geprügelt gehört...“

„Und was haben Sie nun unternommen?“

„In diesem Fall haben sich die Dinge glücklicherweise von alleine geregelt. Der Sohn des Finanzberaters hat die Schule verlassen und lernt jetzt irgendwo das Geschäft seines dubiosen Erzeugers.“

„Aber er war es doch nicht alleine, wenn ich Sie richtig verstanden habe?“

„Nein, aber bei den anderen verlief es so, wie man sich das vorstellt. Ich habe die Jungs – es waren insgesamt vier – ordentlich ins Gebet genommen und habe ihnen zur Selbstreflektierung auferlegt, ihr Fehlverhalten schriftlich festzuhalten und sich zu entschuldigen. Da sind ein paar bemerkenswerte Aufsätze entstanden. Und das haben wir dann auch mit der jungen Dame besprochen. Das war den jungen Herren ganz schön peinlich.“

„Und was war da mit den Eltern?“

„Die mussten das unterschreiben. Habe ich alles in den Schülerakten.“

„Darf ich mal sehen?“

„Haben Sie mir vorhin nicht richtig zugehört? Datenschutz!“

„Stimmt ja. Aber kann es sein, dass am Ende dieser Aufsätze immer so ein Entschuldigungssatz steht?“

„Mmmh, das war jetzt nicht vorgeschrieben, aber so haben es die meisten gemacht. Vielleicht haben die ihre Geständnisse auch gemeinsam geschrieben. Also, ja.“

Das war die Auskunft, auf die Nick gehofft hatte. Dass Simon Seitz bei diesem Mobbing einer der Mitläufer gewesen war, durfte er nach Dr. Ehrlichs Ausführungen annehmen. Dass seine Entschuldigung, so wie Rebekka Wiegand vermutete, ein zweites Mal verwendet worden war, das lag ebenfalls im Bereich des Möglichen. Blieb noch eine Frage: „Und was ist mit der drangsalierten Schülerin geschehen?“

„Gottseidank nichts“, sagte Ehrlich, „die geht ihren Weg. Eine bemerkenswerte, wenn auch eigenwillige junge Frau. Aber das ist ja oft die Voraussetzung dafür, wenn man es im Leben zu etwas bringen will.“

Nick dankte dem Schulleiter für seine Zeit und verabschiedete sich. Dr. Ehrlich vergewisserte sich an der Tür noch einmal der Modalitäten: „War nur für Ihren Hinterkopf, Herr Scholz, alles nur meine private Meinung. Nicht, dass morgen etwas darüber in der Hersfelder Zeitung steht!“

„Ist klar“, bestätigte Nick und bemerkte, dass der Schulleiter zögerte. Dr. Ehrlich zog die Stirne kraus und sagte: „Also, Sie hatten sich ja zu Beginn unserer kleinen Unterhaltung nach dem Schüler Simon Seitz erkundigt. Vielleicht sollten Sie mal mit seinen Lehrern sprechen, so ganz allgemein natürlich. Kommen Sie, wir schauen mal ins Lehrerzimmer. Ist gerade große Pause, vielleicht treffen wir jemanden."

Nick folgte Ehrlich um ein paar wenige Ecken, und tatsächlich steuerte der Schulleiter zielstrebig auf einen Kollegen mit ungezähmten grauen Locken, Fusselbart und grob gestricktem Pullover zu. Für Nick war dieser Typ auf den ersten Blick der Inbegriff eines aus der Zeit gefallenen Mathe-Paukers. „Herr Scholz, das hier ist Dirk Semmler, Simons Deutschlehrer. Dirk, Sie dürfen Herrn Scholz Auskunft geben, solange nichts allzu Persönliches zur Sprache kommt. Datenschutz, Sie verstehen?"

Der überrumpelte Herr Semmler blickte unsicher erst seinen Chef, dann Nick und schließlich wieder den Schulleiter an. „Äh, aber ist nicht alles, was ich über Simon sagen könnte, persönlich?"

„Streng genommen schon. Aber Sie haben ihn genauer gekannt als ich. Und ich wollte Herrn Scholz gerne helfen, im Rahmen des Erlaubten natürlich."

Semmler kratzte sich ausgiebig am Kopf. „Also gut. Aber am besten hören Sie auch zu, nicht dass ich mich mit irgendwas verplappere."

Dr. Ehrlich, der offenbar nicht vorgehabt hatte, länger zu verweilen, schaltete sofort um. „Selbstverständlich, Dirk."

Nach nochmaligen Kratzen hatte sich Semmler gesammelt und begann langsam zu sprechen. „Simon Seitz war ein ruhiger, in sich gekehrter Vertreter. Nicht unbedingt ein Einzelgänger, aber keiner von den Lautsprechern, die ich auch in seinem Deutschkurs habe. Er hat seine Arbeit gemacht, hat meist richtig geantwortet, wenn er gefragt wurde, ist aber selten von sich aus mit etwas gekommen. Alles gut, aber eben nicht brillant. Im Grunde ein unauffälliger Schüler. Ich jedenfalls hatte mit ihm keine Probleme."

„Ist Ihnen in letzter Zeit etwas an ihm aufgefallen?", fragte Nick.

„Nein. Das heißt, wenn mir etwas aufgefallen ist, dann dass er noch ruhiger war als sonst."

„Nur ruhig oder auch bedrückt?"

„Bedrückt? Nein, würde ich nicht sagen."

„Ich aber schon!", mischte sich eine weibliche Stimme von der Seite ein. „Verzeihung, ich bin Simons Lehrerin aus dem Philo-Kurs, Karin Köster, heiße ich. Habe zufällig mitbekommen, worüber hier geredet wird. Und über wen."

Nick wandte sich der brünetten Mittdreißigerin zu, die sich jetzt zu ihnen gesellt hatte, und wollte wissen: „Wie meinen Sie das?"

„Naja, mir kam er schon bedrückt vor. Nicht gleich depressiv, aber irgendetwas hat ihn in letzter Zeit beschäftigt. Wissen Sie, in Philosophie entwickeln sich mit den Schülern oft Gespräche, die über das Unterrichtsthema hinaus in das ganz Persönliche hineinreichen, was dann wieder zu grundsätzlichen Lebensfragen führt. Das ist, wenn es professionell gesteuert wird, eine ungeheuer spannende Sache und zeigt den Schülern, dass dieses Fach nichts Abstraktes ist, sondern sie ganz direkt betrifft. Mit Simon habe ich viele solche Gespräche geführt. Nur in letzter Zeit eben nicht mehr. Da war er ungewöhnlich verschlossen, hat diese gemeinsamen gedanklichen Ausflüge nicht mehr zugelassen. Das ist mir schon aufgefallen. Gedacht habe ich mir allerdings nichts dabei. Schlechte Phase vielleicht. Als ich dann von seinem Suizid gehört habe, war ich echt geschockt. Das habe ich nicht vorhergesehen, dafür gab es nach meiner Ansicht keine Anzeichen. Aber wie ich gesagt habe, er war zuletzt anders als sonst."

„Naja, Wenn du es so siehst, Karin, kann schon sein", brummelte Dirk Semmler und sagte dann nichts mehr. Nick bedankte sich auch hier und verabschiedete sich ein weiteres Mal.

Als er anschließend den Obersberg wieder hinunter brauste, war Nick mit seinen Gedanken weit entfernt vom Geschehen im Straßenverkehr. Hersfelds Straßen hatte er auf unendlich vielen dienstlichen und privaten Fahrten so verinnerlicht, dass er seinen Weg fand, ohne groß nachzudenken und ohne andere zu gefährden. Konnte es sein, dass das Mobbing von damals etwas mit dem Suizid von heute zu tun hatte? Dass die von oben verordnete Entschuldigung jetzt als Abschiedsbrief – oder besser: Abschiedsnotiz – herhalten musste, war das wirklich vorstellbar? Offenbar war der neben Simons Leiche platzierte Ausriss wohl nur die Zweitschrift oder eine Kopie der Strafarbeit gewesen, denn das Original war ja bestimmt in seiner Schulakte abgeheftet. Aber was hätte Simon so lange nach dem Vorfall bewegen sollen, sich deshalb das Leben zu nehmen? Wenn man Dr. Ehrlich folgte, war der Fall doch in jeder Hinsicht abgeschlossen. Der Rädelsführer hatte die Schule verlassen, das Opfer ging seinen Weg, und die Mitläufer hatten Buße getan. Nick fand keine zufriedenstellenden Antworten. Auch nicht auf die Frage, warum ihm Simons Eltern nicht von der Mobbing-Affäre und der von ihnen unterschriebenen Entschuldigung erzählt hatten. Hätten sie das Papier nicht auch wiedererkennen müssen? Hatten sie es überhaupt jemals zu Gesicht bekommen? Oder hatte Simon die Sache seinen Eltern verheimlicht? Und war seine gedämpfte Stimmung der letzten Wochen tatsächlich ein Hinweis auf etwas Gravierendes, das ihn bedrückte?

In der Redaktion musste sich Nick am späten Nachmittag einen Anraunzer von seinem Chef gefallen lassen. Der Termin bei Dr. Ehrlich war in Holger Störenbergs Augen reine Zeitverschwendung gewesen, weil dabei keine Story für die HZ herausgesprungen war. Auch hätte er Nick an diesem Vormittag für andere Aufgaben viel dringender gebraucht. Auf der Lomo-Kreuzung hatte es einen schweren Unfall mit mehreren verletzten Personen gegeben, und in der Kiste mit den hereingereichten Manuskripten stapelten sich die unredigierten Texte, die dringend bearbeitet werden mussten. Störenberg wusste, dass Lokalpolitiker, die Pressewarte von Vereinen und freie Mitarbeiter spätestens nach zwei Tagen unruhig wurden, wenn ihre Meldung oder ihr Bericht immer noch nicht erschienen war. Die HZ-Redaktion bemühte sich nach Kräften, auch diese Beiträge sorgfältig in Form zu bringen und aktuell zu veröffentlichen. Doch die Wirklichkeit der Tagesereignisse und ein voller Terminkalender standen allen guten Vorsätzen immer mal wieder im Wege. Nette Plaudereien mit netten Schuldirektoren waren da in Störenbergs Augen völlig überflüssig. Was natürlich nur für das Team galt. Wenn der Chef selbst mit dem Landrat oder einem Wirtschaftslenker wichtige Hintergrundgespräche bei einem Arbeitsessen im Restaurant des Hotels „Zum Stern“ führte, dann war das natürlich etwas völlig anderes.

Störenberg hörte denn auch gar nicht richtig hin, als Nick kurz und knapp von den Merkwürdigkeiten im Fall Simon Seitz berichtete. „Ach ja“, hakte er beiläufig ein, als Nick eine Pause machte, „es hat sich für Sie ganz kurzfristig was ergeben.“

Nick stutzte. „Aha, was denn?“

„Also, wenn Sie heute Abend in die Stadtverordnetenversammlung gehen, dann kommt da auch eine achte

Klasse der Konrad-Duden-Schule hin. Die haben sich das als ihren Zisch-Termin ausgesucht. War wohl eine recht spontane Idee. Aber da die Sitzung öffentlich ist, war das ja kein Problem. Wenn Sie sich also ein bisschen kümmern..."

Nick musste an sich halten. „Ein bisschen kümmern? Wie stellen Sie sich das vor? Ich soll über 34 Tagesordnungspunkte berichten, und das möglichst so, dass sich nachher keiner beschwert, und dann soll ich nebenbei eine Horde von Schülern bespaßen, die von dem ganzen Politik-Gesumse ohnehin nichts versteht?"

Störenberg sah ihn mit hochgezogenen Augenbrauen an. „Nicht so negativ, junger Mann. Sie machen das schon."

Nick fühlte sich unverstanden. Von seinem Chef hatte er zwar nicht fortwährende Dankbarkeit erwartet, nachdem er ihm im Mordfall bei den Festspielen aus der Patsche geholfen hatte, doch seit einiger Zeit verhielt sich Störenberg ihm gegenüber ungewohnt gleichgültig. Zuvor war da eine Wertschätzung gewesen, die Nick als vergleichsweise junger Reporter genossen hatte. Auch hatte er das Gefühl gehabt, dass zwischen ihm und Störenberg ein Austausch bestand, der ihnen beiden zum Vorteil gereichte. Der Chef bekam ordentliche Geschichten fürs Blatt, und Nick blieb von ungeliebten Aufgaben weitgehend verschont. Dieser Pakt schien im Moment nicht mehr zu bestehen, und Nick fragte sich, warum das so war.

Er trollte sich an seinen Schreibtisch und wartete auf das Signal zur Blattschau. Peter Nerlinger, der Producer, hatte DIN A3-Ausdrucke der acht lokalen Zeitungsseiten an die Magnetleiste an der Wand gehängt, wo sie in wenigen Minuten von der versammelten Redaktion begutachtet werden würden. Die Blattschau war die letzte Kontrollinstanz, in der über Schlagzeilen, Bildausschnitte und die Platzierung der einzelnen Artikel entschieden wurde. Keiner schmiss um diese Zeit gerne getane Arbeit über den Haufen. Doch ab und an kam es vor, dass Seiten noch einmal völlig umgestaltet wurden. Etwa dann, wenn sich die Einschätzungen von der Morgenkonferenz über den Tag gravierend verändert hatten. Und natürlich dann, wenn aktuelle Ereignisse ins Blatt drängten und weniger Wichtiges weichen musste.

Nick war jedoch weder bei der Blattschau noch beim anschließenden Korrekturlesen so richtig bei der Sache. Er zermarterte sich das Hirn, wie er bei der in einer halben Stunde beginnenden Stadtverordnetenversammlung seine Berichterstattung und die Betreuung der Schulklasse unter einen Hut bringen sollte. Und tatsächlich hatte er auf einmal eine Idee.

ZWÖLF.

Trotz des nasskalten Wetters standen zahlreiche Grüppchen noch vor der Stadthalle, als Nick mit wehendem Mantel eintraf. Das waren erwartungsgemäß die Raucher, die vor der mutmaßlich dreistündigen Sitzung noch rasch den Nikotinpegel in die Höhe trieben. Das waren aber auch gut zwei Dutzend Jugendliche, die sich um eine groß gewachsene blonde Frau mit üppiger Figur scharten. Nick steuerte zielstrebig auf sie zu, da er hier die Lehrerin Kerstin Schiller mit ihrer Klasse von der Duden-Schule vermutete.

„Frau Schiller? Guten Abend“, sagte Nick und erntete einen ratlosen Blick.

„Ja? Und wer sind Sie?“

„Nick Scholz von der HZ. Ich betreue Zeitung in der Schule.“

Die Lehrerin schaute immer noch verhalten. „Aha. Ich dachte, der Herr Störenberg wollte kommen...“

„Wie kommen Sie auf die Idee?“

„Ja, ich bin heute in Ihrer Redaktion gewesen und habe mit Herrn Störenberg gesprochen. War ja alles etwas kurzfristig. Aber für Herrn Störenberg war das alles kein Problem, er hat mir versprochen, dass das mit der Sitzung heute Abend klappt. Er wollte sich persönlich darum kümmern, und da dachte ich…"

Nick kochte innerlich vor Wut. Er hatte eine sehr genaue Vorstellung davon, was beim Besuch der attraktiven Frau Schiller in der HZ abgelaufen war. Störenberg hatte bei den Kurven der Lehrerin vermutlich Stielaugen bekommen und seine Charmemaschinerie auf Hochtouren laufen lassen. So wie er das immer tat, wenn er es mit Frauen zu tun hatte, die seinem Beuteschema entsprachen. Zumindest theoretisch, denn Störenbergs Schwärmereien endeten vor der eigenen Haustür, wo seine Ehefrau offenbar keinen Grund hatte, an der Loyalität und Treue ihres Gatten zu zweifeln. Dennoch hatte sich der Redaktionsleiter der HZ mit seiner Begeisterung für gewisse Damen schon in manche prekäre Situation gebracht. Was ihn aber bisher nicht davon abhalten konnte, immer mal wieder zu flirten, was das Zeug hielt. Wenn er auf Kerstin Schiller so einen tollen Eindruck gemacht hatte, dann wollte Nick lieber nicht wissen, wie peinlich das Treffen der beiden verlaufen war. Dass Störenbergs Versprechungen und Zugeständnisse auf seine Kosten gingen, das war Nick spätestens jetzt klar geworden.

„Ich weiß nicht, was Sie mit Herrn Störenberg verabredet hatten, aber er ist jetzt nicht da. Er lässt Sie herzlich grüßen", flunkerte Nick und meinte eine gewisse Enttäuschung im Gesicht der Lehrerin zu erkennen. Darauf konnte er jedoch keine Rücksicht nehmen. Er musste seinen kleinen Plan umsetzen.

„Bevor wir gleich in die Halle gehen, brauche ich zwei oder drei Chefreporter aus Ihrer Klasse, also diejenigen, die dann auch den Bericht für Zisch schreiben."

„Also, das sind der Johannes, die Lisa-Marie und…"

„Zwei reichen schon“, fuhr Nick dazwischen, denn er sah, dass sich Rebekka Wiegand dem Eingang zur Halle näherte.

„Aber die Chantal“, setzte Kerstin Schiller nach, doch wurde sie von Nick gleich wieder abgeblockt. „Nur zwei. Hier habe ich Mitarbeiterausweise der HZ für Euch. Mit denen dürft Ihr mit mir ganz vorne am Pressetisch sitzen. Ich hoffe, Ihr habt Eure Masken dabei. Die anderen setzen sich mit Eurer Lehrerin zu den Zuschauern auf die Empore.“

Die Ausweise hatte die Redaktionsassistentin noch kurz vor Nicks Abmarsch zur Sitzung ganz unten aus irgendeiner Schublade gekramt. Es waren natürlich keine richtigen Presseausweise, die nur von Arbeitgeberverbänden und Gewerkschaften ausgestellt werden können. Aber sie dienten freien Mitarbeitern der HZ dazu, sich bei lokalen Veranstaltungen zu legitimieren. Nick hatte nun die Idee gehabt, den gesamten Pressetisch in Beschlag zu nehmen und so den Konkurrenten von Waldhessen-TV und einem Anzeigenblatt, die in der Regel erst in allerletzter Minute oder mit Verspätung erschienen, eins auszuwischen. Mit Johannes und Lisa-Marie im Schlepptau eilte er nun Rebekka Wiegand hinterher. „Hallo, Frau Wiegand“, rief er, „darf ich Ihnen ein Upgrade in die 1. Klasse bei der Presse anbieten?“ Die „Obersburger“-Journalistin drehte sich um und schien ehrlich erfreut zu sein, als sie Nick erkannte. „Ja, gern“, sagte sie, „aber wie?“ Doch Nick kritzelte schon ihren Namen auf den Ausweis und verzierte ihn mit einer schwungvollen Unterschrift. „Bitte sehr“, sagte er und reichte ihr das Papier.

Sekunden bevor Stadtverordnetenvorsteher Rolf Grimmer die Sitzung mit einem kurzen Glockenklingeln eröffnete, rauschten aus einer Seitentür Karla Kohlberg von Waldhessen-TV und der wie üblich unrasierte Dieter Damaschke vom Anzeigenblatt Wochenkurier heran, um im selben Moment zu erstarren. Die vier auf Abstand gestellten Plätze des Pressetisches waren belegt, kein Platz für die Zuspätkommer. Nick tat so, als ginge ihn das nichts an. Karla Kohlberg flüsterte zwar noch pikiert auf Rebekka Wiegand ein, um der Unbekannten zu verdeutlichen, dass sie hier nichts zu suchen habe. Doch die Schülerin zückte ganz cool ihren neuen Ausweis, ließ die verblüffte Kohlberg einen Blick darauf werfen, und dachte nicht daran, ihren Platz zu räumen.

Nick war sich bewusst, dass ihm die Mitarbeiter-Ausweise nur einen billigen Triumph verschafft hatten. Aber er ärgerte sich immer wieder darüber, dass er für die HZ fast jede Sitzung besuchte, sie von Anfang bis Ende absaß und dass er sich auch mit Themen beschäftigte, die nur eine Minderheit der Leserschaft zu goutieren wusste. Chronistenpflicht nannte sich das und bedeutete, dass bei der Berichterstattung auch eine gewisse Vollständigkeit erwartet wurde. Die Kollegen, denen der Stadthallen-Hausmeister jetzt flugs einen Katzentisch und zwei Sitzgelegenheiten beschaffte, schöpften jedoch oft nur den Rahm ab. Sie tauchten lediglich zu wichtigen oder spektakulären Punkten auf und verdrückten sich wieder, wenn die Mühen der Ebene abgearbeitet wurden. Fragen hatten sie ohnehin keine, nahmen stattdessen am liebsten vorformulierte Pressemitteilungen oder Redemanuskripte entgegen. Mit Journalismus, wie Nick und das HZ-Team ihn verstanden, hatte das wenig zu tun. Allerdings hatte man auch bei der Hersfelder Zeitung schmerzlich zur Kenntnis nehmen müssen, dass vielen Lesern die flüchtige Schlagzeile völlig ausreichte. Und nur wenige interessierten sich dafür, woher eine Nachricht kam und wer sie ihnen übermittelte. Dass bei der

HZ auch jede Pressemitteilung überprüft und bearbeitet wurde, musste man immer wieder erklären.

Erklären – das war ein gutes Stichwort für das, was Nick und sein journalistischer Nachwuchs im Folgenden erlebten. Die Bad Hersfelder Stadtpolitiker suhlten sich an diesem Abend einmal mehr im eigenen Saft. Sie hakten im Ausschuss bereits ausdiskutierte Themen im Schnelldurchlauf ab, so dass kein Außenstehender verstehen konnte, was da gerade beschlossen wurde. Sie befleißigten sich eines formalistischen Jargons, dem nur Insider folgen konnten, und sie stellten Bezüge zu früheren Beschlüssen, vorherigen Sitzungen und Zeitungsartikeln von anno Tobak her, an die sich nur altgediente Parlamentarier noch erinnern konnten. Nick war bei fast jedem Tagesordnungspunkt damit beschäftigt, seinen Begleitern zumindest stichwortartig begreiflich zu machen, was das hohe Haus gerade anstellte.

Das änderte sich erst, als Bürgermeister Baumeister nun dem voll versammelten Plenum seine Idee für das Stadtmarketing schmackhaft machen wollte. Von Duden hatten auch die jungen Leute schon mal gehört, schließlich hieß ihre Schule so. Und tatsächlich lauschten die Schüler auf einmal höchst interessiert, was der Mann am Rednerpult von sich gab. Der Hersfelder Rathauschef verstand es immer wieder, seine Ideen und Überzeugungen im richtigen Tonfall, mit Empathie und erkennbarem Sachverstand zu verkaufen. Die meisten seiner Zuhörer nahmen Tobias Baumeister ab, dass dieser nur zum Besten der Stadt handelte und kein politischer Schaumschläger war. Nick respektierte den Bürgermeister nicht nur, er bewunderte ihn für seine Rhetorik und die Fähigkeit, Bad Hersfeld mit Würde und Souveränität zu repräsentieren. Dass Baumeister die zuvor in herzlicher gegenseitiger Abneigung agierenden Fraktionen für das gemeinsame Ziel einer zukunftssichernden Stadtentwicklung gewonnen hatte, rechnete ihm der Reporter hoch an. Da Nick mit Vertretern aller Farben rege Kontakte pflegte, konnte er einschätzen, wie schwierig das gewesen war.

Nun malte Baumeister ein schillerndes Bild vom künftigen Auftritt der Stadt, der mit drei Köpfen werben sollte: Benno Schilde, der Industrielle, der hier zu Beginn des 20. Jahrhunderts die ersten Ventilatoren produziert hatte, dann der Computervater Konrad Zuse, doch oben drüber der Vertreter des Intellekts und der Kultur, der Mann, der den Deutschen eine einheitliche Sprache verordnet hatte: Konrad Duden. Mit ihm an erster Stelle wolle die Stadt Bad Hersfeld niveauvoll auf sich aufmerksam machen, Gäste für Tagungen und Tourismus gewinnen, aber auch in Zusammenarbeit mit den Festspielen dem geschriebenen und gesprochenen Wort huldigen. „Ich bin überzeugt davon, dass mit dem schon jetzt allseits bekannten Namen Duden ein ebenso vielfältiges wie authentisches Marketing für unsere Stadt kreiert werden kann“, sagte der Bürgermeister, dem die Begeisterung für seine eigene Idee anzumerken war. Den ansonsten so sachlichen Rathauschef hatte man nur selten so leidenschaftlich erlebt.

Auf einer Videowand, die auf der Bühne der Stadthalle stand, wechselten historische Fotos der drei genannten Herren mit modern designten Logos und Ausarbeitungen ihrer Bereiche, alles aufeinander abgestimmt und mit einprägsamen Slogans versehen. Baumeister versicherte, dies seien lediglich erste grobe Entwürfe, die der neue Fachbereichsleiter des Stadtmarketings, Klaus Westermann, mit ihm ausgearbeitet habe. Sollten die Damen und Herren Stadtverordneten die Ideen gutheißen und die entsprechenden Finanzmittel zur Verfügung stellen, würde das alles höchst professionell umgesetzt.

Der Präsentation folgte die Debatte, in der die Vertreter der Fraktionen ihre Meinung zu Baumeisters Vorstellungen kundtaten. Die Qualität der Beiträge reichte wie so oft von sachkundig-interessiert über gelangweilt bis zu unterirdisch. Als alles gesagt war, aber eben noch nicht von allen, trat schließlich noch der Stadtverordnete Heinrich Puscher ans Rednerpult, ein ewiges Mitglied der Versammlung, aber eben auch ein gnadenloser Schwätzer. Wie befürchtet, nutzte er auch dieses Thema, um darauf hinzuweisen, dass er diese Idee ganz ähnlich schon vor vielen Jahren gehabt hatte, dass die Stadt damals aber noch nicht reif dafür gewesen sei. Mit einem selbstgefälligen Lächeln signalisierte Puscher dennoch großzügig seine Zustimmung. Kollektives Fremdschämen war angesagt.

Nick beobachtete seine Sitznachbarn und merkte ihnen an, dass sie sich sehr wohl bewusst waren, dass sie hier als Erste erfuhren, was Bad Hersfeld in den nächsten Monaten beschäftigen würde. Es war die Stadt, in der sie lebten, also betraf es sie auch. „Wird das dann wirklich so gemacht, wie wir das gerade gesehen haben?", wurde Nick von Lisa-Marie flüsternd gefragt. „So oder so ähnlich", antwortete er. „Das ist die Idee, und wenn es jetzt das Geld dafür gibt, dann wird diese Idee umgesetzt. Das kann dann so aussehen, wie es hier vorgeführt wurde, aber auch ein bisschen anders. Hauptsache, die grobe Richtung stimmt."

„Aber ich kann dann schon sagen, dass ich dabei gewesen bin, als das entschieden worden ist?"

„Genau, junge Frau. Das ist der Punkt. Was in dieser Stadt politisch geschieht, das wird hier und in den Ausschüssen besprochen und abgestimmt. Deswegen finde ich es auch so interessant, hier zu sein, das mitzuerleben und darüber für die Zeitung zu schreiben."

„Dürfen wir das auch in unserem Zisch-Bericht schreiben?"

„Ihr dürft nicht nur, das müsst Ihr! Was wärt Ihr für Journalisten, wenn Ihr dieses Thema links liegen lasst?"

Die Schülerin blickte ihn an, erkannte keinen Spott und nickte dann. „Ja. Das wäre ziemlich schwach." Dann drehte sie sich um und besprach sich mit ihrem Klassenkameraden Johannes. Und Nick hatte das Gefühl, dass diese Zisch-Aktion für alle Beteiligten recht interessant verlaufen war.

Als Bürgermeister Baumeisters Einsatz mit einem einmütigen Votum der Versammlung belohnt worden war, musste Parlamentschef Grimmer nur noch ein paar Anfragen abhaken, und dann war Schluss. Nick verabschiedete sich von Kerstin Schiller, die sich bereits die begeisterten Berichte der beiden Schüler vom Pressetisch angehört hatte, und er sah aus dem Augenwinkel die bösen Blicke von Karla Kohlberg und Dieter Damaschke. Ehe er ihnen seinerseits noch ein Grinsen mit auf den Heimweg mitgeben konnte, bemerkte Nick auf einem der Zuschauerplätze Roman Seitz. Der Unternehmer war ein bekennender Unterstützer des Bürgermeisters und hatte schon in der Vergangenheit die eine oder andere Sitzung mit verfolgt, wenn es seine Zeit zugelassen hatte. Nick nutzte die unverhoffte Gelegenheit und setzte sich zu ihm. „Guten Abend, Herr Seitz, was treibt Sie hierher?"

„Guten Abend, Herr Scholz. Tja, ist ja nicht ganz unerheblich, was mit dieser Stadt passiert. Und das lasse ich mir nicht gerne von anderen erzählen."

„Kann ich verstehen. Aber apropos erzählen. Warum haben Sie mir nichts von dieser Mobbing-Geschichte erzählt, in die Simon verwickelt war?"

Roman Seitz sah erschrocken auf. „Was soll das heißen? Mobbing? Simon? Ich weiß nicht, wovon Sie reden!"

„Wirklich nicht? Haben Sie denn nicht seine Entschuldigung unterschrieben?"

„Herr Scholz! Ich weiß davon nichts! Was soll das gewesen sein?“

Nick fasste den Fall grob zusammen und sah sich einem konsternierten Roman Seitz gegenüber. „Und da soll Simon mitgemacht haben? Das kann ich kaum glauben. Warum sollte er so etwas tun? Wir haben Toleranz und Respekt in unserer Familie nicht nur gepredigt, sondern auch gelebt. Ich verstehe das nicht.“

„Ich auch nicht“, antwortete Nick, „vor allem nicht, wie das mit der Entschuldigung gelaufen ist, wenn Sie doch davon angeblich nichts wissen.“

„Nicht angeblich, Herr Scholz. Das ist mir alles ein Rätsel.“

„Aber verstehen Sie doch, Herr Seitz, die Entschuldigung, die Sie nicht kennen, war der Zettel, der neben Simons Leiche lag.“

Roman Seitz sah ihn fassungslos an. Tränen schossen ihm in die Augen, und er schluchzte auf. Nachdem er sich wieder gefasst hatte, fragte er: „Was soll das heißen? Ich kapiere hier gar nichts mehr!“

„Ich leider auch nicht. Aber eins weiß ich: Simons Tod ist noch lange nicht aufgeklärt. Und eine Frage habe ich auch noch: Hatte Simon ein Handy? Und haben Sie sich mal seinen Computer angesehen? Da entdeckt man oft Sachen, von denen man gar nicht wusste, dass sie existieren.“

Roman Seitz schüttelte traurig den Kopf. „Da kann ich Ihnen auch nicht helfen. Simon hatte ein iPhone und ein MacBook. Aber an die kommt man nicht ran, sind beide mit Passwort oder PIN gesichert. Das iPhone ist übrigens bis heute verschwunden, der Laptop ist noch da. Steht auf seinem Schreibtisch. Nur dass uns das nichts nützt.“

„Schade“, erwiderte Nick, „war ja auch nur ein Versuch.“ Er verabschiedet sich und machte sich gedankenvoll auf den Heimweg.

Später, als er mit Britta im Bett lag, dachte er laut über seine Bedenken im Fall Simon Seitz nach und fragte schließlich: „Und wenn es nun doch kein Selbstmord war?“

Britta stöhnte. „Nicki, bitte! Spiel nicht wieder den Hobby-Polizisten. Da habe ich jetzt echt keinen Nerv dafür.“

„Aber das mit dem Abschiedsbrief, der wahrscheinlich keiner ist, das ist doch wirklich merkwürdig.“

Britta stöhnte noch ein bisschen lauter als eben. „Sherlock Scholz! Dann nur heraus damit! Was ist merkwürdig?“

Und Nick erzählte ihr die Mobbing-Geschichte und von der verordneten Strafarbeit mit der Entschuldigung zum Schluss, die jetzt neben Simons Leiche gefunden wurde.

„Nick, im Ernst. Was ist daran so merkwürdig? Vielleicht hatte er diesen Zettel gerade parat, vielleicht haben ihm in dieser Nacht andere Worte gefehlt. Schau dir doch die Fakten an: Er war allein zu Hause, wie das Video der Überwachungskamera und fehlende Hinweise auf Dritte beweisen. Der arme Junge ist begraben. Es gibt keinen Fall, also auch keine Ermittlungen. Es tut mir leid für dich, aber vor allem für die Eltern. Und jetzt lass uns schlafen, mein Schatz, gute Nacht!“

Nick sagte nichts mehr. Britta hatte wohl Recht. Er verschwendete hier Zeit und Energie. Auch wenn seine Zweifel, was Simons Tod anging, nicht ausgeräumt waren.

DREIZEHN.

Das Bad Hersfelder Amtsgericht war Nicks zweite Heimat, beruflich gesehen. Montags Jugendschöffengericht, dienstags das der Erwachsenen, daneben interessante Einzelrichter-Prozesse an den anderen Tagen. Es gab Arbeitswochen, in denen er tatsächlich drei Tage in den Sälen des Gerichtsgebäudes in der Dudenstraße verbrachte. Die örtliche Justiz hatte ihn seit seinem ersten Arbeitstag bei der HZ fasziniert. Anfangs hatte Nick noch große Augen bekommen, als er realisierte, dass die vermeintlich heile Kleinstadt-Welt Bad Hersfelds oft nur eine Fassade war. In unmittelbarer Nachbarschaft zu seinem behüteten Leben wurde gestohlen, geschlagen, betrogen, es wurden Kinder missbraucht und Frauen vergewaltigt. All das gab es dann ungeschminkt und in aller Ausführlichkeit in den Verhandlungen vor Gericht. Das war keine Show, die sich irgendein Drehbuchautor ausgedacht hatte, sondern richtiges Leben mit allen Konsequenzen – bis hin zu mehrjährigen Gefängnisstrafen. Der Kontrast zu seinem eigenen geordneten und sorglosen Dasein beschäftigte Nick auch nach mehreren Jahren der Berichterstattung.

Als er an diesem Morgen als Pressevertreter wie üblich unkontrolliert durch die elektronische Schleuse am Eingang marschierte und den Wachtmeister freundlich grüßte, freute er sich auf einen Drogenprozess, der für Bad Hersfelder Verhältnisse aus dem Rahmen fiel. Es ging um Crystal Meth, und es ging um eine Vielzahl von Fällen mit zahlreichen Abnehmern. Vor allem versprach es spannend zu werden, weil der Angeklagte etliche Namen genannt und die Zeugen somit in Bedrängnis gebracht hatte.

Vor dem großen Sitzungssaal traf Nick den Rechtsanwalt Jens-Ole Görtz, den wohl gefragtesten Strafverteidiger der Stadt. Oben Glatze, unten Cowboystiefel, dazwischen ein karierter Anzug – Görtz war ein bunter Vogel, dessen Äußeres manchen über seinen wachen Verstand, sein juristisches Fachwissen und seine Fähigkeit, jedes Mandat individuell und bisweilen originell zu vertreten, hinwegtäuschte. Görtz hatte zuletzt auch HZ-Chefredakteur Holger Störenberg zur Seite gestanden, als dieser fälschlicherweise verdächtigt wurde, die Schauspielerin Karmen Pudelko umgebracht zu haben.

„Na, Herr Görtz, wieder mal mit einem unschuldigen Mandanten zu Unrecht vor den Kadi gezerrt?"

Görtz lachte. „Kaum. Mustafa bringt schon so viele Vorstrafen mit, dass wir gar nicht erst versuchen werden, unschuldig zu tun. Aber er will diesmal wirklich die Kurve kriegen. Hat schon bei der Polizei ausgepackt und wird es auch heute tun. Das ist mehr als die Beweislage hergibt. Und er bringt sich in Teufels Küche, weil die Zeugen mauern. Mustafa hat in den letzten Tagen etliche anonyme Anrufe erhalten."

„Klingt ja ziemlich dramatisch. Warum mauert er nicht auch, wenn die Beweise dünn sind?"

„Naja. Um ihn dranzukriegen, reicht es. Wohnungsdurchsuchung und so. Aber Mustafa sucht das Schlupfloch in ein geordnetes Leben. Hat jetzt 'ne Frau, und was Kleines ist auch unterwegs. Er träumt von Bewährung. Und Sie wissen ja, wie Richter Seliger über Drogen denkt. Da sind Mustafas Chancen nicht so pralle. Auch wenn er einen hervorragenden Verteidiger hat…"

Nick lachte. Er mochte Görtz, weil der sich nicht vor klaren Aussagen drückte und ein unverkrampftes Verhältnis zur Presse hatte.

„Na, dann viel Glück, Herr Anwalt!"

Verhandlungen im Bad Hersfelder Amtsgericht verliefen in den allermeisten Fällen pragmatisch und konfliktarm. Die Prozessbeteiligten kannten sich, konnten sich einschätzen und hatten ein gemeinsames Ziel: Einen vernünftigen Ausgleich zwischen Täter und Opfer zu schaffen, ohne dabei die große Show abzuziehen und ohne dafür unverhältnismäßigen Aufwand treiben zu müssen.

So begann denn auch der Prozess gegen den 24-jährigen Mustafa Karim ganz nach dem Plan seines Anwalts. Der junge Angeklagte präsentierte sich als Musterknabe, bestätigte die Anklage von Staatsanwalt Albert Hellberg, die sich zum größten Teil auf die Aussage stützte, die Mustafa nach seiner Festnahme bei der Polizei gemacht hatte. Zweifelsfrei belegbar waren allerdings nur die Drogenfunde, die die Polizei in der Wohnung des Angeklagten gemacht hatte. Wem wer wann wieviel Crystal verkauft hatte, das musste erst noch verifiziert werden.

Um sein Geständnis, die in der Untersuchungshaft erfolgte Läuterung und den festen Willen zu einem straffreien Leben zu untermauern, berichtete der Angeklagte zudem von seinen Bemühungen, mit der Vergangenheit abzuschließen und sich eine Perspektive zu verschaffen. Mit Hilfe seines Anwalts konnte Mustafa tatsächlich eine ganze Reihe von Schritten auflisten, die er mit Blick auf den bevorstehenden Prozess unternommen hatte.

Das funktionierte auch noch, als die Zeugen aus den Reihen der Polizei berichteten, wie sie dem Dealer auf die Spur gekommen waren. Richter David Seliger, der üblicherweise an geeigneter Stelle ein Grundsatzreferat über die Gefährlichkeit von Drogen hielt, blickte mit unerwarteter Milde auf den Angeklagten und hatte nach dessen ausführlicher Schilderung von Tat und Umständen zunächst keine Fragen.

Doch dann traten die von Mustafa verpfiffenen Kunden auf. Und die ließen Nick aufmerken. Da gab es welche, die die Rolle des Dealers wesentlich höher als angeklagt ansiedelten. Ihnen seien größere Mengen und jede gewünschte Droge angeboten worden, berichteten gleich zwei der halbwüchsigen Zeugen, auch habe sich der Angeklagte mit seinen Beziehungen zu den Produzenten in Tschechien und Polen gebrüstet.

Andere wiederum stritten rundweg ab, was Mustafa ihnen bei der Polizei nachgesagt hatte. Nick merkte schnell, dass hier ein abgekartetes Spiel lief, denn die Leugner waren diejenigen, die bis dato noch eine weiße Weste hatten, während die Zeugen, die bei Polizei und Gericht bereits aktenkundig und für ihren Part bereits verurteilt waren, jetzt mit dem Finger auf den Angeklagten zeigten. Alles mit der offenkundigen Absicht, die Glaubwürdigkeit Mustafas in Zweifel zu ziehen. Richter Seliger zog immer wieder die Augenbrauen hoch, und man wusste nicht, was er von diesen Aussagen hielt.

Sechs junge Männer und eine Frau waren vernommen worden, als der Wachtmeister, der bisher teilnahmslos die Saaltür gesichert hatte, einen Stuhl aus dem Zuschauerbereich neben den Tisch stellte, an dem die Zeugen Platz nahmen. Die Protokollführerin rief als Nächsten einen Herrn Darrenberg auf, doch zunächst tat sich nichts. Als alle schon etwas nervös umherschauten, öffnete sich doch noch die Tür und gleich zwei Personen traten ein. Die eine kannte Nick zur Genüge. Paul Pommerenke, einer der wenigen Hersfelder Anwälte, mit denen er nie warm geworden war. Klein von Wuchs, mit schlecht sitzenden Anzügen und einem falschen Lächeln im Gesicht war Pommerenke der Inbegriff des Winkeladvokaten, dem man besser nicht über den Weg traute. Nur merkwürdig, dass er einer in der Stadt hoch angesehenen Kanzlei angehörte. Nummer zwei war ein junger Mann, den Nick noch nie gesehen hatte, den er aber vom ersten Moment an in die Kategorie „Von Beruf Sohn“ einordnete. Dieses Exemplar war die personifizierte Arroganz, blickte gelangweilt und knatschte auf einem Kaugummi herum.

Nick freute sich schon auf die Ansage Richter Seligers, die in solchen Fällen absolut zuverlässig kam. Und sie kam prompt: „Junger Mann, Kaugummi raus, und nicht unter Stuhl oder Tisch kleben!“ Nick feixte, doch der Angesprochene reagierte ungerührt. Nahm den Kaugummi aus dem Mund, wickelte ihn in ein Taschentuch und steckte ihn in die Hosentasche. Und wurde kein bisschen rot dabei. Sehr cool.

Brian Darrenberg, 18 Jahre alt, wohnhaft in Bad Hersfeld im Neubaugebiet am Schieferstein, Schüler der MSO, ledig, nicht verwandt und verschwägert mit dem Angeklagten.

Der Name Darrenberg sagte Nick etwas. So hieß der Geschäftsführer eines örtlichen Software-Unternehmens, das sich im Zuse-Industriepark angesiedelt hatte. Dieser Darrenberg, mutmaßlich der Vater des jungen Mannes hier, war ein groß gewachsener, gutaussehender Mann, der sich in gelegentlichen Statements zur wirtschaftlichen Lage immer sehr vernünftig und differenziert geäußert hatte. Auch spendete seine Firma regelmäßig für gute Zwecke und sponserte die Festspiele.

Der jugendliche Zeuge wurde nun von Richter Seliger über seine Wahrheitspflichten belehrt und darüber, dass er sich nicht selbst belasten müsse. Ein wichtiger Hinweis, dachte Nick, denn aus der zu Beginn der Verhandlung verlesenen Anklage wusste er, dass Mustafa Darrenberg als Groß-Abnehmer von Crystal Meth bloßgestellt hatte. Für den Schüler ergriff allerdings Anwalt Pommerenke das Wort. „Wenn Sie gestatten, Hohes Gericht, ich vertrete Herrn Darrenberg in dem gegen seine Person laufenden Ermittlungsverfahren und habe ihm geraten, sich hier mit Hinweis auf die soeben erfolgte Belehrung nicht zu äußern. Ich darf Ihnen jedoch versichern, dass die aus der Luft gegriffenen Anschuldigungen des Herrn Karim jeglicher Grundlage entbehren."

„Moment, Herr Anwalt!", fuhr Richter Seliger sichtlich verärgert dazwischen, „will ihr Mandant nun aussagen oder nicht? Da gibt es nach der Strafprozessordnung nur Ja oder Nein und kein Dazwischen, so wie Sie es hier eben platziert haben!"

„Ich bitte um Vergebung, Herr Richter", säuselte Pommerenke, „Sie haben natürlich Recht. Mein Faux Pas erklärt sich alleine durch die Empörung der Familie Darrenberg, deren guter Name hier in den Schmutz gezogen werden soll."

„Das reicht, Herr Pommerenke, keine Spielchen! Ich stelle fest, dass sich der Zeuge auf sein Aussageverweigerungsrecht beruft. Danke für Ihr Kommen, Herr Darrenberg, auf Wiedersehen. Wird ja nicht so lange dauern..." Seliger war stinksauer, bemerkte Nick. Denn der erfahrene Richter wusste genau, dass der Schaden angerichtet war. Nicht bei ihm, sondern bei den beiden Schöffen links und rechts von ihm. Sie kannten die Akten nicht, sondern bildeten sich alleine aus ihren Eindrücken aus der Hauptverhandlung ein Urteil. Bei ihnen hatte Pommerenke durch sein billiges Schauspiel möglicherweise Zweifel gesät. Es würde ihn viel Zeit kosten, diesen Winkelzug bei der Beratung des Urteils einzuordnen und zu relativieren. Nicht, dass Seliger voreingenommen war. Aber Mustafas Verteidiger war mit einem respektablen Konzept in die Verhandlung gekommen, hatte ein umfassendes Geständnis seines Mandanten mitgebracht und auch sonst alles getan, was für ein mildes Urteil erforderlich war. Das wollte der Richter gerne honorieren. Der Auftritt von Brian Darrenberg und der seines Rechtsbeistands waren da kontraproduktiv.

Pommerenke und sein Schützling verließen den Saal und versuchten gar nicht erst, ihre Genugtuung zu verbergen. Richter Seliger war Realist und wusste genau, wann er nicht weiterkam. Dieses Verfahren würde sich erst vernünftig beenden lassen, wenn die wichtigen Zeugen ihrerseits verurteilt waren und wahrheitsgemäß aussagen mussten. Aber wenn ein Paul Pommerenke Spielchen spielen wollte, dann spielte David Seliger eben auch ein Spielchen: Weil ein weiterer Zeuge nicht gekommen war und auf die Schnelle auch nicht ausfindig gemacht werden konnte, erklärte ihn das Gericht im Einvernehmen mit dem Staatsanwalt und Verteidiger Görtz für unverzichtbar, so dass der Prozess zunächst einmal geplatzt war. „Neuer Termin von Amts wegen“, verkündete Seliger und man sah ihm sein Bedauern an, dass Anwalt Pommerenke das nicht mehr mitbekam.

Als das Gerichtsgebäude Nick in einen regnerischen Vormittag entließ, schien der HZ-Reporter das miese Wetter überhaupt nicht zu registrieren. Obwohl ihm auf seinem Weg durch die Fußgängerzone zur Redaktion immer wieder dicke Tropfen auf die Haare klatschten, war

Nick tief in Gedanken. Nicht wegen des unbefriedigenden Ausgangs der Verhandlung, denn auch aus einem geplatzten Prozess ließ sich ein interessanter Bericht machen. Was ihn beschäftigte, war das, was er aus der Anklage des Staatsanwalts und aus der Aussage Mustafa Karims erfahren hatte: In der Obersberg-Schule oder in ihrer unmittelbaren Nähe wurde offenbar heftig gedealt und das nicht nur mit Gras, sondern jetzt auch mit Crystal Meth. Eine schreckliche Vorstellung, wenn man sich vor Augen führte, was diese Droge mit ihren Konsumenten anstellte. Es brauchte nicht viel Fantasie, um sich vorzustellen, wie aus frischen, jugendlichen Gesichtern die zerfressenen, vorzeitig gealterten Visagen von Crystal-Usern wurden. Und das innerhalb kürzester Zeit. Oft reichten ein, zwei Jahre, um einen gesunden Menschen in ein körperliches Wrack zu verwandeln. Nick fühlte hier eine Bedrohung für seine Heimatstadt, die er bisher nur aus den Thrillern amerikanischer Autoren kannte, die sein Vater so gerne las. John Grisham oder David Baldacci hatten darin drastisch geschildert, wie Crystal die Bevölkerung ganzer Dörfer zerstört hatte. Er musste das dringend mit Britta besprechen. Und mit Dr. Ehrlich.

Zurück an seinem Schreibtisch erlebte er eine faustdicke Überraschung. In seinem E-Mail-Postfach fand er mit freundlichen Grüßen von Kerstin Schiller den Bericht der Zisch-Schüler über ihren Besuch im Stadtparlament vor. Die waren fast so schnell wie ich, dachte Nick, dessen Artikel über die Sitzung erst vor wenigen Tagen erschienen war. Normalerweise ließen die Schülerreportagen wochenlang auf sich warten. Nick überflog den Text, der natürlich von Lisa-Marie und Johannes verfasst worden war. Die beiden schienen ihren Premium-Platz genossen zu haben und hatten das Schauspiel der Hersfelder Stadtpolitiker gut beobachtet. Nick begann mit einem Mal Gefallen an seiner Aufgabe als Zisch-Betreuer zu finden. Ob Rebekka Wiegand im „Obersburger“ ebenfalls noch über die Stadtpolitik schreiben würde?

Er traf Britta nach der Arbeit im Kurpark für einen gemeinsamen Abendspaziergang. Natürlich war es schon längst dunkel geworden. Die Tage wurden immer kürzer, und Weihnachten rückte unerbittlich näher. Die leidlich beleuchteten Wege des Parks boten Gelegenheit für ein paar Schritte an der frischen Luft, denn mehr Bewegung war unter der Woche kaum drin. Sowohl Brittas Job bei der Kripo als auch die tägliche Jagd nach interessantem Lesestoff für die HZ ließen kaum Zeit und Raum für geregelte sportliche Aktivitäten. Die mussten am Wochenende stattfinden. Ein paar Kurpark-Runden vor dem gemeinsamen Abendbrot waren deshalb okay, aber auch nur die zweitbeste Lösung. Immerhin: Die Dunkelheit schützte auch vor neugierigen Blicken, zumal ein Tuch oder Schal vor dem Gesicht seit Corona auch nichts Ungewöhnliches mehr war.

Nick erzählte Britta von seinem Gerichtstermin und fragte sie, ob da möglicherweise ein Zusammenhang zu den Problemen bestehe, von denen sie neulich berichtet hatte.

„Ja, klar“, antwortete sie, „Mustafa Karim ist ein dicker Fisch gewesen, als wir ihn erwischt haben. Aber kein schlechter Kerl. Der hat gedealt, weil er Geld für die Behandlung von einem krebskranken Onkel und für die Tochter von seinem tödlich verunglückten Cousin gebraucht hat. Alles Familienangelegenheiten, soweit ich das in Erinnerung habe. Als er aufgeflogen ist, hat er ziemlich schnell reinen Tisch gemacht und richtig ausgepackt. Bloß ist er bis heute unser einziger Erfolg in diesem Bereich. Auch mit seinen Angaben sind wir nicht wirklich weitergekommen.“

„Und Crystal ist eben was anderes als Gras."

„Allerdings. Und das System ist auch anders. Die von weither importierten Drogen haben ihre eigenen Vertriebswege. Die sind uns natürlich bekannt, also wissen wir, wo wir genau hingucken müssen und wer dabei vermutlich mitmischt. Bei Crystal gibt es allerdings ganz neue Strukturen, weil das Zeug sozusagen um die Ecke hergestellt wird. Da tauchen in der Szene auch bis dahin unbekannte Gesichter auf. Am Anfang ist das ja wie eine Mode-Droge, der schnelle Kick. Das finden Leute ganz schick, die mit Marihuana oder Heroin nichts zu tun haben wollen. Dass sie sich mit Crystal noch schneller kaputt machen als mit allem anderen, ist den meisten gar nicht bewusst."

„Krass. Noch eine Runde?", fragte Nick.

„Gerne. Die frische Luft macht den Kopf frei."

„Sagt dir der Name Brian Darrenberg was?"

„Nicht wirklich. Angeblich einer von Mustafas Kunden, wenn mich mein Gedächtnis nicht trügt. So ein Söhnchen. Sein Name hat uns ein bisschen überrascht, weil der Herr Vater doch ein angesehener Hersfelder Bürger und ein erfolgreicher Geschäftsmann ist."

„Genau. Und angeblich hat er mit Mustafa auch nichts zu tun."

„Keine Ahnung. Soviel ich weiß, steht da Aussage gegen Aussage. Das heißt, Mustafa hat ihn verpfiffen, doch Darrenberg sagt nichts. Und gefunden wurde bei ihm auch nichts."

„Habt Ihr seine Wohnung durchsucht?"

„Natürlich. Nach Mustafas Aussage bestand aller Grund dazu. Wir waren mit Rücksicht auf die Familie aber ziemlich diskret. Und wie gesagt, gefunden wurde nichts. Nicht in Brians Zimmer, nicht an seiner Person und nicht in der Wohnung."

„Und trotzdem läuft ein Verfahren gegen ihn?“

„Aber hallo. Mustafa hat sehr konkrete Angaben gemacht. Und warum sollte er jemanden grundlos beschuldigen, wenn er sich mit dieser Aussage gleichzeitig selbst ein Stück weiter reinreitet?“

„Stimmt. Ich glaube, ich muss nochmal mit Dr. Ehrlich reden.“

„Wer ist das?“

„Der Schulleiter auf dem Obersberg. Der sollte eigentlich etwas wissen, wenn in seinem Laden so massiv gedealt wird.“

„Oder er weiß gar nichts, weil er nichts wissen will. Oder glaubst du, Darrenberg und irgendwelche anderen Stinkbacken melden ihre Geschäfte beim Schuldirektor an?“

„Natürlich nicht. Aber ihm wird doch sicherlich auch viel zugetragen.“

„Na, dann viel Glück. Ich bin gespannt, was du mir nach dem Gespräch berichten kannst.“

„Ich auch“, sagte Nick, umarmte Britta noch ein wenig fester, und eng umschlungen traten sie den Heimweg in Richtung Brink an.

Als sie vor der Haustür angekommen waren, sagt Britta ganz beiläufig: „Ach, übrigens, ich hab mir heute meine neue Wohnung angeschaut.“

„Also doch nicht die auf dem Johannesberg?“

„Wie kommst du darauf? Doch, die Wohnung im Holunderweg, die bei den Neumanns, neben deinen Eltern.“

„Na, dann Prost Mahlzeit. Ich dachte, du machst Witze. Wie soll das denn gehen?“

„Ach, Nicki, nicht sauer sein. Ist doch eigentlich egal, wo meine Wohnung ist. Denn wenn ich bei dir bin, ändert sich nichts. Und ansonsten ist es die Wohnung einer Frau, bei der du unter normalen Umständen nichts zu suchen hast.

In diesem Falle allerdings bist du ja quasi Nachbar. Also nicht gleich verdächtig. Das ist doch nicht schlecht, oder?“

„Und deshalb hast du dich für diese Wohnung entschieden?“

„Nein. Das heißt, auch. Aber in erster Linie, weil sie mir gefällt. Genug Platz für mich, Blicke ins Grüne, ein Rückzugsort. Das brauche ich jetzt. Versteh’ mich doch auch ein bisschen…“

„Tu ich ja. Ich dachte nur…“

„Was? Was hast du gedacht?“

„Ach, ich weiß auch nicht…“

„Doch. Ich glaube, du hast von einem gemeinsamen Nest geträumt. Jetzt, wo ich wieder frei bin, dachtest du, wir würden demnächst eine Wohnung für uns beide suchen. Britta und Nick – endlich vereint. Jetzt ganz offiziell, keine Heimlichtuerei mehr. Stimmt’s?“

„Wenn du das so sagst, klingt das so… also irgendwie billig. Aber so empfinde ich nicht, Britta. Und das weißt du. Mein Gott, und ich glaube nicht, dass wir dieses Gespräch an der Haustür auf der Straße führen sollten.“

Britta lachte. „Ja, komischer Ort. Aber du liegst schief. Nichts von dem, was ich sage, meine ich irgendwie herabsetzend. Du bedeutest mir sehr viel. Und ich denke auch immer wieder daran, ob und wie es eine gemeinsame Zukunft für uns geben kann. Aber ich habe da keine einfachen Antworten. Das braucht seine Zeit, mein Schatz. Und eine Wohnung bei Neumanns im Holunderweg ist für mich bestimmt kein Altersruhesitz. Nenne es eine Zwischenstation. Aber die brauche ich jetzt.“

„Ich verstehe dich ja. Also größtenteils jedenfalls.“

„Na, dann ist ja gut. Gehen wir jetzt endlich nach oben?“ Nick nickte zustimmend und schloss die Tür auf. Da griff Britta seinen Arm und fragte: „Hast du am Wochenende schon was vor?“

Nick stutzte überrascht. „Wieso?“

Britta grinste ihn an: „Also nicht. Dann haben wir ja Zeit, um nach Kassel zu Ikea zu fahren. Ich brauche ein paar Möbel für mein neues Heim!“

„Ich dachte, du willst nicht mehr mit Ikea-Möbeln leben?“

„Mehr kann ich mir im Moment nicht leisten. Und ich will mich ja nicht nur mit Billy-Regalen einrichten.“

VIERZEHN.

Es dauerte ein paar Tage, bis Nick dazu kam, bei Dr. Ehrlich in der MSO anzurufen. Die angeblich so besinnliche, ruhige Vorweihnachtszeit war für die HZ-Redaktion jedes Jahr ein Ritt auf der Rasierklinge. Sämtliche Gemeinden waren noch mit mindestens einer Sitzung ihrer Ausschüsse oder Parlamente im Terminkalender vertreten, Advent- und Jahresabschlussfeiern kamen hinzu – all das bedeutete Erledigungsstress.

Als er dann Ehrlich erreichte, war dieser für seine Verhältnisse kurz angebunden.

„Drogen? Was soll ich Ihnen dazu sagen? Ja, ich weiß, dass sowas vorkommt. Nein, konkret ist mir nichts bekannt. Jedenfalls nichts Aktuelles. Ich erfahre das immer erst, wenn schon was passiert ist. Also wenn die Polizei jemanden am Wickel hat oder wenn mir unsere Schulsozialarbeiterin mal was mitteilt. Wie kommen Sie also jetzt darauf?“

Nick berichtete von dem Prozess gegen Mustafa Karim und den Vorwürfen gegen einen MSO-Schüler.

„Keine Ahnung, Herr Scholz. Der Name Mustafa Karim sagt mir nichts, und von einem Schüler, der hier dealt, weiß ich auch nichts. Ohnehin gilt dasselbe, was ich Ihnen neulich zum Mobbing gesagt habe: Datenschutz. Am besten, Sie fragen mal bei Frau Buhlmann nach, unserer Sozialarbeiterin. Die weiß da bestimmt mehr."

Nick bedankte sich trotz der kargen Auskünfte, notierte sich Buhlmanns Telefonnummer und nahm sich vor, sobald wie möglich einen Termin zu vereinbaren.

Dass er das dann vergessen hatte, fiel ihm erst ein, als er wenige Tage vor Beginn der Weihnachtsferien ein weiteres Mal die steile Straße zum Obersberg hinauf fuhr. Diesmal hatte er einen Termin in der Gesamtschule, die ebenfalls in dem riesigen Schulkomplex angesiedelt war. Eine Klasse 9 hatte für „Zeitung in der Schule" zu einer Diskussionsrunde mit einem Redakteur eingeladen. Thema: „Warum junge Leute heute keine Zeitung mehr lesen". Nick hatte sich fest vorgenommen, diese These nach Kräften zu widerlegen. Er wusste auch, dass seine Erfolgsaussichten gering waren. Zwar traf er auf ein durchaus interessiertes Publikum, das sich zahlreiche gute Fragen für den Gast ausgedacht hatte, doch er blickte auch in viele Gesichter, die seinen Vortrag über sich ergehen ließen und gar nicht daran dachten, dem Qualitätsjournalismus aus örtlicher Produktion eine Chance zu geben. Zwei Mädchen und ein Jungen waren auffällig aufmerksam, doch Nick erfuhr hinterher vom Deutschlehrer, dass es sich um den Klassensprecher und zwei Mitglieder der Schülerzeitungsredaktion handelte. Dann habe ich also die überzeugt, die gar nicht mehr überzeugt werden mussten, dachte Nick und schob trotz der freundlichen Menschen um ihn herum Frust.

Als er sich verabschiedet und das Gebäude verlassen hatte, fiel ihm die Schulsozialarbeiterin wieder ein. Vielleicht hatte er Glück, Frau Buhlmann war gerade anwesend und hatte ein paar Minuten Zeit. Also kehrte er durch die nächste Tür in einen anderen Gebäudeteil zurück, erkundigte sich nach ihrem Büro und suchte einmal mehr durch das Labyrinth der Treppenhäuser und Gänge nach dem richtigen Weg. Als er Buhlmanns Büro tatsächlich gefunden hatte, klopfte er jedoch vergebens an die Tür. Niemand da, schloss er, und war ratlos. Denn Informationen über die Bürozeiten der Sozialarbeiterin gab es auch nicht. Nur eine Handynummer, die jedoch lediglich „für dringende Notfälle" angerufen werden wollte. Sind Notfälle nicht immer dringend, fragte sich Nick und zog von dannen.

Auf dem Weg nach draußen verlief er sich und stand unvermittelt vor dem Raum der „Obersburger"-Redaktion. Auf gut Glück klopfte er auch hier und hatte wieder kein Glück. Doch einen Augenblick später rief hinter ihm eine spöttische Stimme „Herein". Rebekka Wiegand lachte ihn vergnügt an, zückte einen Schlüssel und öffnete die Tür. „Da hätten Sie aber keinen Moment früher kommen dürfen", sagte sie, „denn ich war bis eben im Unterricht. Jetzt aber habe ich eine Freistunde. Was führt Sie zu uns?"

„Nichts Bestimmtes", erwiderte Nick und berichtete von seiner Begegnung mit Simons Vater nach der Stadtverordnetenversammlung, bei der auch Rebekka Wiegand gewesen war. „Sie sehen, mir lässt Simons mutmaßlicher Suizid auch keine Ruhe. Da sind schon so ein paar Punkte, die sich merkwürdig anfühlen."

„Ja, allerdings. Sein Tod kommt mir immer noch so unwirklich vor. Weil doch so gar nichts darauf hingedeutet hat, dass er so etwas tun könnte. Gut, er war eher ein Grübler als ein Großmaul, aber er war doch nicht depressiv. Nachdenklich vielleicht, aber kein Schwarzseher. Ich kapiere es einfach nicht."

Nick ließ einen Moment verstreichen, ehe er fragte: „Wie war das eigentlich mit seinem Handy? Sein Vater sagt, das sei verschwunden. Und das Passwort zu Simons Computer kennt er auch nicht."

Rebekka lachte auf. „Simons Passwort? Das war lächerlich einfach. A-C-I-Doppel-S-E-J."

„Wieso einfach? Was soll das heißen?"

„Na, einmal dürfen Sie raten, aber wirklich nur einmal!"

„Ich steh' auf dem Schlauch."

„Schwach, Herr Reporter! Das ist Jessica rückwärts gelesen."

„Autsch! Sorry. Lange Leitung. Oweh, war er so verliebt?"

„Verliebt? Nein, besessen. Und blind. Und er hat mir so leidgetan, wie er sie angehimmelt hat, obwohl sie meistens nur Blödsinn von sich gegeben hat. Ach, was heißt leidgetan. Ich habe mich geschämt für ihn. Er war doch sonst ein intelligenter Typ. Nur bei dieser Frau, da war sein Verstand offenbar im Tiefschlaf."

„Scheint so", stimmte Nick zu. „Aber wissen Sie auch was über das Handy?"

„Nein, wie sollte ich? Ich weiß nur, dass er ein iPhone hatte. Gibt es da nicht eine Suchfunktion?"

„Die muss eingeschaltet sein, sonst hilft sie nichts. Naja, vielleicht bringt uns das Passwort ein bisschen weiter."

„Na dann viel Glück. Aber sind Sie heute nur deswegen hierher gekommen?"

„Nein, ich wollte zu Frau Buhlmann, der Sozialarbeiterin."

„Ach, zu der. Und weshalb, wenn ich fragen darf?"

Nick hatte keinen Grund, Rebekka nicht dasselbe zu berichten, was er auch Dr. Ehrlich erzählt hatte.

Die Schülerin rollte mit den Augen. „War ja klar, dass der saubere Herr Darrenberg da eine Show abzieht."

„Kennen Sie den?"

Wiegand spielte die Empörte. „Kennen? Ich bitte Sie! Aber ich weiß, wer er ist. Sohn reicher Eltern, verwöhnt bis dorthinaus, charakterlich ein Riesenarschloch. Aber merkwürdigerweise kommt er immer davon oder setzt sich mit seiner unverschämten Art durch."

„Seinen Vater habe ich mal bei einem Pressetermin getroffen. Der machte eigentlich einen ganz vernünftigen Eindruck."

„Na, der kann ja nix für seine Söhne. Vielleicht sind sie aus der Art geschlagen."

„Sie? Söhne?"

„Ja, Brian und Bruce. Zwillinge."

„Und wie kommen die zu diesen Namen?"

„Hey, woher soll ich das wissen? Ich distanziere mich von denen, wo ich kann. Aber meines Wissens hat das mit dem beruflichen Werdegang ihres Vaters zu tun. Der war wohl ein paar Jahre im Ausland, London glaube ich. Und da hat er seinen beiden Musterknaben eben internationale Namen verpasst. Könnte jedenfalls sein. Habe ich so gehört."

Nick nahm Wiegands Abneigung gegen diese beiden Mitschüler amüsiert zur Kenntnis. „Und weshalb können Sie die beiden nicht leiden? Haben die Ihnen mal was getan?"

Die junge Frau wurde ganz ernst. „Nein, mir nicht. Aber ich war mal dabei, als... also, das war so... aber haben Sie überhaupt so viel Zeit? Ist eine etwas längere Geschichte..."

„Alles gut", entgegnete Nick, „erzählen Sie nur."

„Also, das ist schon ein paar Monate her, Juli oder August, glaube ich. Da hieß es, dass am Samstag eine Party steigen würde. Trotz Corona. In einem Ferienhaus im Seepark Kirchheim, also ziemlich abseits von allem. Entweder gehörte das den Eltern von jemandem, oder es hatten welche gemietet. Auf jeden Fall sturmfreie Bude das ganze Wochenende lang. Die halbe Oberstufe war eingeladen, und man hat die ganze Woche von nichts anderem geredet, aber natürlich nur hinter vorgehaltener Hand. Von wegen Versammlungsverbot und Abstandsregelung. Simon wollte hin, ich auch, und der Professor hatte das Auto von seinen Eltern, also haben wir ihn dazu bekommen, dass er uns hinfährt. Er hat aber gleich gesagt, dass er vielleicht nicht lange bleiben würde und dass wir uns wegen der Rückfahrt besser nicht auf ihn verlassen sollten."

„Wo wohnen Sie eigentlich?", ging Nick dazwischen.

„Hersfeld. Frauenberg."

„Okay. Und weiter?"

„Naja, das war erst richtig aufregend. Schon von Weitem haben wir die Musik gehört. War schwer was los. Wir waren noch gar nicht richtig angekommen, da hatten wir schon den ersten Drink in der Hand. Die hatten draußen eine Bar aufgebaut, und irgendeiner hat dort einen Cocktail nach dem anderen zusammengemixt. Natürlich immer mit mehr Alkohol als eigentlich vorgesehen war. Kennen Sie den Seepark?"

„Klar. Auch die Ferienhäuser."

„Na, die sind ja ganz nett. Und damals war kurz nach dem Ende des Corona-Lockdowns noch so gut wie nichts los. Es hat sich jedenfalls keiner beschwert, dass dort relativ viele Leute auf einem Haufen gefeiert haben. Und laut war's ja auch. Aber soweit ich es mitbekommen habe, hat sich keiner für uns interessiert. War jedenfalls keine Polizei da."

„Gut. Bisher haben Sie mir aber nichts erzählt, was mehr hergibt als ziemlich unvorsichtiges Verhalten während der Pandemie."

„Seien Sie doch nicht so ungeduldig. Sie haben doch gesagt, dass Sie Zeit haben!"

„Ja, doch. Aber was haben Bruce und Brian denn nun so Schreckliches getan?“

„Nicht Bruce und Brian, nur Brian. Und nichts Schreckliches, sondern was Typisches für diese Art von Männern.“

„Okay. Ich wollte Sie eigentlich nicht unterbrechen. Sorry. Erzählen Sie weiter.“

„Also, irgendwann war ich in der Hütte, habe mich hier mit Leuten unterhalten und dort was getrunken, und dann stand ich auf so einer Empore, wo auch die Türen zu den Schlafzimmern waren. Ich hatte mich gerade mit Anja aus meinem Deutsch-Leistungskurs unterhalten, das ist eine hübsche Blonde, die auch Grips hat. Da kommt der Brian an, grinst fett, nimmt Anjas Hand und sagt: Komm, wir gehen ficken, Baby! Und statt ihm zu sagen, dass er spinnt und sich verpissen soll, schaut mich Anja fast entschuldigend an und lässt sich tatsächlich mit ins Schlafzimmer ziehen. Mir war auf einmal kotzübel. Von einer Sekunde auf die andere wollte ich nur noch weg. Ich fühlte mich wie im falschen Film, aber um mich herum war alles so, ja wie soll ich sagen, normal. Alle haben gefeiert, waren locker, keiner hat sich an irgendwas gestört, aber wahrscheinlich hatte auch keiner mitbekommen, was mich so aus der Bahn geworfen hat. Ich stand da wie erstarrt, und zehn Minuten später ist die Schlafzimmertür aufgegangen und Anja ist tränenüberströmt herausgerannt, die Treppe runter und weg. Keine Ahnung, was da gelaufen war. Kurz danach ließ sich auch Brian wieder blicken, natürlich selbstgefällig grinsend, und weiter ging's für ihn. Das hat mich alles so abgetörnt, dass ich es keine Sekunde länger ausgehalten habe. Ich musste weg und zwar sofort. Den Professor habe ich nicht mehr gefunden, und Simon war in irgendeine Unterhaltung vertieft und sagte, dass er noch bleiben wolle.

Ich bin dann zu Fuß los, nur weg von da, und hatte Glück, dass ich per Anhalter relativ flott wieder nach Hersfeld gekommen bin."

„Puh, das muss Sie ja sehr mitgenommen haben."

„Hat es auch. Da war sowas Menschenverachtendes, irgendwas, was meinen Werten total entgegengestanden hat. Vielleicht bin ich da überempfindlich, aber so ist es nun mal. Darrenberg und ich – da gibt es nichts Gemeinsames."

„Scheint so. So was Ähnliches habe ich neulich in anderem Zusammenhang schon einmal gehört. Und diese Anja? Wie geht es ihr? Hat sie etwas unternommen?"

„Soviel ich weiß, nicht. Ich bin mir ja auch gar nicht sicher, was da in Kirchheim tatsächlich passiert ist. Mich hat ja nur die ganze Art entsetzt. Aber das war ja noch nicht das Ende."

„Aha. Was war da noch?"

„Also, ein paar Wochen danach war ich mit ein paar Leuten nach der Schule im Pergola, und ein paar Tische weiter habe ich die Anja entdeckt. Erst beim zweiten Hinsehen habe ich bemerkt, dass sie neben Brian saß. Und der hatte seinen Arm so um sie gelegt, dass die Hand auf ihrer Brust lag. Er hat dann in meine Richtung geschaut, hat fett gegrinst und angefangen zu fummeln. Und Anja, die dumme Kuh, hat ihn gelassen. Hat nicht gezuckt, hat seine Hand nicht weggeschoben, hat nur doof gelächelt als sei es das Normalste von der Welt, sich in aller Öffentlichkeit von so einem selbstgefälligen Typen am Busen betatschen zu lassen. Und das nach der Nummer in Kirchheim. Ich war sprachlos, also echt. Und das in einer Zeit, in der man aus der MeToo-Debatte schon was gelernt haben sollte. Männer, die ihre Macht ausspielen und Frauen einfach nur benutzen."

„Kein Wunder, dass Sie empört waren. Hätte aber sein können, dass Brian und Anja doch irgendwie zueinander gefunden haben."

Rebekka Wiegand schaute ihn erstaunt an. „Wie kommen Sie darauf? Nein, diese beiden nicht. Ach, das habe ich Ihnen ja noch gar nicht gesagt. Jessie. Jessica und Brian, die beiden sind ein Paar. Deshalb war ja Simons Verliebtheit auch so... wie soll ich sagen... tragisch."

Ich glaube, ich verrenne mich hier, dachte Nick, als er zurück zu seinem Auto ging. Simons Selbstmord, Teenager-Liebesgeschichten, Mobbing und Drogendeals an der Schule – all das konnte, musste aber nichts miteinander zu tun haben. Was trieb ihn also? Er recherchierte einem vermeintlichen Fall hinterher, den die Profi-Ermittler von der Kriminalpolizei längst abgeschlossen hatten. Wenn sie den Suizid überhaupt als „Fall" betrachtet hatten. Wenn es nicht mehr gab als ein paar Ungereimtheiten, dann sollte auch er die Tatsachen akzeptieren: Es gab bei Simons Tod nicht den geringsten Hinweis auf Fremdeinwirkung, und das Video bewies, dass er alleine im Haus gewesen war. Punkt. Nick beschloss, sich ab sofort auf das Drogenthema zu konzentrieren. Dass auf den Schulhöfen in Bad Hersfeld und Umgebung gedealt wurde, war ein offenes Geheimnis. Mit den handfesten Informationen aus dem Prozess gegen Mustafa Karim, von der Polizei und den Verantwortlichen aus den Schulen ließ sich bestimmt etwas anfangen. Auf jeden Fall war das besser als weiter über die Umstände des Todes von Simon Seitz zu spekulieren.

FÜNFZEHN.

Am folgenden Wochenende kam sich Nick ziemlich nutzlos vor. Zwar hatte er Britta beim Packen zweier Umzugskartons geholfen, die sie in seiner Wohnung mit Bekleidung, Büchern, überraschend vielen Schuhen, etwas Geschirr und ein paar Küchengeräten bestückte, doch als sie diese beiden Behältnisse nach Einbruch der Dunkelheit in Brittas Alibi-Bleibe am Hanfsack bugsiert hatten, war sein Part erledigt. Denn wie hätte es ausgesehen, wenn der HZ-Reporter der örtlichen Kripochefin beim Möbel- und Kistentransport zur Hand gegangen wäre? Und noch besser: Was hätten seine Eltern gesagt, wenn ihr Sohn beim Einzug der neuen Nachbarin in einer tragenden Rolle aufgetaucht wäre? Also hatte Britta zwei muskelbepackte Kollegen bezirzt, ihren Samstagnachmittag dem Freundschaftsdienst für die Frau Kriminalrätin zu opfern. Im Gegenzug hatte Britta ihnen für die nächsten Tage ein gemeinsames Abendessen mit Partnerinnen in der Pizzeria „La Favola“ bei ihr um die Ecke versprochen. Bevor es soweit war, mussten die starken Männer jedoch ordentlich schuften, denn in Brittas alter Wohnung warteten mittlerweile auch die Kartons von

Ikea auf den Abtransport und den Aufbau auf dem Johannesberg.

Nick hatte einen Moment lang überlegt, ob er sich bei seinen Eltern zum Essen einladen und den Umzug von einem Logenplatz aus Mamas Küchenfenster beobachten sollte, doch kam ihm diese Idee schließlich zu billig vor. Stattdessen beschloss er, sich trotz frühwinterlicher Temperaturen auf eine Jogging-Runde über die Wisbi-Strecke zu machen. Wisbi war ein Akronym für „Wie schnell bin ich?" und erlaubte dem regelmäßigen Läufer, sich über halbwegs exakt vermessene zehn Kilometer zu überprüfen. Die Strecke führte vom Oberau-Stadion entlang der Fulda zum Eichhof bis nach Kohlhausen und von dort über die andere Seite des Flusses durch den Wald zurück zum Fuldasee und zum Ausgangspunkt. Verlief die erste Hälfte des Weges noch auf einem betonierten Radwanderweg, so wurde es anschließend auf dem Laufholzweg im Wald ziemlich matschig. Das nasskalte Wetter der vergangenen Tage hatte die Waldwege zwar aufgeweicht, doch auf halbgefrorenem Boden hatte das Wasser stellenweise nicht versickern können.

Nick patschte deshalb ein wenig missmutig dem Ziel entgegen. Als er schon glaubte, diesmal keinem einzigen Menschen zu begegnen, kam ihm doch jemand entgegen. Eine dunkel gekleidete, gedrückt gehende Gestalt, die Kapuze der Winterjacke weit ins Gesicht gezogen. Ein Spaziergänger, kein Sportler, registrierte Nick und fragte sich, was einen an einem solchen Tag in den Wald zog. Als er mit dem Fremden auf einer Höhe war, hob dieser kurz den Kopf, schaute Nick aus bebrillten Augen eine Sekunde an und sah gleich wieder weg. Nick hatte mit einem Zunicken grüßen wollen, doch keine Reaktion erhalten. Das Gesicht war ihm jedoch bekannt vorgekommen. Den Rest der Strecke kramte er in seinem Gedächtnis, bis der

Groschen in Höhe der alten Autobahnmeisterei endlich fiel: Das war der „Professor“ gewesen, Rebekka Wiegands Schulkamerad aus der „Obersburger“-Redaktion, der eigentlich Philipp hieß. Besonders glücklich hatte er nicht ausgesehen. Ob er umgekehrt auch Nick erkannt hatte?

Nick verbrachte den Rest des Nachmittags mit einer heißen Dusche, dem letzten Spieltag der Fußball-Bundesliga vor der kurzen Winterpause und den Abend mit einer trostlosen Salami-Pizza aus dem Tiefkühlfach. Außerdem zermarterte er sich das Hirn auf der Suche nach einem Weihnachtsgeschenk für Britta. Als er ein halbes Dutzend Ideen erwogen und wieder verworfen hatte, griff er zum Telefon und rief sie an. Britta meldete sich zwar, vertröstete ihn jedoch kurz angebunden auf später. Im Hintergrund hatte er munteres Geplauder und das Anstoßen von Flaschen gehört. Jetzt bloß nicht trübsinnig werden, rief sich Nick zur Ordnung, schaltete den Fernseher an und schaute sich im „Aktuellen Sportstudio“ die Samstagsspiele ein zweites Mal an.

Kurz vor Mitternacht meldete sich Britta dann doch noch. „Sorry, mein Schatz, aber ich konnte meine fleißigen Helfer ja nicht einfach vor die Tür setzen. Die waren nämlich echt Klasse, haben all mein Ikea-Zeugs aufgestellt, die Lampen angebracht und das Bücherregal aufgebaut. Ich hab’ dann in der Edeka schnell noch was zum Futtern geholt und ein paar Biere, und dann war eben ein bisschen Party.“

„Schön für Euch“, sagte Nick und gab sich keine Mühe, seinen Frust zu verbergen.

„Och, nun sei doch nicht traurig. Sieh es doch so: Dank der Kollegen bin ich heute schon so weit eingerichtet, dass ich morgen Nachmittag Zeit für dich habe. Wir können irgendwohin in die Sauna fahren und den Stress der letzten Woche rausschwitzen. Wir waren viel zu lange nicht im Friedewalder Schlosshotel. Oder wollen wir mal nach Fulda fahren? Und danach noch schön was essen?“

Die Aussicht auf den gemeinsamen Sonntagnachmittag stimmte Nick dann doch gleich wieder milde. Eine Nacht ohne Britta würde er überstehen, auch wenn ihn der Gedanke daran nicht froh stimmte. Aber es war ja eigentlich klar gewesen, dass Brittas Umzug auf den Johannesberg bedeutete, dass sie weniger Zeit zu zweit verbringen würden – auch nachts.

„Friedewald ist gut. Ich mag den Wellness-Bereich. Und wir können ja davor auch ein bisschen spazieren gehen. Hammundeseiche oder Dreienberg, ist ja alles schön.“

„Genau. Dann erst einmal gute Nacht, Nicki! Bin von der ganzen Schlepperei ziemlich kaputt. Bis morgen!“

„Bis bald“, verabschiedete sich auch Nick. Im Gegensatz zu Britta, die in ihrer neuen Umgebung sofort einschlief, lag er noch eine ganze Weile wach und versuchte sich vorzustellen, wie das mit ihm und seiner Geliebten nun werden würde. Ihre Trennung von Ulf hatte er zunächst als Befreiung empfunden. Dass Britta ihren neu gewonnenen Single-Status nicht mit einer stärkeren Bindung an ihn verband, konnte er einerseits nachvollziehen, doch zum anderen schmerzte es ihn.

Und erst recht nach dem Aufwachen am Sonntag. Kein gemeinsames Frühstück und auch sonst nichts, was man an einem freien Tag ohne Zeitdruck zu zweit unternahm. Nick musste sich immer wieder selbst zur Ordnung rufen und sich einreden, dass es doch nicht so schlimm sein konnte, ein paar Stunden bis zum Wiedersehen am Nachmittag ohne Brittas Gegenwart durchzustehen. Weil er sich weder mit dem neuen Justizthriller von John Grisham noch mit der Musik von Maximo Park ablenken konnte, griff er zum Telefon und wählte die Nummer von

Sandra Buhlmann, der Schulsozialarbeiterin. Vielleicht konnte er ihr ein paar Informationen zur Drogenproblematik auf dem Obersberg entlocken und sich eine weitere Fahrt zur Schule ersparen.

„Ja?“, knurrte es wenig einladend, als das Gespräch angenommen wurde. Nick meldete sich, erklärte, wer er war und was er wollte und dass er schon vergeblich vor ihrer Bürotür gestanden hatte.

„Na und? Weißt du eigentlich, wie früh es ist? Und sowieso: Heute ist Sonntag!“

„Ja, Entschuldigung“, sagte Nick, „ich weiß. Aber ich arbeite auch mal am Wochenende, wenn etwas wichtig ist.“

Die Antwort kam prompt und barsch: „Ich aber nicht.“ Und dann hatte Buhlmann das Telefonat auch schon beendet.

Also fuhr Nick am Montag erneut zur Lernfabrik auf den Berg. Seine Laune war trotz der Abfuhr, die ihm die Sozialarbeiterin erteilt hatte, um ein Vielfaches besser als am Sonntagmorgen. Der gestrige Nachmittag mit Britta war so unbeschwert und harmonisch gewesen wie meist, wenn sie zusammen waren. Entgegen der Wettervorhersage hatte sich die Sonne durch die Wolken gekämpft und ihren Spaziergang rund um den Dreienberg immer wieder freundlich beschienen. Britta hatte in aller Ausführlichkeit von ihrem Umzug berichtet, von kleinen und großen Begebenheiten und all den Ereignissen, die trotz bester Planung dann doch noch schiefgegangen waren. So hatte es schon beim Abtransport am Hanfsack eine große Vase erwischt, die aus einem Korb gefallen und auf der Treppe zerschellt war. Im ersten Moment hatte Britta das Unglück noch bedauert, weil sie für das gute Stück keine Alternative hatte, doch dann war ihr wieder eingefallen, dass sie die Vase von Ulfs Eltern geschenkt bekommen hatte. „Fort mit Schaden“, lachte sie, „und es kann keiner behaupten, dass ich das Ding absichtlich kaputt gemacht habe.“ Auch die Anschuldigungen von Polizeidirektor Becker waren vorläufig aus der Welt: Britta hatte deutlich gemacht, dass sie sich schon wegen ihres guten Rufes gegen die Unterstellungen ihres Vorgesetzten auf dem Weg der Beschwerde zur Wehr setzen würde. Da war Becker gleich eingeknickt, hatte seine Vorwürfe heruntergespielt und sich entschuldigt. Denn wenn Britta nichts nachzuweisen war, würde Becker ziemlich dumm dastehen. Britta war sich dennoch nur allzu bewusst, dass sie von nun an doppelt auf der Hut sein musste und sich auf dünnem Eis bewegte.

Nach ihrer Tour hatten sie es sich einmal mehr im Kristall-Spa des Friedewalder Schlosshotels gut gehen lassen. Sauna, Schwimmen, Relaxen – der Stress der vergangenen Arbeits- und Umzugswoche war von ihnen abgefallen. Den Abend hatten sie dann in Nicks Hersfelder Wohnung verbracht, hatten gemeinsam gegessen und sich mit Hingabe geliebt. Als Britta dann kurz nach Mitternacht in Richtung Johannesberg aufgebrochen war, war die Welt für Nick wieder halbwegs in Ordnung, auch wenn er noch lieber mit Britta in seinen Armen eingeschlafen wäre.

Sandra Buhlmanns Tür war auch am Montag verschlossen. Doch im Gegensatz zu seinem vorigen Besuch, ging sie diesmal an ihr Handy. „Ich bin im Vivarium“, sagte sie grußlos und hatte das Gespräch auch schon gleich wieder beendet. Nick musste sich durchfragen. Zwar wusste er aus seinen eigenen Schultagen sehr wohl, dass die MSO für den Anschauungsunterricht am lebenden Objekt eine Art Kleintier-Zoo mit exotischen Arten unterhielt, doch am vermuteten Standort unten im Treppenhaus vor der Mediothek befand sich das Vivarium offenbar nicht mehr.

Ein gelangweilter Lulatsch wies ihm den Weg um zwei Ecken. Vorbei an mehreren Schaukästen, in denen die historische Sammlung ausgestopfter Tiere fein säuberlich mit Beschreibungen und Lernpfaden ausgestellt war, fand er schließlich den neuen Eingang zum Vivarium und begegnete gleich einem Bekannten. Diesmal erkannte er Philipp, den „Professor", auf Anhieb. Der Schüler beschäftigte sich mit einer unterarmlangen Echse, die sich träge einem Salatblatt näherte. „Das ist eine Bartagame", erklärte der Schüler nach einem Zunicken des Erkennens, „die sind eigentlich in Australien beheimatet."

„Aha", sagte Nick, der einen Moment lang überlegte, ob er den Jungen auf den Waldspaziergang am Samstag ansprechen sollte, es dann aber unterließ. „Interessant. Kannst du mir sagen, wo ich Frau Buhlmann finde?"

„Hinten", sagte der „Professor" und deutete auf einen Gang, der offenbar zu weiteren Abteilungen des Vivariums führte. Seine Aufmerksamkeit war keine Sekunde lang von dem australischen Echsentier gewichen.

Nick ging forschen Schrittes auf den schmalen Durchlass zu, doch er musste jäh abstoppen, als ihm aus dem Dunkel eine hoch aufgeschossene Gestalt entgegenkam. Für zwei war hier kein Platz, also wartete er, bis sein Gegenüber die Engstelle passiert hatte. Im Licht erkannte Nick, wer ihm da begegnete: Brian Darrenberg, der widerspenstige Zeuge aus dem Drogenprozess gegen Mustafa Karim. Der Schüler blickte ihn eine Sekunde hochmütig an, dann an ihm vorbei und war im nächsten Moment schon verschwunden.

Als Nick durch den Gang in den hinteren Raum gelangt war, sah er dort nur eine dickliche junge Frau mit Pumuckel-rot gefärbter Frisur, die ihm den Rücken zuwandte und die ob der Geräusche, die sein Schritt verursachte, fragend „Brian-Schatz? Ist noch was?" rief.

„Verzeihung“, sagte Nick und blickte sich fragend um, „ich suche Frau Buhlmann. Die Schulsozialarbeiterin.“

Die Angesprochene drehte sich ihrerseits um, sah ihn aus schwarz umrandeten Augen an und sagte missmutig: „Wer bist du denn? Was willst du hier?“

Nick ging über das Duzen hinweg, obwohl es ihm unangenehm war. „Mein Name ist Scholz, ich bin von der Hersfelder Zeitung und wollte mit Frau Buhlmann sprechen. Wissen Sie, wo ich sie finden kann? Man hat mir gesagt, sie sei hier.“

„Kann sein. Was gibt's denn?“

Nick schluckte. „Ach, Sie sind Frau Buhlmann?“

„Schnellmerker. Also, was will das Käseblatt von mir?“

Nick musste sich zusammenreißen. Sandra Buhlmann war einer der wenigen Menschen, die ihm von der ersten Sekunde ihrer Begegnung an unsympathisch waren. Nick konnte gut mit den Leuten, egal, wie hoch droben oder tief unten sie auf der gesellschaftlichen Leiter standen. Aber er mochte keine willkürliche Kumpanei, und er legte großen Wert auf ein Mindestmaß an Etikette. Guten Tag, bitte, danke und so weiter, ein bisschen mitteleuropäische Höflichkeit sollte es schon sein.

Noch dazu beleidigte der Anblick der Sozialarbeiterin sein Auge: Buhlmann hatte ihren wabbeligen Oberkörper in einen schweinchenrosafarbenen Pullover gezwängt, der jeden ihrer Rettungsringe genauestens abzeichnete und in lachhaftem Farbkontrast zu ihrer Frisur stand. An den Beinen trug sie eine Leggins, die ebenfalls zu viel Form offenbarte und die bestenfalls für einen lümmeligen Nachmittag auf dem Sofa taugte, jedoch ganz bestimmt nicht für einen Arbeitstag in der Schul-Öffentlichkeit. Das Gesicht der Frau, die er in seiner Altersklasse Ende der Zwanzig ansiedelte, war stark geschminkt und wohl der Teil ihres Körpers, dem sie die größte Aufmerksamkeit widmete.

„Ich weiß nicht, von welchem Käseblatt Sie reden, aber ich schreibe für die HZ an einem Artikel, in dem es um die Drogenproblematik an unseren Schulen geht."

Buhlmann zog die Augenbrauen hoch. „Und wieso kommen Sie damit zu mir?"

Nick zuckte mit den Schultern. „Dr. Ehrlich meinte, Sie könnten mir eventuell helfen."

„Wie kommt er denn darauf? Hat er behauptet, ich würde kiffen, der saubere Herr Doktor?"

Nick ahnte schon in diesem Moment, dass er sich den Weg hätte sparen können. Buhlmann war bei seinem Erscheinen sofort in Abwehrhaltung gegangen.

„Nein, hat er natürlich nicht. Lassen Sie es mich erklären: Ich war im Gericht als Zuschauer eines Drogenprozesses, in dem es um das Dealen von Crystal Meth auch an dieser Schule ging. Oder zumindest um Leute von dieser Schule, die mit Crystal zu tun haben. Auch der Herr Darrenberg, der mir soeben im Gang begegnet ist, war dort als Zeuge."

„Ah! Daher weht der Wind!" Buhlmanns Stimme stieg eine Oktave höher. „Sie wollen mich aushorchen, um der Schule einen Skandal anzuhängen und einen Schüler anzuschwärzen! Da haben Sie sich aber geschnitten! Das hat Brian nicht verdient! Scheren Sie sich zum Teufel! Ist ja ekelhaft! Schmierenjournalist!"

Nick hätte ob des künstlichen Echauffierens der Frau fast laut losgelacht. Aber er hatte sich im Griff. „Quatsch. Beruhigen Sie sich! Ich will niemanden bloßstellen oder gar denunzieren! Mir geht es um die Beschreibung einer Problematik. Und ich habe Sie nur um Hilfe gebeten, weiter gar nichts."

„Das sagen Sie! Wer hat denn eben den Namen Darrenberg ins Spiel gebracht? Das waren Sie! Also, wissen Sie was? Ich sage gar nichts. Ich bin Ihnen zu nichts verpflichtet, sondern nur den Schülerinnen und Schülern, um die ich mich kümmere. Der Ehrlich ist mir gegenüber auch überhaupt nicht weisungsbefugt. Damit Sie's nur wissen! Und sowieso ist das alles vertraulich. Ohne das Vertrauen der Schüler zu mir könnte ich hier einpacken. Und schon mal was von Datenschutz gehört? Auf Wiedersehen, Herr Reporter!"

Nick wusste, wann es sinnlos war, sich weiter zu bemühen. „Na, wenn Sie meinen. Ich wollte Ihnen nicht zu nahetreten. Vielen Dank für das freundliche Gespräch, Frau Buhlmann."

Die Sozialarbeiterin sah ihn sprachlos an.

„War'n Witz", sagte Nick, wandte sich um und ging.

Und wieder verlief er sich im Labyrinth der Treppenauf- und -abgänge des Schulkomplexes. Auf seinen Irrwegen schüttelte er über das soeben Erlebte ein um das andere Mal den Kopf. Was bildete sich diese Frau ein? Und was war das überhaupt für ein Verhältnis zu Brian Darrenberg? Brian-Schatz? Machte sich Buhlmann da etwa Hoffnungen? Nick war noch in Gedanken, als er buchstäblich in Dr. Ehrlich hineinstolperte, der im Sauseschritt durch den Flur hastete. „Hallo, Herr Scholz! Entschuldigen Sie, hab's gerade eilig!" Nick blickte überrascht auf und musste dabei so verwirrt ausgesehen haben, dass Ehrlich nun doch abstoppte. „Ist Ihnen was passiert?"

„Guten Tag, Dr. Ehrlich. Ja, kann man so sagen. Mir ist Sandra Buhlmann passiert."

„Oweh, Sie Armer! Sagen Sie nichts, ich kann es mir lebhaft vorstellen. Und ich habe Sie auch noch zu ihr geschickt. Ich bitte vielmals um Entschuldigung."

„Macht nichts. Ich verkrafte das schon. Aber die ist schon sehr, äh, besonders."

„Allerdings", stimmte der Schulleiter zu. „Ich hatte zwar gehofft, dass sie ihre etwas rustikale Art mit der Zeit ablegt, aber das scheint nicht der Fall zu sein, wenn ich mir Sie so anschaue."

„Rustikal ist gut. Eine Katastrophe, wenn Sie mich fragen."

„Ja, leider. Und das krasse Gegenteil ihrer Vorgängerin. Die war Klasse! Hatte bei den Schülern einen Stein im Brett, hat super mit der Schulleitung zusammengearbeitet und manches Problem gelöst, das auf den ersten Blick unlösbar aussah. Alles sehr sachlich und vertrauensvoll."

„Und wieso ist sie nicht mehr hier?"

„Elternzeit. Zwei Jahre am Stück. Frau Buhlmann ist der Ersatz. Habe schon mal beim Träger nachgefragt, ob man da nicht..., aber es hieß, sie hätten niemand anderen. Leider habe ich Frau Buhlmann nichts zu sagen."

„Das hat sie mir auch gleich mitgeteilt. Also, zu Ihrer Beruhigung: Mit meiner Drogengeschichte bin ich dank Frau Buhlmann erst mal nicht weitergekommen."

Ehrlich lachte. „Na, dann hat sie ihren Job ja doch ganz gut gemacht. Immer diese neugierigen Pressefritzen!"

Nick lachte zurück. „Genau. Und nun beeilen Sie sich mal, sonst verpassen Sie noch die nächsten Ferien..."

„Frechheit!", kam es von Ehrlich zurück, der dann aber auch schon um die nächste Ecke verschwunden war.

Als Nick in die Stadt zurückfuhr, hatte es zu schneien begonnen. Kein Schneeregen wie allzu oft im Dezember, sondern zarte Flöckchen, die dank der Minusgrade der vergangenen Tage nicht gleich wieder dahinschmolzen. Ob es über die bevorstehenden Feiertage für eine weiße Weihnacht reichen würde, darüber waren sich die Wetterfrösche in Apps, Radio und Fernsehen noch uneinig. Nick freute sich jedoch über den Blick auf die Stadt, wo die Türme von Stiftsruine und Stadtkirche von einem dünnen Schneeschleier überzogen wurden. Auch in der Redaktion herrschte eine ungewohnt friedliche, vorweihnachtliche Atmosphäre. HZ-Geschäftsführer Berger hatte im Haus kleine Weihnachtssterne verteilt, die auch den letzten Advents-Ignoranten vor Augen führten, dass das Fest der Liebe nicht mehr fern war. Und selten zuvor hatte man Chefredakteur Holger Störenberg so entspannt erlebt wie heute. Das war bis Ende letzter Woche noch ganz anders gewesen. Die Planung für die Tage von Heiligabend bis Anfang Januar trieb ihm Jahr für Jahr zuverlässig dicke Schweißperlen auf die hohe Stirn. Ursache dafür war die unselige Kombination von Personalmangel, weil um diese Zeit natürlich viele Kollegen Urlaub eingereicht hatten, und einem plötzlich wie leer gefegten Terminkalender, weil alle, die noch etwas veranstalten wollten oder eine Sitzung abhalten mussten, vor den Ferien tätig geworden waren. Weil es natürlich auch nach Weihnachten keine leeren Zeitungsseiten geben durfte, hatte Störenberg von seinen Redakteuren schon seit Wochen Themen und vorproduzierte Artikel für „zwischen den Jahren“ gefordert. Da jedoch so gut wie jede und jeder bis zur Halskrause in Arbeit steckte, waren die Aufrufe des Chefredakteurs ungehört verhallt. Erst auf den letzten Drücker waren Jahresrückblicke und zeitlose, üppig bebilderte Geschichten über interessante Menschen, Vereine oder Projekte entstanden, die Störenberg wieder ruhiger schlafen ließen.

So nahm er es denn auch gelassen hin, dass Nick mit seinem Drogenthema nicht recht vorankam. „Ich fürchte, Sie haben sich ein bisschen vergaloppiert. Erst der Selbstmord, der angeblich keiner war. Und jetzt der Drogen-Skandal an der Schule, der scheinbar doch nicht so skandalös ist, wie Sie gedacht haben. Alles tot recherchiert, aber so ist das manchmal in diesem Beruf. Ist mir auch schon passiert. Nehmen Sie doch noch ein Plätzchen! Hat meine Frau gebacken!“ Was tröstend gemeint war, frustrierte Nick in diesem Moment erst recht. Er sah sich nämlich schon wieder über eingereichten Aufsätzen für „Zeitung in der Schule“ sitzen, um diese auf Sonderseiten mit Fotos zu basteln, die alle irgendwie gleich aussahen: Die Schülerinnen und Schüler in zwei oder drei Reihen wie eine Fußballmannschaft und links oder rechts davon der Lehrer oder die Lehrerin. Dabei hatte er die Merkwürdigkeiten um den Tod von Simon Seitz und den Prozess gegen Mustafa Karim doch als absolut vielversprechend für mindestens zwei besondere Zeitungsberichte eingeschätzt. Sich hier einen Fehlschlag einzugestehen, fiel ihm nicht leicht. Folgsam griff er nach dem von Martina Störenberg fabrizierten Weihnachtsgebäck und knabberte daran herum. Er würde auch diesen Arbeitstag überstehen, auf dem Nachhauseweg noch etwas einkaufen gehen und dann für sich und Britta etwas kochen. Seine Geliebte würde heute zu ihm kommen wie in alten Zeiten und wohl auch übernachten. Immerhin ein Lichtblick.

Als Nick schließlich seinen Rechner ausschaltete und auf die Uhr schaute, erschrak er ein wenig: Schon halb acht und noch hatte er nichts fürs Abendessen besorgt. Als er sich in der Redaktion umschaute, bemerkte er, dass er heute der Letzte war, der dann auch das Licht ausmachen musste. Im Erledigungsstress hatte er noch an einer Rückblickseite herumgebastelt, hatte hier einen kleinen Text geschrieben und dort viel zu lange nach einem bestimmten Foto gesucht. Die Kollegen hatten sich einer nach dem anderen längst verabschiedet. Nun aber packte auch er seine Siebensachen zusammen und schickte Britta noch rasch eine WhatsApp, in der er ihr mitteilte, dass er nun zum großen tegut-Markt im Rechberggelände aufbrechen würde. In einer guten halben Stunde, so schätzte er, würde er bei ihr sein, und der gemeinsame Abend konnte beginnen.

Nick schaltete gewissenhaft alle Lampen aus, schloss die Türen zu den Redaktionsräumen ab und ging die Treppe hinunter zum Hinterausgang des Verlagshauses, wo sein Auto geparkt war. Tatsächlich lag auf dem Parkplatz eine geschlossene Schneedecke, die zwar nur ein, zwei Zentimeter dick war, doch immerhin. Er hatte schon auf dem Autoschlüssel die Entriegelung betätigt, da hörte er ein Geräusch. Nicht allzu laut, aber nicht zu überhören. Eine Art Wehklagen oder Stöhnen kam irgendwo aus dem Bereich des angrenzenden Jugendhauses. Nick schaute angestrengt in die Dunkelheit, konnte aber zunächst nichts erkennen. Da! Auf einmal wieder das Stöhnen. Und hinter dem Jugendhaus waren ein paar Spuren im Schnee, die zu dem Grünstreifen führten, der die Parkfläche vom Geisbach trennte. Und dort lag etwas Schwarzes auf dem Boden. Ein prall gefüllter Sack? Nick sah genauer hin. Da bewegte sich das Ding. Ein Körper, durchfuhr es Nick. Er stellte seinen Rucksack neben sein Auto und eilte zu dem erneut stöhnenden Bündel. Als er es erreicht und jetzt sicher als Menschen identifiziert hatte, beugte er sich hinunter und fragte: „Was ist los? Brauchen Sie Hilfe?“ Im selben Moment bekam er einen heftigen Schlag auf den Hinterkopf und fiel nach vorne auf die vermeintlich hilflose Person, die plötzlich beide Arme ausstreckte, ihn links und rechts packte und nach unten zog. Krachend schlugen ihre beiden Köpfe gegeneinander, so dass Nick Sternchen sah.

Nun war er es, der aufstöhnte und zur Seite in das schneebedeckte Gras fiel. Er wurde jedoch sogleich von dem Angreifer, der ihm den ersten Hieb verpasst hatte, nach oben gerissen und bekam dessen geballte Faust in den Magen geschlagen. Nick stieg sofort die Kotze nach oben, als ihn ein tierischer Schmerz durchfuhr. Der eben noch Liegende stand jetzt auch und hatte ihm einen Tritt zwischen die Beine verpasst. Nick fiel wie vom Blitz getroffen zu Boden, verschluckte sich an ein paar Brocken seines Erbrochenen, rang nach Luft und merkte, wie ihm die Tränen aus den Augen schlossen. Noch hatten seine beiden Peiniger kein Wort gesagt, doch dann fauchte einer: „Das kommt davon, wenn man seine Nase in Angelegenheiten steckt, die einen nichts angehen. Sei gewarnt Schnüffler, das nächste Mal gibt's hinterher eine Beerdigung!" Was folgte, waren Tritte beider Angreifer in Bauch und Rücken und gegen die Beine. Nick versuchte, sich wegzudrehen und mit den Armen zu schützen, doch schaffte er es wegen der Schmerzen kaum sich zu bewegen. Obwohl die Tortur nur ein paar Sekunden gedauert haben konnte, kam sie ihm wie eine Ewigkeit vor. Als er schon glaubte, die Schläger hätten von ihm abgelassen und er die Augen öffnete, sah er einen Tritt genau auf sein Gesicht zu kommen. Im selben Moment blitzte ein Gedanke durch sein Hirn, doch noch ehe er ihn fassen konnte, gingen die Lichter endgültig aus.

Dritter Teil: JANUAR

SECHZEHN.

Na, Herr Scholz, sind Sie wieder bei uns?" Nick öffnete die Augen, aber ganz vorsichtig, denn es schien ihm entsetzlich hell. Als er sich ein wenig an die plötzliche Lichtflut gewöhnt hatte, registrierte er zu seiner Rechten eine Gestalt in Weiß, die ihm beruhigend über den Arm strich.

„Herr Scholz, hören Sie? Ich bin Dr. Weißgerber. Ich freue mich, dass Sie ganz offensichtlich auf dem Weg der Besserung sind. Sie haben Glück gehabt!"

Nick, dessen Hirn noch ganz benebelt war, sah sich außerstande, auf diese Ansage anders zu reagieren als zu stöhnen. Denn nicht nur sein Gesicht schmerzte unter einer allgemeinen Betäubung, sondern auch Bauch und Rippen, die Arme und die Beine – eigentlich alles.

„Sie brauchen nichts zu sagen, Herr Scholz. Sie wurden schwer verletzt, aber wir haben Sie gut versorgen können. Es wird eine Weile dauern, bis Sie wieder ganz der Alte sind, aber Sie werden wieder gesund, versprochen!"

Nick versuchte zu nicken, doch er konnte nicht sagen, ob ihm auch nur die kleinste Kopfbewegung gelungen war.

„Am besten, Sie schlafen noch eine Runde, Herr Scholz. Sie werden sehen, schon beim nächsten Aufwachen geht es Ihnen wieder besser!“, sagte der Doktor, drückte noch einmal sanft seinen Arm und verließ das Zimmer.

Als Nick das nächste Mal aufwachte, standen seine Eltern neben dem Bett und blickten besorgt. Dass er ihre belämmerten Gesichter als solche wahrnahm, zeigte ihm jedoch, dass es tatsächlich aufwärts ging. Eberhard und Silke Scholz hatten ihrem aus dem künstlichen Koma erwachten Sohnemann nicht nur Blumen, Süßigkeiten, Ahle Wurst und Lesestoff mitgebracht, sondern auch zwei Portionsfläschchen mit irischem Whiskey, den Nick so mochte. Diese schob ihm sein Vater heimlich unter die Decke und murmelte dazu: „Damit du wieder auf die Beine kommst.“ Nick rang sich trotz der Schmerzen ein dankbares Lächeln ab. Und seine Mutter sagte: „Weihnachten hast du ja nun vollkommen verpennt. Ich koche dir trotzdem was Schönes, wenn du wieder gesund bist. Dann feiern wir nach! Und der Baum steht ja noch.“

Seine nächste Besucherin war Britta. Sie hatte das Ende der regulären Besuchszeit abgewartet, um ungewollte Begegnungen zu vermeiden. In einem unbeobachteten Moment küsste sie Nick sanft auf die Stirn und fragte: „Was machst du für Sachen? Ich habe Angst um dich gehabt! Und Weihnachten musste ich ganz alleine feiern! Was ist denn um Himmels Willen passiert?“

„Keine Ahnung“, krächzte Nick, „ich weiß fast nichts mehr. Nur dass da irgendwas auf dem Parkplatz war, dass irgendjemand was gesagt hat und dass da irgendwas über mich hereingebrochen ist.“

„Eine Stimme? Von wem?“

„Weiß nicht.“

„Und was sie gesagt hat?“

„Irgendwas mit Schnüffeln.“

„Hast du jemanden erkannt?“

„Nein. Tut mir leid.“

„Mach dir keine Gedanken. Entweder erinnerst du dich später oder wir finden in der Zwischenzeit heraus, wer dir das angetan hat!“

Nick schaute ein wenig ängstlich. „Was wurde mir überhaupt angetan? Mir tut ja alles weh.“

Britta lächelte mitleidig. „Du hast auch überall Prellungen und Hämatome. Zwei gebrochene Rippen, ein angebrochenes Jochbein, innere Blutungen und eine schwere Gehirnerschütterung. Offenbar wurdest du geschlagen und getreten, mutmaßlich von mehreren Tätern. Du hast Glück gehabt, dass du so schnell gefunden wurdest. Denn die Nacht hättest du da draußen nicht überlebt.“

„Wer hat mich denn gefunden?“

„Deine Kollegin Natalie. Die kam nochmal in die Redaktion, weil sie was aktuell für Online machen wollte und ihr Laptop daheim nicht funktioniert hat. Sie hat gesehen, dass dein Auto noch da war und hat dich dann im Schnee liegen sehen.“

„Die Natalie. Immer im Dienst. Da sind wohl ein paar Blümchen fällig.“

„Na, nicht nur ein paar Blümchen. Wie gesagt: Ohne sie gäb’s die Blumen jetzt auf deinem Sarg.“

Nick blickte ins Leere, bis Britta das Schweigen brach. „Aber das ist ja glücklicherweise nicht passiert. Kannst froh sein.“

„Ja. Bin ich auch. Da ist aber noch was anderes.“

„Was meinst du?“

„Wenn ich das wüsste. Ein Gedanke. Irgendwas, was ich jetzt nicht zusammenkriege.“

„Nicht überanstrengen, mein Schatz. Auch das kommt bestimmt bald wieder.“

„Nein, nein. Das ist wichtig, Britta. Es war irgendwas, was mir durch den Kopf geschossen ist, als die mich vermöbelt haben. Kurz bevor ich das Bewusstsein verloren habe."

„Hast du doch jemanden erkannt?"

Nick blickte sie hilflos an. „Nein. Ich weiß nicht. Ach, Scheiße. Ich krieg's nicht hin."

„Psst! Nicht aufregen! Wir schaffen das! Schlaf jetzt erst mal wieder. Morgen komme ich mit zwei Kollegen und dann nehmen wir deine Aussage auf. Wenn du dazu in der Lage bist, und wenn es die Ärzte erlauben. Okay?"

„Okay", sagte Nick, und die Erschöpfung war ihm anzumerken. Britta schlich auf leisen Sohlen aus dem Zimmer, nachdem sie ihrem Geliebten einen weiteren Kuss auf eine unverletzte Stelle gedrückt hatte.

In dieser Nacht erwachte Nick mit einem Schrei, den Nachtschwester Olga bis auf den Flur hörte. Schnell eilte sie zu dem Patienten, der mit Angstschweiß auf der Stirn und aufgerissenen Augen im Bett lag. „Ganz ruhig, ganz ruhig", sprach sie auf ihn ein, tätschelte ihm den Oberarm und trocknete ihm mit einem Handtuch das nasse Gesicht. Die mütterliche Zuwendung wirkte prompt, und Nick atmete bald schon wieder gleichmäßiger. Als Olga dann „Jetzt wieder schön schlafen" befahl, schloss Nick folgsam die Augen, so dass sich die Schwester bald verabschiedete, leise „Gute Nacht" sagte und den Raum verließ.

Nick war allerdings hellwach. Er hatte übelst geträumt, hatte im Schlaf die Schläge und Tritte hinter dem Jugendhaus ein weiteres Mal erlitten, hatte die Stimme seines Peinigers noch einmal gehört und zum Schluss noch einmal den Tritt gegen seinen Kopf auf sich zukommen sehen – und sich diesmal an die weißen Schnürsenkel des Schuhs erinnert. Das war es gewesen, was er in der Sekunde vor dem Knockout registriert hatte, aber dann nicht mehr festhalten konnte.

Nick überlegte, was das zu bedeuten hatte. Ob es überhaupt etwas bedeutete. Um Gewissheit zu erlangen, musste er noch einmal mit Simons Eltern sprechen. Oder sollte er seine Entdeckung gleich Britta mitteilen? Nein, denn die Kripo hatte Simons Tod längst abgehakt, und Britta war von seinen Nachfragen genervt gewesen. Wegen einem Paar weißer Schnürsenkel würde die Akte kaum wieder geöffnet werden. Da musste schon mehr kommen. Aber merkwürdig war es schon, dachte Nick, wenn es nicht doch eine ganz simple Erklärung gab. Aber das würde er herausfinden.

SIEBZEHN.

Am nächsten Tag stand die halbe Redaktion bei ihm im Krankenzimmer. Holger Störenberg schaute ganz verlegen, so als ob es seine Schuld gewesen wäre, dass Nick verdroschen worden war. Gabriele Tetzel hatte einen dicken Blumenstrauß im Arm, Natalie Müller ein Geschenk, dessen Form verdächtig nach einer Tafel Schokolade aussah. Rollo hatte eine Flasche dunkles Hefeweizen mitgebracht, die er mit den Worten „Für bessere Tage“ auf dem Nachttisch abstellte. Peter Nerlinger hatte nichts dabei, sagte aber „Nicki, du siehst richtig Scheiße aus!“ Und lachte selbst am lautesten über seinen grandiosen Spruch. Aus dem Hintergrund trat dann noch HZ-Geschäftsführer Matthias Berger nach vorne, der es offenbar übernommen hatte, Nick im Namen aller ein paar erst tröstende, dann aufmunternde Worte zu sagen. Berger schloss mit dem Wunsch, dass Nick doch bitte möglichst bald wieder gesund und munter in der Redaktion erscheinen möge. Als Nick schon annahm, dass die Kollegen nur gekommen waren, um dem Verletzten moralischen Beistand zu leisten, wurde er eines Besseren belehrt. Chefredakteur Holger Störenberg räusperte sich und näherte sich Nicks Bett mit einem kleinen Päckchen in der Hand. „Auch ich komme natürlich nicht mit leeren Händen und haben Ihnen etwas Lektüre mitgebracht." Nick vermutete mit Blick auf das Format des Geschenks ein Buch und lag richtig. „Der neue Hersfeld-Krimi von Tim Frühling", teilte Störenberg mit stolzer Stimme mit, „spielt während des Hessentags". Nick hatte das Buch allerdings schon längst gelesen, gleich nach Erscheinen und hatte für die HZ auch eine Rezension geschrieben. Dies war Störenberg offenbar entfallen, oder er hatte Nicks Artikel übersehen. Trotzdem bedankte er sich artig, was der Chef wiederum nutzte, um sein eigentliches Anliegen vorzutragen. Ob Nick sich eventuell vorstellen könne, der Kollegin Müller seine Erinnerungen an den ach so feigen nächtlichen Überfall in den Block zu diktieren? Man wolle der Leserschaft gegenüber deutlich machen, dass sowohl eigene Kalamitäten nicht verschwiegen würden als auch, dass körperliche Gewalt ohne Wenn und Aber zu verurteilen sei. Nick fügte sich klaglos, denn vor einiger Zeit war er es gewesen, der über den Mordverdacht gegen seinen Redaktionsleiter berichten musste. Auch damals hatte die HZ nicht versucht, den eigenen Mann unter einem fadenscheinigen Deckmäntelchen zu schützen und sich dadurch gegenüber der Öffentlichkeit unglaubwürdig zu machen.

Nur Natalie war also geblieben, als sich der Rest der Mannschaft verabschiedet hatte. Nick berichtet ihr getreulich, woran er sich erinnerte mit Ausnahme seines letzten Gedankens. Sie waren also ziemlich schnell fertig, doch die junge Kollegin schien zufrieden. Zusammen mit den feststehenden Fakten würde sich eine Art Exklusivbericht zusammenstellen lassen, der sicher seine Leser finden würde. Blut und Gewalt gingen immer. „Die Story über dich ist immerhin eine kleine Entschädigung dafür, dass mir Störenberg jetzt die Zisch-Termine aufgedrückt hat. Weil du dich ja hier im Krankenhaus ausruhst…" Natalie klang nur gespielt vorwurfsvoll, schien ihm also nicht wirklich gram zu sein. Außerdem waren ja Weihnachtsferien, allzu viel konnte also bei Zisch nicht los sein.

Nachdem schließlich auch sie ihn verlassen hatte, schnappte sich Nick sein Handy und versuchte aufzustehen. Das gelang ihm erst im zweiten oder dritten Anlauf. Alle Knochen taten ihm weh, erst recht das sie umhüllende Fleisch. Doch der Schmerz war mittlerweile auf ein erträgliches Maß abgeklungen, sicher auch dank des steten Tropfens aus der Infusionsflasche neben seinem Bett. Nick bewegte sich in Zeitlupe zum Fenster, zog den Ständer mit der Infusion mit sich und suchte sich einen Sitzplatz mit Aussicht auf die Stadt. Erst in diesem Moment bemerkte er, dass das Winterbild, das er aus den letzten Momenten vor seiner Bewusstlosigkeit vor Augen hatte, nicht mehr existierte. Über die Feiertage hatte es nur noch geregnet, nicht mehr geschneit. Jetzt lag ein dichter Dunstschleier über dem Stadtkern, so dass die Türme von Kirchen und Stiftsruine lediglich für den Ortskundigen auszumachen waren. Trotzdem war es für Nick in diesem Moment ein wohltuender Anblick, hatte seine Welt doch vorübergehend in Trümmern gelegen.

Die Telefonnummer von Roman Seitz hatte er gespeichert, und tatsächlich ging der Unternehmer selbst und prompt an den Apparat.

„Hallo, Herr Seitz, hier spricht Nick Scholz von der HZ."

„Hallo, Herr Scholz. Das ist ja eine Überraschung. Ich habe gehört, Ihnen ist es schlecht ergangen."

„Ja, leider. Ich bin auch noch im Krankenhaus, es wird aber langsam besser. Ich habe also Zeit, mir Gedanken zu machen und über manches noch einmal nachzudenken."

„Aha." Seitz klang verhalten, wusste offenbar nicht, worauf Nick hinauswollte. „Hat das etwas mit Simon zu tun?"

„Ja. Verzeihung, ich sortiere mich gerade selbst noch. Also, ich hätte da eine Frage, die Ihnen vielleicht komisch vorkommt, die aber für mich noch nicht klar ist."

„Ja, kein Problem, fragen Sie nur!"

„Also, hatte Simon Schuhe mit weißen Schnürsenkeln?"

„Weiße Schnürsenkel? Wie kommen Sie darauf?"

„Wie gesagt, nur so ein Gedanke."

Seitz klang bestimmt. „Nein, Simon hatte keine Schuhe mit solchen Schnürsenkeln. Ganz sicher nicht. Ich kenne mich da nicht so aus, aber meines Wissens ist das doch irgendwie das Erkennungszeichen von Neonazis. Oder zumindest von jungen Leuten aus der rechten Szene. Und die waren Simon zuwider. Also Simon und weiße Schnürsenkel – das ging gar nicht."

„Gut. Dann hätte ich noch eine Frage. Wissen Sie, welche Schuhe Simon anhatte, als er sich ..., also, am Tag seines Todes?"

„Herrjeh. Sie fragen Sachen. Ich habe einen seiner Schuhe sogar in der Hand gehabt. Also, er hatte einen noch an, der andere lag auf dem Boden. Aber welche das waren? Tut mir leid, das weiß ich nicht mehr."

„Macht nichts, Herr Seitz. Sorry, wenn ich Sie mit meinen blöden Fragen verwirrt habe. Aber ich sehe selbst noch nicht ganz klar. Allerdings hatte ich Ihnen und Ihrer Frau ja versprochen, dass ich noch ein bisschen weiter bohre."

„Ja, das haben Sie. Und dafür bin ich Ihnen auch dankbar. Meine Frau auch. Also, wenn ich Ihnen weiter helfen kann..."

„Nein, danke, das war alles für heute. Vielen Dank und Wiederhören!"

Als Nick einige Tage später mit den besten Genesungswünschen des Krankenhaus-Geschäftsführers (ein nettes Wort zu einem Mitarbeiter der örtlichen Presse konnte schließlich nicht schaden) aus dem Klinikum entlassen wurde, war er doch noch ziemlich wackelig auf den Beinen. Silvester und Neujahr verbrachte er bei seinen Eltern auf dem Johannesberg, um sich von seiner Mutter nach Strich und Faden verwöhnen zu lassen. Die Liste seiner Leibgerichte war lang, und Silke Scholz hatte es sich zur Aufgabe gemacht, dem Rekonvaleszenten einen Wunsch nach dem anderen zu erfüllen. Er schlief viel, guckte mehr Fernsehen als gewöhnlich und sehnte sich nach Britta, die über den Jahreswechsel ebenfalls zu ihren Eltern in den Frankfurter Raum gefahren war. Nicht nur die Geliebte fehlte ihm, sondern auch die Vertraute, mit der er jetzt doch über die neuen Fragestellungen im Falle Simon Seitz sprechen musste. Zwar kannte er von mehreren dienstlichen Begegnungen auch einige von Brittas Kollegen wie Lothar Meier und Erich Kowalski, doch wollte er sich vor diesen auch nicht lächerlich machen, wenn er nach weißen Schnürsenkeln fragte.

Als er der Dauer-Bemutterung im Holunderweg überdrüssig geworden war, zog er zurück in seine Wohnung am Brink und übte sich in den organisatorischen Aufgaben seines Single-Daseins. Noch war er krankgeschrieben, noch konnte er sich in seinem eigenen Tempo zurück in die Normalität tasten. Schwer genug fiel es ihm, denn die beiden Schläger hatten seinen Körper doch nachhaltig aufgemischt. Ruhige Tagesabläufe, Gymnastik und erste zaghafte Versuche beim Joggen im Kurpark brachten ihn dann doch wieder in die Spur. Mit Britta hatte er nach ihrer Rückkehr nur telefonieren können und auch das immer nur kurz. Sie hatte sich im Heimaturlaub eine dicke Erkältung eingefangen, wollte ihn nicht anstecken und vertröstete Nick deshalb auf das Wochenende. Weil sie nun ihrerseits noch ziemlich geschwächt war, verabredeten beide, dass Nick ein weiteres Mal seine Eltern besuchen und anschließend über den Zaun zu ihr schlüpfen würde.

Gesagt, getan. Nick wurde erneut köstlich bekocht – es gab gespritzte Schweinelende in Rahmsoße mit Serviettenklößen –, er hörte auch diesmal geduldig zu, wie sich sein Vater an selige Schulzeiten erinnerte. Doch auch die Geschichte vom Griechisch-Unterricht bei Dr. Fleck, der die drei Wochenstunden des gerade mal vier Köpfe zählenden Kurses im Block bei sich daheim hielt, war Nick schon sattsam bekannt. Als Vater Scholz dann zum Sportunterricht von Lehrer Steinbach überging, der seinen Schülern sämtliche Aufgaben und Übungen immer noch schneller, höher und weiter vorgemacht hatte, gab Nick vor, todmüde zu sein und gähnte in einem fort.

„Langweile ich dich etwa?", mutmaßte der Erzähler misstrauisch.

„Iwo, Paps. Bin nur noch nicht wieder so fit wie ich gerne wäre. Und Mamas Essen liegt mir auch ein bisschen schwer im Magen."

„Da hilft ein Schnäpschen. Grappa? Oder Malteser?"

„Danke nein. Ich muss doch noch fahren. Ich glaube, ich mach mich jetzt mal besser auf den Weg."

„Wenn du meinst. Dann gute Nacht, Sohnemann. Nächstes Mal kannst du mir ja was aus deiner Schulzeit erzählen. Vielleicht gibt die ja auch ein paar Anekdoten her. Obwohl... bei deinen Noten?"

„Lass stecken, Paps. Gute Nacht also!"

Nick verabschiedete sich wie üblich mit dem Abstecher in die Küche, lobte die Köchin und verließ mit lautem Geklapper die Wohnung. Draußen ließ er noch kurz das Gartentor quietschen, ehe er wieder kehrtmachte und am Haus vorbei in den Garten schlich. Der Zaun zum Nachbargrundstück hatte seine Namen kaum verdient und stellte kein Hindernis dar. Britta erwartete ihn schon an der Tür zum Souterrain.

„Komm schnell rein, ist kalt“, sagte sie, schloss hinter ihm ab und umarmte ihn leidenschaftlich. „Oh Nicki, viel zu lange her. Du Armer! Erst du im Krankenhaus, dann ich platt wie ’ne Flunder. Da haben wir viel nachzuholen, meinst du nicht auch?“

„Allerdings“, stimmte Nick zu und begann Britta stürmisch wie ein Teenager zu küssen.

„So habe ich mir das vorgestellt“, keuchte sie und nestelte gleich an Nicks Klamotten. Wenig später flogen links und rechts Bluse, Hemd und Hosen gefolgt von Socken und Unterwäsche. In der nächsten halben Stunde fand für sie die Welt nicht statt, bis sie erschöpft wieder zu sich kamen.

„Oh Gott, wie ich dich vermisst habe!“, gestand Nick, und Britta stimmte zu: „Und ich erst! Besonders wenn mir meine Eltern durch die Blume zu verstehen gaben, dass ich nach der Pleite mit Ulf doch nicht für den Rest meines Lebens alleine bleiben soll.“

Beide lachten, doch Britta spürte, dass ihr junger Liebhaber etwas auf dem Herzen hatte.

„Komm, lass es raus. Da ist noch was, was dich drückt. Geht’s um uns?“

„Nee. Und ich traue mich fast gar nicht, schon wieder mit dieser Geschichte anzufangen. Aber ich krieg das nicht aus dem Kopf.“

„Macht nichts, raus damit!“

Und Nick erzählte ihr, was ihm im Zusammenhang mit den weißen Schnürsenkeln keine Ruhe ließ: Dass sie das Letzte waren, was er vor seiner Bewusstlosigkeit beim Überfall hinter dem Jugendhaus registriert hatte. Dass sie ihm auf dem Video der Überwachungskamera am Hause Seitz aufgefallen waren. Und dass Simons Vater zu wissen glaubte, dass sein Sohn niemals Schuhe mit weißen Senkeln tragen würde.

„Da stimmt doch irgendwas nicht, Britta."

„Mmmh." Die Kripochefin wirkte nachdenklich.

„Ich frage mich, ob ihr in der Akte Fotos von Simon habt, nachdem ihn sein Vater vom Balken abgenommen hat. Und ob da die Schuhe drauf sind."

„Kann gut sein. Ich gehe davon aus, dass die Kollegen vor Ort das auch fotografisch dokumentiert haben."

„Und dann wäre es interessant herauszufinden, ob es wirklich Simon war, der in dem Film von der Videoüberwachung die Tür aufgeschlossen hat."

„In der Tat. Warum bist du eigentlich nicht bei der Polizei? Du stellst die richtigen Fragen, du kombinierst gut, und du bist hartnäckig. Fast schon penetrant."

„Sorry, ich wollte nicht..."

„Nein, schon gut. Ich verspreche dir, ich kümmere mich am Montag persönlich darum."

„Danke. Und wenn du zufällig auch einen Blick in Simons Rechner oder in sein Smartphone werfen wolltest, dann kannst du mich ja mal nach dem Passwort fragen."

„Das ist nicht wahr..."

„Doch. Und jetzt Schluss mit dem dienstlichen Gequatsche."

„Du hast angefangen."

„Ja, aber jetzt würde ich gerne wieder etwas anderes anfangen..."

„Du bist ja nicht zu bremsen! Ausgehungert, was?"

„Das trifft es nicht ganz, nachdem mich vorhin meine Mum mal wieder gemästet hat. Aber im übertragenen Sinne..."

„Okay, dann möchte ich jetzt gerne deine Nachspeise sein!"

Nick schaute Britta liebevoll an, beglückwünschte sich einmal mehr zu seiner Beziehung mit dieser tollen Frau, strich ihr dann sanft über den Busen und ließ seine Hand tiefer gleiten. Seine Geliebte stöhnte in lustvoller Erwartung.

Beide wussten, dass Nick die Nacht besser nicht bei Britta verbringen sollte. Wie diskret oder indiskret ihre Vermieter waren, konnte sie nicht einschätzen. Und nach den Unterstellungen von Polizeidirektor Becker wollte Britta vorläufig doppelt vorsichtig sein. So schwer es ihnen auch fiel, lösten sie sich schließlich voneinander und Nick zog sich wieder an. Für den morgigen Tag hatten sie sich einen Ausflug in die Rhön vorgenommen, die war auch im Winter schön, und am Montag wollte Nick sich endlich wieder in der Redaktion blicken lassen. Er verabschiedete sich mit einem langen Kuss, öffnete leise die Wohnungstür, schloss sie genauso behutsam und stieg wieder über den Zaun in Nachbars Garten, diesmal in den seiner Eltern. Er war ein paar Schritte gegangen, da fuhr ihn eine Stimme an: „Halt! Stehenbleiben!"

Nick verharrte und versuchte zu erkennen, wer ihn da von welcher Stelle angerufen hatte.

„Was machen Sie in meinem Garten?", fragte die Stimme, in der Nick jetzt seinen Vater erkannte. Jetzt sah er ihn auch aus der Tür der Waschküche treten, die direkt in den Garten führte.

„Ganz ruhig, Paps! Ich bin's!"

„Nick? Was machst du noch hier? Du bist doch schon vor zwei Stunden..." Sein Vater hörte sich misstrauisch an.

„Bin ich nicht, wie du siehst." Nick überlegte fieberhaft, was er seinem alten Herrn jetzt erzählen sollte. Ein kurzer Blick nach oben, dann flunkerte er drauflos: „Die

Sterne, weißt du? So einen klaren Himmel haben wir nicht alle Tage. Sieht doch toll aus, nicht?“

Eberhard Scholz blickte ebenfalls in den Himmel und brummelte dann: „Naja. So toll ist das heute nun auch wieder nicht. Schleierwolken. Und zu viel Licht von den Laternen. Also, deshalb würde ich nicht stundenlang die Sterne anglotzen. Und schon gar nicht in dieser Schweinekälte.“

„Die Zeit habe ich irgendwie vergessen“, sagte Nick ziemlich lahm.

Sein Vater war nicht überzeugt und ließ den Blick schweifen. Zu allem Unglück ging in diesem Moment in Brittas Wohnzimmer das Licht an, und die Kripochefin ging nackt wie Gott sie schuf zum Küchentresen, zapfte ein Glas Wasser, trank in großen Schlucken und ging anschließend zum Fenster, um die Vorhänge zuzuziehen. In diesem Augenblick zeigte sie sich den beiden Zuschauern im Nachbargarten in voller Schönheit, die vollen Brüste vorgestreckt, das dunkle Dreieck zwischen ihren Beinen nicht zu übersehen.

„So ist das also,“ bemerkte Vater Scholz trocken, „mein Sohn ist ein Spanner. Mein Gott, Nick, das ist doch erbärmlich.“

Nick war wie vom Donner gerührt. „Paps! Nein! Es ist nicht, wie du denkst. Ich bin genauso überrascht wie du! Du glaubst doch nicht im Ernst, dass ich mich in deinen Garten hocke, um eure neue Nachbarin anzustarren. Bitte glaub’ sowas nicht!“

„Was soll ich denn sonst glauben? Den Sternengucker nehme ich dir jedenfalls nicht ab.“

„Okay. Ich will auch deine Intelligenz nicht beleidigen. Ich sage dir deshalb ganz einfach: Denk, was du willst, aber bitte nicht, dass ich notgeil in die Fenster anderer Leute glotze. Das habe ich nun wirklich nicht nötig.“

„Das hoffe ich. Ich würde dennoch vorschlagen, dass du dir endlich mal eine richtige Freundin suchst. Du bist nicht mehr der Jüngste! Und vielleicht solltest du langsam mal an die Gründung einer Familie denken! Das würde auch die Mama freuen."

Nick stöhnte auf. Wie oft hatte er das schon gehört und über sich ergehen lassen. Aber was sollte er in dieser Situation sagen? „Ja, Paps," sagte er, „und jetzt fahre ich wirklich. Gute Nacht!"

ACHTZEHN.

Britta war am Montag eine halbe Stunde früher als gewohnt zum Dienst im Direktionsgebäude in der Kleinen Industriestraße aufgebrochen und hatte sich wie versprochen die Akte Simon Seitz kommen lassen. Nach einem Blick auf die Fotos vom Leichnam des jungen Mannes und einem Screenshot vom Video der Überwachungskamera überlegte sie, wie sie ihrem Team die neuen Erkenntnisse verkaufen sollte. Sie konnte sich ja kaum auf Nick als Quelle berufen. Auf jeden Fall würde sie die übliche Frühbesprechung nutzen, um weitere Ermittlungen in die Wege zu leiten.

Sie braute sich auf ihrer kleinen Delonghi-Maschine einen doppelten Espresso, toppte ihn mit Milchschaum und ging mit der Tasse in der Hand den Flur hinunter zum Besprechungsraum. Wie es der Teufel wollte, trat in diesem Moment auch Polizeidirektor Becker aus seiner Bürotür. Er nickte Britta kurz zu, knurrte etwas, das wie „Morgen“ klang und schlug die Augen nieder. Den habe ich mit meiner Gegenattacke leicht verschreckt, dachte Britta, und hoffentlich habe ich mir damit jetzt nicht einen Feind im eigenen Haus geschaffen. Das konnte sie gar nicht gebrauchen.

Obwohl noch fünf Minuten Zeit waren, saß im Konferenzraum schon Kriminaloberkommissarin Petra Wolf am Tisch, die erst seit gut einem Jahr zum Team gehörte. Sie hatte sich innerhalb kürzester Zeit als Bereicherung und Verstärkung erwiesen, weil sie bereit war, eingefahrene Gleise zu verlassen und auch mal die Perspektive zu wechseln. Das gelang Brittas dienstälteren Kollegen Lothar Meier und Erich Kowalski nicht immer. Dennoch: die Mischung stimmte, und die Kripochefin konnte sich auf ihre engsten Mitarbeiter bedingungslos verlassen.

„Morgen, Petra! Wie war dein Wochenende?"

„Morgen, Chefin. Alles bestens. Stress mit den Kindern und meinem Mann, aber sonst alles gut. Und alles halb so wild."

„Aha. Bist also von daheim geflüchtet und froh, wieder arbeiten zu dürfen. Deshalb sitzt du schon hier."

Petra lachte. „Ganz genau. Aber im Ernst: Ich wollte mir die Eingänge vom Wochenende schon mal durchsehen, damit wir keine Zeit mit Kleinkram verschwenden und dann nicht mehr zu wichtigen Sachen kommen. Ist aber nichts Aufregendes dabei, nur der übliche Kleinkram. Zwei Einbrüche, eine Schlägerei und einmal BTM bei einer Pkw-Kontrolle."

„Das trifft sich gut. Ich hätte da nämlich was, wo wir noch mal nachhaken könnten."

„Was denn?"

Bevor Britta antworten konnte, trafen nun auch die beiden Herren der Runde ein, Kowalski mit einer Tasse schwarzen Kaffees sowie dem ersten süßen Teilchen des Tages, und Meier mit einer Jumbo-Tasse Pfefferminztee. Allseitiges „Guten Morgen" folgte, dann nahmen alle Platz. Britta überließ es Petra, die Wochenend-Ereignisse kurz zusammenzufassen und an die zuständigen Abteilungen weiterzuleiten.

Dankenswerterweise leitete die Oberkommissarin gleich elegant zu Britta über: „Chefin, du hattest noch was auf dem Herzen?“

„Ja, danke Petra. Also, wie ihr vielleicht mitbekommen habt, war ich ein paar Tage krank und hatte viel Zeit zum Nachdenken.“

„Ach, du warst gar nicht hier?“, fragte Erich Kowalski und feixte beifallheischend über den Tisch.

„Danke, Erich, sehr lustig.“ Britta setzte neu an. „Also, mir sind verschiedene Sachen durch den Kopf gegangen, die mich irgendwie nicht hundertprozentig überzeugt hatten. Zum Beispiel der Suizid von diesem Schüler. Simon Seitz. Da war so eine Unstimmigkeit, die ich noch klären wollte. Und als ich heute Morgen noch einmal in die Akte geschaut habe, hat es endlich klick gemacht.“

„Jetzt bin ich aber gespannt“, warf Lothar Meier ein, dessen Augen immer dann leuchteten, wenn die Routine ihrer Arbeit Momente abwarf, die an Sherlock Holmes, Miss Marple oder Hercule Poirot erinnerten.

Britta machte es dann noch etwas spannender als erforderlich. „Also, ich muss sagen, die Kollegen vom Kriminaldauerdienst aus Fulda, die zum Hause Seitz gefahren sind, haben ganze Arbeit geleistet. Obwohl alles nach einem glasklaren Suizid aussah, haben sie den Ort und die Umstände akribisch dokumentiert. Ihr Bericht ist ausführlich, und es gibt etliche Fotos vom Toten, von dem Balken, an dem er sich aufgehängt hat, vom ganzen Zimmer und vom Video der Überwachungskamera.“

„Das wissen wir Britta. Wir haben die Akte auch gesehen. Worauf willst du hinaus?“ Erich Kowalski, der selbst gerne in ausführlichsten Darstellungen seiner Ermittlungsergebnisse schwelgte, war bei den Vorträgen seiner Kollegen weit weniger duldsam.

„Worauf ich hinaus will? Dass es oft eben Kleinigkeiten sind, die wir übersehen. Und die dann doch von Bedeutung sein können.“ Britta nahm demonstrativ einen Schluck aus ihrer Tasse.

„Jetzt machst du es aber unnötig spannend“, moserte nun auch Lothar Meier.

„Sorry. Aber ich schließe mich in der Kritik ja ein. Kein Vorwurf an irgendwen, nur eine Feststellung. Aber jetzt zur Sache: Auf den Fotos, die im Wohnzimmer von der Leiche des Jungen gemacht wurden, trägt er einen dunklen Sportschuh mit dunklen Schnürsenkeln. Der zweite Schuh liegt daneben. Aber auf dem Video der Überwachungskamera an der Haustür sehen wir einen jungen Mann mit dunklen Schuhen und weißen Schnürsenkeln. Von dieser Person ist durch die Perspektive der Kamera nur so eine Art Draufsicht erkennbar. Die vermeintliche Identifizierung von Simon durch seine Eltern geschah anhand seiner Basecap mit dem Nike-Logo.“ Britta legte den Kollegen die aufgeschlagene Akte vor, so dass sie die Fotos selbst begutachten konnten.

Jetzt pfiff Lothar Meier durch die Zähne, und Petra Wolf entfuhr ein „Wow.“

Britta sprach weiter. „Stellt sich also die Frage, ob es wirklich Simon war, den das Video zeigt, oder jemand, der sich Simons Kappe aufgesetzt hat. Wenn es doch Simon war, würde ich gerne wissen, warum er vor seinem Freitod die Schuhe gewechselt hat.“

„Eine echte Spürnase, unsere Chefin“, sagte Erich Kowalski mit leicht spöttischem Unterton. „Und das ist dir eingefallen, während du schniefend und hustend auf dem Sofa gelegen hast? Und jetzt glaubst du an irgendeinen großen Unbekannten, der den jungen Herrn Seitz aufgeknüpft hat?“

„Kann sein, kann nicht sein“, sagte Britta kurz angebunden und verzog keine Miene. „Ich denke jedenfalls, dass wir uns die Sache noch einmal genauer anschauen sollten. Nur um sicherzugehen, dass da nicht doch was faul war.“

Eine halbe Stunde später, nachdem sie noch die Eingänge auf ihrem Schreibtisch durchgesehen und das Dringendste erledigt hatte, setzte sich Britta zu Lothar Meier in den Dienstwagen, um mit ihm auf den Obersberg zu fahren. Zuvor hatten sie sich bei Michaela Seitz angemeldet, deren Boutique montags geschlossen hatte.

„Glaubst du wirklich, dass der Suizid des Jungen fingiert war?“, fragte Meier, als sie über die Lomo-Kreuzung nach links auf die Bundesstraße 62 abbogen.

„Ich weiß es nicht“, antwortete Britta, „aber hast du dir mal diesen angeblichen Abschiedsbrief angesehen. Der sieht auch irgendwie komisch aus.“

„Findest du?“

„Naja. Nur ein Satz auf einem abgerissenen Stück Papier... Und sein Handy ist auch verschwunden. Wie ich eben gesagt habe: Kann sein, kann nicht sein. Aber es sind eben gleich ein paar Punkte, die man hinterfragen kann. Wenn wir nichts Verdächtiges finden, dann war’s das.“

„Okay.“ Lothar Meier klang noch nicht überzeugt, fügte sich aber ohne weitere Widerworte. Und Britta hatte ein schlechtes Gewissen, weil sie den Kollegen das unterjubelte, was Nick herausgefunden hatte. Hoffentlich lag sie jetzt nicht völlig daneben mit ihren Verdachtsmomenten.

Meier bog von der steilen Zufahrt zur Schule nach rechts in die Herbartstraße ab, bis er das Wohnhaus der Familie Seitz entdeckte und direkt davor parkte. Nachdem die Türglocke ein sanftes Dingdong von sich gegeben hatte, erwartete sie Michaela Seitz im Eingang. Simons

Mutter war in den vergangenen Wochen um Jahre gealtert, hatte strähnige Haare und sah in ihrem labberigen Hausanzug etwas verwahrlost aus. Auch wenn sich die Welt für andere Menschen munter weitergedreht hatte, hier war sie nach dem Tod des Sohnes stehen geblieben.

„Hat Sie der Herr Scholz von der Zeitung informiert?“, fragte sie zur Begrüßung.

Britta erstarrte. Was sollte diese Frage? Hatte der naseweise Nick hier schon wieder mitgemischt? „Herr Scholz? Wie kommen Sie darauf?“

„Verzeihung. Aber Herr Scholz hat uns versprochen, sich weiter um den Fall zu kümmern, falls sich doch noch etwas Neues ergeben sollte. Und jetzt sind Sie hier. Da dachte ich…“

Britta war erleichtert. „Nein, mit der Zeitung hat das hier nichts zu tun“, entgegnete sie und entschuldigte sich in Gedanken bei ihrem Geliebten, den sie hier schon wieder verleugnen musste. „Wir haben uns die Akte noch einmal angesehen und hätten noch ein paar Fragen.“

„Ja, gerne. Aber kommen Sie doch rein. Mein Mann will auch noch kommen, weiß aber nicht, ob er es so schnell schafft. Möchten Sie einen Tee oder Kaffee?“

„Nein danke, Frau Seitz“, antwortete Britta für Lothar Meier gleich mit, der sich bei solchen Befragungen gerne verköstigen ließ.

Bevor sie auf der ledernen Sitzgruppe im Wohnzimmer Platz nahmen, warf Britta einen Blick auf den Balken, an dem Simon gehangen hatte. Eigentlich blieb sie in solchen Momenten professionell unberührt, doch die Vorstellung, dass hier jemand nachgeholfen hatte, um den Jungen vom Leben in den Tod zu befördern, ließ sie kurz schaudern.

Michaela Seitz wirkte dann sehr gefasst und sortiert, als die beiden Polizisten ihre Fragen stellten. Nein, Simon würde niemals Schuhe mit weißen Schnürsenkeln tragen. Schon um nicht im Verdacht zu stehen, zur rechten Szene zu gehören. Nein, die weißen Schuhbänder auf dem Video waren ihr nicht aufgefallen. Aber die Basecap – Simon habe genau so eine getragen und wohl nur zum Schlafengehen abgesetzt. Michaela Seitz verließ kurz das Zimmer und kehrte wenig später mit einer schwarzen Nike-Kappe in der Hand zurück. „Da ist sie. Das ist seine."

War ihr der Abschiedsbrief nicht merkwürdig vorgekommen, wollte Britta wissen. „Sicher", sagte die Mutter, „denn er erklärt ja nichts. Wofür wollte Simon sich entschuldigen? Wir verstehen das ja alles nicht. Glauben Sie mir, Frau Stegemann, mein Mann und ich, wir machen uns jeden Tag neue Vorwürfe, dass wir uns zu wenig um Simon gekümmert haben. Dass wir oft gar nicht wussten, was er gemacht hat oder wo er war. Simon hat sich aber auch nie beschwert, also, es gab nur selten Stress zwischen uns. Aber was ihn letztendlich in den Tod getrieben hat – wir haben keine Ahnung. Das wird uns wohl bis an unser Lebensende keine Ruhe lassen."

„Es wird Sie nicht trösten, Frau Seitz, aber das ist in vielen Fällen so, dass bei Suizid zu viele Fragen offenbleiben und sich die Hinterbliebenen mit Selbstvorwürfen quälen. Vielleicht haben Sie Fehler gemacht, aber die Verantwortung für Simons Tod tragen Sie sicher nicht!"

Michaela Seitz liefen Tränen über das Gesicht, die sie mit einem Papiertaschentuch wegwischte. Dann schnäuzte sie sich und riss sich sichtlich zusammen. „Verzeihen Sie."

„Alles okay, Frau Seitz. Wir haben nur noch ein paar wenige Fragen. Ist Simons Handy wieder aufgetaucht?"

„Nein. Es ist immer noch verschwunden. Mein Mann hat probiert, es über die Suchfunktion zu orten, aber ohne Erfolg."

„Und was ist mit seinem Computer?“

„Simon hatte ein Laptop, aber das ist mit einem Passwort gesichert. Auch hier hat mein Mann alles versucht. Unsere Namen, Geburtstage, seine Lieblingsbands und Comicfiguren und so weiter. Aber das hat alles nicht funktioniert.“

Britta dachte laut nach. „Vielleicht haben unsere Techniker mehr Erfolg. Käme auf einen Versuch an. Aber hatte Simon nicht eine Freundin?“

„Wie kommen Sie darauf?“

„Nur so. Ein junger Mann in seinem Alter. Warum nicht?“

„Nein, keine Freundin, aber hoffnungslos verknallt war er. Das hat er mir mal in einem schwachen Moment gestanden, als ich in sein Zimmer bin und das Bildschirmfoto von einem Mädchen auf seinem Rechner gesehen habe. Die sah ein bisschen ordinär aus, so mit Piercings und lila Haaren. War wohl eine Mitschülerin. Aber den Namen weiß ich nicht.“

„Kann es sein, dass sie in seiner Klasse war?“, bohrte Britta weiter.

„Klasse? Die haben in der Oberstufe keine Klassen mehr, Frau Stegemann. Die werden in Kursen unterrichtet, immer bunt durcheinander. Kann sein, dass die junge Dame in einem der Kurse war, die auch Simon besucht hat. Aber wie gesagt: keine Ahnung.“

„Oder bei der Schülerzeitung?“ Britta ließ nicht locker.

„Beim Obersburger? Auch das weiß ich nicht.“ Michaela Seitz zögerte dann aber und sagte: „Warten Sie mal! Die haben in jeder Ausgabe ein Foto von der Redaktion. Da müsste das Mädchen dann ja auch drauf sein. Am besten kommen Sie mit!“ Sie stand auf und ging forschen Schrittes durch die Wohnzimmertür in die Diele und zur Treppe, die ins Obergeschoss führte. Britta und Meier hasteten hinterher. Oben angekommen steuerte die Mutter zielstrebig auf ein Zimmer zu, öffnete die Tür und machte sich ohne Umstände an den Schubladen eines Schreibtisches zu schaffen.

Britta sah sich um. Die Einrichtung von Simons Reich wirkte ein bisschen wie die Brücke von Raumschiff Enterprise. Der Schreibtisch mit einem großen TV-Bildschirm und zwei Monitoren war das Zentrum des Raums, und natürlich hatte der Junge nicht nur einen Laptop, sondern auch einen großen Rechner mit den Installationen und Kapazitäten für zahllose Computerspiele. Der Papierkorb quoll noch immer über vor Tüten und Verpackungen von Kartoffelchips und Schokoriegeln, auf dem Tisch standen mehrere Flaschen mit sicher viel zu süßen Drinks in künstlichen Farben. Hier hatte sich offenbar noch niemand getraut, Simons Hinterlassenschaften aufzuräumen, geschweige denn zu entfernen.

„Wusste ich's doch!", kam es jetzt fast vom Fußboden, denn Michaela Seitz kniete vor der untersten Schublade, in der sich ein Stapel Hefte der Schülerzeitung befand. Sie blätterte rasch durch eine Ausgabe, und tatsächlich war ein Gruppenbild aller Mitarbeiter auf der vorletzten Seite beim Impressum abgedruckt. „Das ist sie", stellte Seitz fest und zeigte auf das zweite weibliche Wesen neben Rebekka Wiegand. Unter dem Bild waren auch alle Namen aufgelistet. „Jessica Waldbauer heißt sie. Sie hat Simon den Kopf verdreht. Wenn ich sie so anschaue, weiß ich aber ehrlich gesagt nicht, womit."

„Hmm", gab Britta die Nachdenkliche. „Wenn er doch so verliebt war wie Sie sagen, haben Sie es denn schon mit Jessica als Passwort versucht?"

Michaela Seitz schaute verblüfft. „Nein. Habe ich nicht. Ich wusste ja bis eben nicht einmal ihren Namen. Aber das ist eine gute Idee." Sie klappte Simons Laptop auf, schaltete ihn an und wartete auf die Maske zur Eingabe des Passworts. Sie tippte J-E-S-S-I-C-A, drückte die Return-Taste und erhielt ein Zittern des Eingabefeldes. „Auch nicht“, murmelte sie enttäuscht, „war trotzdem einen Versuch wert.“

Britta legte ihr sanft eine Hand auf die Schulter. „Macht doch nichts, Frau Seitz. Wissen Sie, vielleicht wäre auch das zu einfach gewesen. Simon war doch schlau, vielleicht hat er sich einfach noch einen Dreh einfallen lassen. Ich mache das manchmal so, dass ich das Wort einfach herumdrehe.“

„Meinen Sie? Jessica von hinten?“ Michaela Seitz klang nicht überzeugt.

„Versuchen Sie’s. Es klappt oder es klappt nicht.“

„A-C-I-S-S-E und das J, jetzt Return – ach du großer Gott! Wir sind drin!“

„Das haben Sie toll gemacht!“, lobte Britta und spürte den fragenden Blick von Lothar Meier in ihrem Rücken. Jetzt nicht wackeln, rief sie sich zur Ordnung und sagte: „So ein Glück! Muss man auch mal haben.“

Michaela Seitz starrte auf den mit Bildern und Dokumenten überfrachteten Desktop, wusste offenbar nicht, wonach sie suchen sollte.

„Wenn Sie erlauben, Frau Seitz, dann schaut sich jetzt mein Kollege mal den Laptop an. Der kennt sich mit sowas aus. Kommen Sie, lassen wir ihn arbeiten.“

Die beiden Frauen gingen wieder hinunter, wo Michaela Seitz anbot, einen Kaffee zu kochen. Während sie in der Küche beschäftigt war, traf auch Roman Seitz zu Hause ein. Er ließ sich von Britta kurz informieren und dann ebenfalls einen Kaffee geben. „Es ist für uns immer noch unwirklich, dass Simon nicht mehr da ist“, sagte er, „sicher haben Sie bemerkt, dass wir noch nicht in der Lage waren, in seinem Zimmer etwas zu verändern. So als würden wir hoffen, dass er im nächsten Moment wieder lebendig ist und sein Tod nur ein böser Traum war." Auch dem Vater lief eine Träne über die Wange unbeachtet bis unters Kinn.

Britta nutzte die Gelegenheit, als sie mit den Eltern allein war, um eine weitere Information abzuklopfen, die sie von Nick erhalten hatte. „Entschuldigen Sie, aber hat Simon mit Ihnen mal über Mobbing an der Schule gesprochen?"

Roman Seitz wirkte verwundert. „Mobbing? Wie meinen Sie das? Glauben Sie, dass Simon gemobbt wurde und sich deshalb... Der Herr Scholz von der Zeitung hat neulich auch so eine Anspielung gemacht, aber ich konnte dazu nichts sagen."

„Nein, sorry. Kein direkter Zusammenhang. Ist nur ein Punkt, der mal zur Sprache gekommen ist. Also, war da mal was?"

Simons Vater blickte etwas hilflos zu seiner Frau. Michaela Seitz überlegte einen Moment und sagte dann: „Mobbing war immer wieder mal Thema. Die jungen Leute sind sich oft nicht bewusst, was irgendwelche Posts oder Bilder in den sozialen Netzwerken anrichten können. Was manche für einen Witz halten, trifft andere bis ins Mark. Und dann sind viele mit sexuellen Dingen ziemlich sorglos, verschicken Nacktbilder oder Porno-Videos. Darüber haben wir auch mit Simon gesprochen, und er mit uns. So etwas findet natürlich auch am Obersberg statt."

„Und war Simon selbst mal betroffen?", fragte Britta ganz neutral.

„Nicht, dass ich wüsste", sagte seine Mutter, „das hätte er uns bestimmt erzählt. Also, wenn man ihn gemobbt hätte. Und andersherum kann ich mir das nicht vorstellen. Nicht Simon. Und da hätte die Schule doch bestimmt etwas unternommen, also auch bei uns als Eltern..."

Stimmt, dachte Britta, hat sie wohl auch. Nur ist das bei Euch offenbar nicht angekommen. Simon musste den Brief von der Schule unterschlagen haben, hatte vielleicht sogar die Unterschriften seiner Eltern gefälscht. Sie hatten ihren Kaffee noch nicht ausgetrunken, als von oben Lothar Meiers Stimme ertönte: „Britta, kannst du bitte mal kommen?“

Britta stürzte förmlich nach oben, denn der Ton von Meiers Frage hatte ihr signalisiert, dass er fündig geworden war. Der Kollege empfing sie mit einem breiten Grinsen.

„Bingo“, sagte Meier, „das war leichter als gedacht. Der Knabe hat einen Ordner mit dem Namen ‚Persönliches‘ angelegt, in dem sich die interessanten Sachen finden. Da ist eine Mobbing-Geschichte älteren Datums, die uns jetzt wahrscheinlich nicht so interessiert, und da ist eine Datei mit dem Titel ‚Geständnis‘. Die ist allerdings höchst interessant.“

Britta überflog das von Meier geöffnete Word-Dokument und pfiff durch die Zähne. „Donnerwetter, Drogenhandel auf dem Schulhof. Herzlichen Glückwunsch. Dann lass uns mal die Kavallerie rufen. Die beiden Herren sind jetzt bestimmt im Unterricht.“

NEUNZEHN.

Eine Viertelstunde später standen Britta und Meier in der Verwaltung der Modellschule und fragten die Sekretärin nach dem Aufenthalt von Brian und Bruce Darrenberg. Die junge Frau hinter dem Tresen zögerte und blickte hilflos hinter sich, wo zu ihrer Erleichterung Schulleiter Dr. Ehrlich aus seinem Zimmer kam. „Dr. Ehrlich, können Sie mal bitte hier schauen", rief die Sekretärin um Hilfe, „die Polizei sucht nach zwei Schülern." Und leiser: „Die beiden Darrenbergs."

Dr. Ehrlich wandte sich Britta und Meier zu, ließ sich kurz deren Dienstausweise zeigen und hörte sich an, was von ihm erwartet wurde. „Selbstverständlich", sagte er knapp und dann zur Sekretärin: „Beate, schauen Sie doch bitte mal nach, wo die beiden nach der Pause sein müssten." Und wieder zu den Polizisten: „Im Moment sind sie vermutlich irgendwo auf dem Hof. Jetzt ist große Pause, noch acht, nein sieben Minuten lang."

„Im Schwimmbad", meldete jetzt die Sekretärin, „die beiden haben jetzt Sport."

„Ich bringe Sie hin", bot sich Dr. Ehrlich an.

„Danke“, erwiderte Britta, „aber wir warten noch einen Moment. Es kommen noch ein paar Kollegen.“

Weder der Schulleiter noch die beiden Polizisten registrierten die dickliche Frau mit der grellroten Frisur, die im dämmrigen Vorraum des Sekretariats die wesentlichen Teile des Gesprächs mitbekommen hatte. Sandra Buhlmann ging um die nächste Ecke, zog ihr Handy aus der Hosentasche, suchte, fand einen Kontakt und zischte kurz darauf: „Die Polizei ist hier und sucht nach euch. Ihr macht Euch am besten unsichtbar.“

In der Schwimmhalle führte ein drahtiger Lehrer in einer Badehose, die ihre beste Zeit schon in den Nullerjahren hinter sich gehabt hatte, ein offenbar strenges Regiment. Mit einer Trillerpfeife im Mund versuchte er die trägen Teenager zu dirigieren, von denen keiner erpicht darauf schien, sich in das 25-Meter-Becken zu stürzen. Während Meier seine Brille putzte, um in der feuchtwarmen Luft den Durchblick zu bekommen, fiel Britta die Geschichte von Nick ein, der hier nach eigener Einschätzung beinahe abgesoffen war. Sehr darum bemüht, auf den glatten Fliesen nicht auszurutschen, folgten Britta und Meier Dr. Ehrlich beim Gang um den Beckenrand, bis sie bei dem trillernden Sportlehrer angelangt waren. Ein weiteres Kripo-Team hatte sich im Gang zu den Umkleiden und am Zugang zum Bad postiert.

„Kollege Hofmann“, sprach Dr. Ehrlich den Badehosen-Träger an, „wir suchen die Brüder Darrenberg. Laut Stundenplan müssten sie jetzt in Ihrem Kurs sein.“

„Müssten sie, ja“, sagte der Sportlehrer, „aber ich sehe sie genauso wenig wie Sie. Haben vermutlich Besseres zu tun, als sich von mir herumkommandieren zu lassen, bis sie Wasser schlucken.“ Hofmann pfiff ein weiteres Mal und befahl: „Marsch jetzt, Schilling, Weber, Kesebir,

Wettlaufer und Reinhardt auf die Blöcke. Ich will von euch jetzt blitzsaubere Startsprünge sehen!“

Der Schulleiter und die Polizisten standen etwas ratlos daneben. Sie konnten ja schlecht die ganze Schule nach den beiden Darrenbergs absuchen. Das wäre mit vier Leuten nicht zu machen: Zahllose Räume auf drei Ebenen mit sechs Treppenhäusern, keine Chance. Da vibrierte Brittas Mobiltelefon. Nick! Was wollte der jetzt? Er hätte sich kaum einen ungünstigeren Moment für seinen Anruf aussuchen können.

„Ja?“, meldete sich Britta verhalten.

„Hallo, Schatz“, tönte es munter in ihr Ohr, „falls ihr die Darrenbergs sucht, die haben sich in der Pause in die Katakomben abgesetzt!“

„Wie bitte? Woher weißt du das? Was ist das, die Katakomben? Und wo bist du überhaupt?“

„Zu viele Fragen. Erklär ich dir später. Und frag Dr. Ehrlich nach den Katakomben!“

Der Schulleiter hatte Teile des Gesprächs aufgeschnappt. „Die Katakomben? Ich weiß zwar nicht, wie die da hineinkommen konnten, aber folgen Sie mir!“

Der Weg führte nur um ein paar Ecken ins Foyer der angrenzenden Großsporthalle. Dr. Ehrlich steuerte auf die Herrentoilette zu, stürmte zwischen Pinkelrinne und Kabinen vorbei bis an deren Ende, wo sich eine blau gestrichene Brandschutztür befand. Der Schulleiter zückte seinen Generalschlüssel, drückte die Klinke und öffnete das Tor zu einer anderen Welt: Nackter roter Boden lag vor ihnen, in den sich in großen Abständen Betonsäulen bohrten, dazwischen Versorgungsleitungen und Abflussrohre. „Das ist der Obersberg“, sagte Dr. Ehrlich.

Die riesige Halle war menschenleer. Offenbar war hier beim Bau der Gebäude der Raum zwischen Modell- und

Gesamtschule nicht verfüllt, sondern nur überbaut worden. Die Katakomben hatten zwar oben eine gegossene Betondecke, doch zu ihren Füßen war nur Erde, größtenteils bedeckt mit einer zentimeterdicken Staubschicht.

„Niemand da“, stellte Lothar Meier nach ausschweifenden Blicken in sämtliche Ecken enttäuscht fest, doch Britta bemerkte die frischen Fußspuren, die von einem Lichtschacht am anderen Ende zu der Stelle führten, an der sie jetzt standen. „Wohin können sie von hier aus geflüchtet sein?“, fragte sie.

Dr. Ehrlich dachte angestrengt nach und sah schließlich über Brittas Kopf hinweg nach oben. „Wenn sie nicht wieder dort hinaus sind, wo sie herkamen – und die Spuren führen ja nicht zurück –, dann bleiben eigentlich nur die Kriechkeller.“

Britta folgte Ehrlichs Blick und sah nicht weit unter der Decke eine dunkle Öffnung. Zu ihr hinauf führte aufgeschüttete Erde, deren Oberfläche aufgewühlt war. „Sieht ganz so aus. Was sind das für Kriechkeller, und wohin führen sie?“

„Das ist ein wahres Labyrinth unter dem Gebäude. Die Keller sind der Zugang zu Versorgungsleitungen. Also, wenn da mal was repariert werden muss, dann über diese Wege.“

In diesem Moment hörten sie aus dem rabenschwarzen Loch einen dumpfen Schlag und einen unterdrückten Fluch, dann ein eiliges Scharren.

„Heee! Die sind noch nicht weit! Stopp! Polizei! Rauskommen!“, brüllte Britta.

Ein paar Sekunden war es still, dann begann das Scharren erneut und wurde allmählich leiser.

„Die hauen ab! Hinterher! Lothar, los!“

„Ich?“ Der Kriminaloberkommissar schien wenig begeistert, in den dunkeln Schacht krabbeln zu sollen.

Doch als sich Britta schon kurz entschlossen über die aufgeschüttete rote Erde auf die Öffnung zubewegte, blieb ihm nichts anderes übrig. „Ich komme, Chefin“, sagte Meier ohne jeden Enthusiasmus. Einen Augenblick später waren die beiden Polizisten verschwunden, und Dr. Ehrlich stand etwas ratlos und alleine in den Katakomben herum.

Er musste nicht lange warten. Der Schacht spuckte zuerst Meier, dann Britta aus. Beide von oben bis unten verdreckt und sichtlich frustriert. „Keine Chance“, sagte sie, „die wussten, wohin sie krabbeln mussten. Für uns zu viele Möglichkeiten und selbst mit Handy-Lampe zu riskant.“ Ihr Kollege hustete nur, er hatte wohl ordentlich Staub geschluckt.

„Kennt sich jemand mit diesen Kriechkellern aus?“, fragte Britta Dr. Ehrlich.

„Na, ich denke, die Firma, die wir anrufen, wenn was kaputt ist.“

„Die haben dann sicher auch einen Lageplan?“

„Davon gehe ich aus.“

„Worauf warten Sie, Dr. Ehrlich?“

„Oh, Verzeihung. Natürlich. Sofort.“

Während der Schulleiter telefonierte, rief Britta ihrerseits weitere Verstärkung herbei: „Könnte eine größere Sache werden, bis wir die beiden Wühlmäuse gefunden haben, schickt doch nochmal zwei Streifen.“

„Sie senden mir einen Plan als pdf-Datei auf meine E-Mail“, verkündete Dr. Ehrlich, „gehen wir in mein Büro.“

Britta ließ die beiden Kollegen von der ersten Streife als Wache in den Katakomben zurück und folgte dem Schulleiter mit Meier zurück in die Verwaltung. Dort mussten sie gut zehn Minuten warten, bis Dr. Ehrlich seinen Rechner hochgefahren hatte und die erwartete

Mail eingetroffen war. Der Plan war detailliert, ließ aber viel zu viele Möglichkeiten offen, wohin sich die beiden Darrenbergs geflüchtet haben könnten. „Lasst uns logisch denken“, forderte Britta. „Die beiden haben vermutlich keinen Plan wie wir. Sie werden also abschätzen müssen, wo sie sich in etwa befinden und dann den Weg zurück ans Licht suchen. Ich denke, wir können alle Wege vergessen, die zu weit von den Katakomben entfernt sind.

„Dann bleibt eigentlich nur dieser Bereich“, stellte Dr. Ehrlich fest, „hier befindet sich die Redaktion der Schülerzeitung, dort die Heizungsanlage, die aber auch verschlossen ist, und da ein Klassenraum, der nur bei Bedarf genutzt wird.“

„Der ist es“, sagte Britta. „Versuchen wir unser Glück. Wenn nicht, dann lasse ich unsere OPE die ganze Schule auseinandernehmen. Wir werden die beiden Knaben finden!“

Wieder folgten Britta, Meier und jetzt weitere vier Streifenpolizisten dem Schulleiter auf verschlungenen Wegen ins Untergeschoss, bis sie an besagtem Klassenraum angekommen waren. Als Dr. Ehrlich schon nach seinem Schlüssel griff, zischte Britta „Stopp!“, denn sie hatte hinter der Tür dumpfe Stimmen gehört. „Wer ist da drin?“, flüsterte sie in Richtung des Schulleiters. Der entgegnete genauso leise: „Keine Ahnung!“

Britta legte ihr Ohr an die Tür und lauschte. Was sie hörte, ließ sie leise aufstöhnen. Eine ihr nur allzu gut bekannte Stimme dozierte: „Die Hersfelder Zeitung gibt es seit 1763. Damit ist sie nicht nur eine der ältesten noch erscheinenden Tageszeitungen in Deutschland, sondern der ganzen Welt.“ Das war unverkennbar Nick. Was um Himmels Willen machte ihr Geliebter hier? Und warum tauchte er wieder einmal im Zusammenhang mit einem

Kriminalfall genau dort auf, wo er ihrer Ansicht nach nichts zu suchen hatte?

„Wir gehen jetzt da rein und schicken alle nach draußen. Dr. Ehrlich, sorgen Sie bitte dafür, dass sich die Klasse möglichst geräuschlos entfernt. Und dann am besten weit weg ist."

„Sicher. Natürlich", bestätigte der Schulleiter.

Britta öffnete die Tür, hielt den ausgestreckten Zeigefinger auf ihre Lippen, nickte der Lehrerin zu und sagte: „Ich bin von der Polizei. Bitte packen sie ruhig aber schnell ihre Sachen, verlassen Sie den Raum und begeben Sie sich nach oben in die Pausenhalle. Es besteht keine Gefahr."

Nick suchte kurz Augenkontakt zu ihr und sagte dann: „Machen wir, was Frau Stegemann sagt. Ich setze meinen Vortrag dann oben fort."

Britta nickte ihm dankbar zu. Doch in diesem Moment der Stille begann sich eine Bodenplatte nahe der Tafel zu bewegen. Britta, die noch an der Tür stand, zischte „Psst!" und schaltete geistesgegenwärtig das Licht aus. Im gedämpften Licht eines trüben Wintertages war nun zu erkennen, wie sich der Boden öffnete und erst ein Kopf, dann ein zweiter erschien. Britta schaltete das Licht wieder an, sagte „Guten Tag, die Herren!" Und nickte ihren Kollegen zu: „Festnehmen!"

Brian und Bruce Darrenberg krochen aus dem dunklen Loch der Kellergänge, setzten beide ein arrogantes Grinsen auf, klopften sich den Staub von den Klamotten, und einer sagte: „Dumm gelaufen." Der andere bestätigte: „Allerdings." Nick aber registrierte mit Genugtuung, dass Bruce dunkle Schuhe trug, in die weiße Schnürsenkel eingezogen waren. Du warst das also, der mich ins Gesicht getreten hat, dachte Nick, und du hast uns an der Nase herumgeführt, als du dich an der Haustür der Familie Seitz von der Videokamera hast filmen lassen. Aber wir sind dir auf die Schliche gekommen. Ein Lächeln erschien auf Nicks Gesicht, das die Brüder Darrenberg allerdings nicht bemerkten. Brian traute sich sogar noch, hochnäsig zu fragen: „Würde mir vielleicht jemand verraten, warum wir festgenommen werden?"

Britta antwortete ganz cool: „Sie beide stehen im Verdacht, Simon Seitz getötet zu haben. Deshalb."

Brian Darrenberg schnaubte und spie seine Erwiderung geradezu in Brittas Richtung: „Das werden wir ja sehen!" Sein Bruder schaute betont gelangweilt in die Gesichter der Umstehenden und sagte nichts.

Obwohl die Schulstunde noch längst nicht vorbei war, dachte hier keiner mehr an Unterricht. Mit offenen Mündern verfolgten die jungen Leute, wie zwei ihrer Mitschüler von der Polizei in Handfesseln abgeführt wurden. Der Vorwurf war ungeheuerlich, doch im Grunde wunderte sich niemand, dass es diese beiden erwischt hatte. Wenn man jemandem etwas Derartiges zutrauen konnte, dann den Brüdern Darrenberg.

Auf dem Weg zurück ließ sich Britta ein wenig zurückfallen, um ein paar Worte mit Nick wechseln zu können. „Was machst du hier?", wollte sie wissen.

„Zeitung in der Schule natürlich, Zisch! Einer meiner beliebten Vorträge vor den Klassen und für die Schüler eine prima Gelegenheit, mich über Journalismus auszufragen."

„Und das am ersten Tag deiner Rückkehr in die Redaktion?"

„Genau. Der Termin stand schon seit Wochen fest. Und ehe du Gespenster siehst: Wie hätte ich ahnen sollen, dass du heute hier auf Verbrecherjagd gehst? War also doch was dran an den Merkwürdigkeiten im Falle Simon Seitz?"

„Sieht so aus. Aber dafür ist jetzt keine Zeit. Ich möchte nur wissen, woher du gewusst hast, dass sich die beiden in den Katakomben versteckt hatten."

„Ganz einfach, mein Schatz. Das hat mir Rebekka Wiegand erzählt, die Chefredakteurin der Schülerzeitung, bei der ich vorhin noch war. Irgendwie müssen die Darrenbergs mitbekommen haben, dass du und deine Kollegen hinter ihnen her sind und haben sich auf dem Schulhof durch einen Lichtschacht verdrückt. Gitterrost hoch und weg, gewusst wo. Aber sie sind halt gesehen worden."

„Okay. Das reicht mir fürs Erste. Mach's gut, Nicki. Ich weiß nicht, wann ich heute Abend fertig bin, aber ich melde mich auf jeden Fall."

„Das will ich dir geraten haben! Für meine Hilfsdienste als Ermittler hätte ich gerne einen ausführlichen Bericht! Und sieh mal zu, dass du unter die Dusche kommst!"

„Du kannst mich mal", lachte Britta, „und das bitte so bald wie möglich!"

Jetzt lachte auch Nick, warf ihr noch ein „Biest!" hinterher, und dann trennten sich ihre Wege. Als Nick dann durch die Pausenhalle dem Ausgang zustrebte, sah er, wie Brian und Bruce über den Hof zu einem Polizeiwagen geführt wurden. Schnell zückte er sein Handy und schoss durch die Glasfront der Halle eine Serie von Fotos. Die würden sich auf der Titelseite der HZ sehen lassen können.

Zurück in der Redaktion hatte Nick einen Auftritt, der ein Leuchten in die Augen seines Chefredakteurs zauberte. Schließlich konnte er nicht nur mit dem Erlebnis der Festnahme auftrumpfen, sondern auch mit deren Hintergrund. Denn noch hatte die Polizei nach draußen nichts verlauten lassen. Welche Dimension der Fall hatte, war für Außenstehende zunächst nicht zu erahnen. Dass die Flucht der beiden Darrenbergs in die Unterwelt des Schulgebäudes ein besserer Schülerstreich gewesen war, schien nach Lage der Dinge am wahrscheinlichsten. Den Zusammenhang mit dem Tod von Simon Seitz hatte die HZ vorläufig noch exklusiv. Ob und wann es eine Pressekonferenz geben würde, war unklar. Es war nach Nicks Einschätzung sogar anzunehmen, dass die Vernehmung der Brüder bis in die Abendstunden dauern würde. Dann gäbe es frühestens morgen eine Erklärung.

„Wie gehen wir mit der Story um?“, eröffnete Redaktionsleiter Störenberg die kurzfristig einberufene Konferenz, bei der sich das Team um den Schreibtisch von Producer Peter Nerlinger scharte.

„Aufmacher natürlich“, tönte Nick, „ich war dabei, und dass es um die Tötung von Simon Seitz ging, wurde gesagt. Das haben auch andere gehört. Die beiden Mistkerle wurden vor aller Augen abgeführt, auch das spricht sich rum. Wir wären bescheuert, wenn wir das irgendwo auf Seite 4 unten abfeiern.“

„Nein, nein“, beschwichtigte Störenberg, „aber Natalies Aufmacher über die Bilanz des Weihnachtsgeschäfts hat einen großen Umlauf auf der Seite 2. Wir müssten also das gesamte Blatt umbauen.“

„Die bessere Story ist der Feind der guten Story“, sagte Nick und erntete für diese großkotzige Äußerung einen waidwunden Blick der Kollegin, deren Fleißarbeit nun entweder zusammengestrichen oder auf den nächsten Tag geschoben würde. Nick, der nach seinen Erlebnissen ordentlich Adrenalin pumpte, rief sich selbst zur Ordnung: „Sorry, Natalie, war nicht so gemeint. Ich kann mir vorstellen, wie du für deine Geschichte geackert hast. Aber ich bin auch nur selten dabei, wenn die Polizei jemanden im Zusammenhang mit einen Tötungsdelikt festnimmt.“

„Nick hat Recht“, pflichtete ihm Rollo bei. Auch das Wort des alten Hasen galt noch etwas in solchen Momenten.

Natalie Müller kannte die Spielregeln des Geschäfts und wusste, dass die Entscheidung längst gefallen war. „Schon gut, Nick“, sagte sie, „ich weiß auch, dass die Festnahme öfter geklickt wird als die Statements der Hersfelder Geschäftsleute. Aber dein Bild von den beiden Typen ist trotzdem schief.“ Dieser kleine Triumph musste sein. Natalie, die selbst eine gute Fotografin war, nahm die Arbeiten der Kollegen stets kritisch unter die Lupe und dabei kein Blatt vor den Mund. Leichte Unschärfen, falscher Bildschnitt oder eben ein schräger Horizont führten bei Natalie unweigerlich zu Augenrollen und beißenden Ansagen.

Nick seufzte nur und verkniff sich eine sinnlose Erwiderung.

„Aber haben Sie überhaupt genug Infos für einen Aufmacher?“, versuchte sich Holger Störenberg in bemühter Neutralität um einen Themenwechsel.

„Natürlich“, versicherte Nick, „denn Sie erinnern sich bestimmt, dass ich nach dem Tod von Simon Seitz mehrere scheinbar fruchtlose Gespräche mit dem Schulleiter und Simons Kollegen bei der Schülerzeitung geführt habe. Daraus kann ich jetzt schöpfen.“

„Ah, gut!“, sagte Störenberg, der sich sehr wohl daran erinnerte, dass er Nicks Recherchen in dieser Richtung für überflüssig gehalten hatte. „Also, Aufmacher plus Obenbild auf der ersten Seite. Brauchen Sie noch Platz auf der 2?“

„Muss ich sehen“, antwortete Nick, „lassen Sie mich erst einmal schreiben.“

„Und was ist mit einer Pressekonferenz der Polizei? Wenn die auch noch kommt?“

Nick bemerkte ein Brummen seines Handys, schaute

kurz auf das Display und sagte: „Glaube ich nicht, dass die so schnell sind. Alles gut also."

„Na, dann: an die Arbeit!", ordnete Störenberg an, und das Team verstreute sich wieder auf die Arbeitsplätze. Im Vorübergehen raunte er Nick noch rasch zu: „War wohl doch keine ganz so schlechte Idee, Sie mit Zisch zu beauftragen." Nick quittierte das Augenzwinkern des Chefs mit einem Lächeln und war auf einmal ganz ruhig. Er hatte eine dicke Geschichte zu schreiben, die ihm niemand wegnehmen konnte, und Britta hatte ihm soeben eine WhatsApp-Nachricht geschrieben: „Wird zäh, die sagen nichts. Keine PK heute, warte nicht auf mich, bis später."

ZWANZIG.

Es war halb vier in der Früh, als Nick neben sich im Bett Bewegung wahrnahm. Britta war nur aus ihren Klamotten gestiegen, hatte offenbar auf Dusche und Zähneputzen verzichtet, so dass sich Nick an einen leicht klebrigen Körper kuschelte. Beinahe wäre er gleich wieder in den Schlaf gesegelt, doch dann bemerkte er, dass Britta hellwach war. „War es schlimm?", fragte er mit von Müdigkeit belegter Stimme.

„Nein, eigentlich nicht. War nur ein höllisch anstrengender Tag mit einer ziemlichen Überraschung. Erzähle ich dir morgen beim Frühstück. Lass uns jetzt erstmal schlafen."

„Okay, dann gute Nacht, mein Schatz!", sagte Nick, doch jetzt war er es, der keine Ruhe fand. Eine ziemliche Überraschung? So etwas konnte Britta doch nicht andeuten und ihn dann im Ungewissen lassen? Doch, sie konnte. Mit einem Mal wurden ihre Atemzüge regelmäßiger, dann immer tiefer, und Nick wusste: Jetzt schlief sie. Und er hätte schon eine Kanone abfeuern oder Musik von Dieter Bohlen abspielen müssen, um sie zu wecken.

Nick ließ Britta auch noch schlafen, als um sieben sein Wecker klingelte. Er schlüpfte rasch aus dem Bett und in T-Shirt und Jeans, zog eine dicke Jacke drüber und machte sich auf den Weg durch die Johannesstraße zum Bäcker Brandau, um Croissants und Brötchen zu holen. Zurück in der Wohnung setzte er Kaffee auf, presste frischen Orangensaft und kochte zwei Eier. Dann deckte er den Tisch und weckte die Schlafende, indem er ihr eine Tasse des dampfenden Muntermachers ans Bett brachte. Kaffeeduft wirkte bei Britta Wunder.

Mit dem Umweg übers Bad, wo sie sich mit einer Blitz-Dusche den Schweiß der Nacht und der Arbeit vom Körper spülte, saß ihm Britta keine zehn Minuten später gegenüber und schmierte sich dunklen Waldhonig auf ihr Brötchen. Noch mit vollem Mund begann sie zu berichten, was sich am Vortag seit der Festnahme der Brüder Darrenberg ereignet hatte.

„Ich habe dir ja geschrieben, dass die beiden erstmal die Klappe gehalten haben. Dafür hat der Pommerenke gesorgt, dieser schleimige Anwalt. Aus seiner Kanzlei kam noch eine Frau Reimers als Rechtsbeistand für Bruce. Aber wir hatten ja die Aufzeichnungen von Simon Seitz. Der war wohl kurz davor zur Polizei zu gehen, weil ihm die Sache über den Kopf gewachsen ist. Kurz gefasst war es so: Aus dem Bedürfnis, zu den Coolen und den Beliebten zu gehören, hat sich Simon an Bruce und Brian rangeschmissen. Weil er noch dazu in diese Jessica verliebt war, seine Kollegin aus der Redaktion der Schülerzeitung, die ihrerseits aber schon mit Brian liiert war, lief das wohl über diese Schiene. Die Brüder haben Simon dann sozusagen als Investor ausgenutzt. Weil bei Papa Seitz zuhause immer irgendwo Geld herumlag, konnte sich der Sohnemann hier bedienen, ohne dass es groß aufgefallen ist. Mit diesem Geld haben die Jungs dann

Drogen gekauft – mutmaßlich bei Mustafa Karim, wenn ich die Zusammenhänge richtig deute – und dann unter den Mitschülern vertickt. Als Simon dann realisiert hat, dass es hier nicht nur um ein bisschen Hasch ging, sondern um Crystal Meth, wollte er die Reißleine ziehen. Die Darrenbergs haben ihm wohl ziemlich deutlich gesagt, dass er nicht so einfach aussteigen könne. Simon hat geschrieben, sie hätten ihm mehrfach gedroht, alles auf ihn zu schieben, weil ja auch das Geld von ihm stammte, oder ihn kalt zu machen. All das haben wir aber erst mal für uns behalten."

„Ach du Scheiße, das ist ja wirklich heftig", sagte Nick. „Aber solange die Darrenbergs nichts sagen und ihr keine weiteren Zeugen habt, ist die Beweislage immer noch dünn. Schließlich könnte Simon sein Geständnis auch geschrieben haben, um sich selbst rein zu waschen."

„Ganz genau. Aber ich bin ja bei der Polizei, und wir haben gestern nicht untätig dagesessen und neben den schweigenden Brüdern an den Nägeln gekaut."

„Mach's nicht so spannend! Du hast ja schon von einer Überraschung gesprochen."

„Tja. Also, wir haben ja dieses Video von der Überwachungskamera. Auch wenn die weißen Schnürsenkel alleine kein Beweis sind, so nähren sie den Verdacht, dass hier Bruce Darrenberg mit Simons Basecap auf dem Kopf vor der Tür stand. Deshalb haben wir uns nach dem Auto der Brüder umgesehen, und tatsächlich fährt Brian einen schön restaurierten VW Käfer. So nach dem Motto: Es war schon immer etwas teurer, einen guten Geschmack zu haben. Das Doofe ist nur, dass so ein Auto auffällt. Schon alleine durch das Motorgeräusch. Ältere Menschen haben das aus ihrer Jugendzeit noch im Ohr. Wir haben gestern in der Nachbarschaft herumgefragt und hatten Glück. In der Straße wohnt ein Mann namens

Ludwig Budesheim, der mit seinem Hund jeden Abend eine Runde dreht. Der hat am späten Samstagabend diesen Käfer nicht nur gehört, sondern auch gesehen. Ist ihm nicht nur aufgefallen, weil er früher mal selber einen hatte, sondern weil er nicht in die Straße gehörte. In Bad Hersfeld passen die Leute noch auf ihre Nachbarn auf. Seiner Erinnerung nach sind vier Leute aus dem Auto gestiegen, wobei einer ziemlich unsicher auf den Beinen gewesen sein soll. Dieser Budesheim hatte sich allerdings nichts weiter dabei gedacht und hatte auch von dem Suizid nichts gehört, weil er am nächsten Tag mit seiner Frau für zwei Wochen ins Allgäu gefahren ist."

„Vier Leute?" Nick war verblüfft. „Die Darrenbergs, Simon und wer noch?"

„Da staunst du, was?"

„Allerdings. War etwa diese Jessica mit dabei?"

„Eher nicht. Jedenfalls nicht mehr um diese Zeit." Britta machte eine Kunstpause und mampfte genüsslich ihr Brötchen.

„Ihr habt also noch mehr herausgefunden?", fragte Nick ein bisschen ungeduldig.

„Na, klar. Wir haben die Darrenbergs mit den Angaben des Zeugen konfrontiert und durchblicken lassen, dass dieser sich auch das Kennzeichen notiert hatte, weil der Motor mitten in der Nacht so lange lief und ziemlich laut war. Stimmte zwar nicht, hat aber funktioniert."

„Wenn das der Pommerenke wüsste..."

„Weiß er aber nicht. Und der Samstagabend würde auch als Todeszeitpunkt passen. Da haben wir zwar nichts Genaues, aber Simons Eltern hatten danach keinen Kontakt mehr zu ihrem Sohn, und Rigor mortis war bei ihrer Rückkehr am Montagabend schon wieder abgeklungen. Also, die haben sich dann eine Weile beraten, also die Brüder und ihre beiden Anwälte. Und dann kamen sie mit folgender Geschichte: Sie waren am Samstag gemeinsam unterwegs, erst auf einer privaten Fete in Unterhaun, dann im News und schließlich bei den Darrenbergs. Dabei war auch besagte Jessica, und Simon habe an diesem Abend kapiert, dass für ihn bei ihr nichts lief und habe sich deshalb sinnlos betrunken. So jedenfalls die Aussage der Darrenbergs. Und dann hätten sie ihn halt nach Hause gebracht. Um ihn nicht bei seinen Eltern in Schwierigkeiten zu bringen, hätte Bruce sich mit Simons Kappe und Schlüssel an der Haustür zu schaffen gemacht und dann die Terrassentür geöffnet, wohin die anderen den mittlerweile weggetretenen Simon geschleppt hätten. Sie hätten den Betrunkenen dann aufs Sofa gelegt und wären gegangen."

„Okay, gut ausgedacht", sagte Nick, „aber so wird es ja wohl kaum gewesen sein. Nur: Wie wollt Ihr das beweisen?"

Britta zwinkerte belustigt. „Ich habe dir doch gesagt, wir sind ja nicht ganz doof. Also, mit dieser Aussage haben sich die Brüder dank ihrer ach so tollen Anwälte schon mal am Tatort platziert. Hilft ja immer, wenn man das schon mal sicher festgestellt hat."

„Auf jeden Fall", bestätigte Nick. „Aber das allein reicht ja auch nicht."

„Genau. Wir haben also parallel nochmal mit Simons Eltern gesprochen. Und da stellte sich doch heraus, dass diese Jägermeister-Flasche, die nicht aus Papas Hausbar stammte und irgendwo unter dem Sofa lag, zwar ins Altglas gewandert ist, aber dort immer noch lagerte. Erst hatten sie vergessen, das Glas zur Abholung rauszustellen, und dann waren ja die Feiertage. Wir haben die Flasche also untersuchen lassen und jede Menge Fingerabdrücke gefunden. Da haben unsere Kollegen vom kriminaltechnischen Dienst ganze Arbeit geleistet."

„Ja, aber wen habt ihr da gefunden? Simon? Und wen noch? Und woher wollt ihr das überhaupt wissen? Da wird doch keiner im System sein?"

„Ha! Das war ja auch kleinteilige Ermittlungsarbeit! Also, Simons Abdrücke haben wir anhand von Gegenständen aus seinem Zimmer gegenchecken können. Dann waren noch die von seinen Eltern drauf. Und die von Bruce. Und noch welche."

„Von Brian?"

„Nee, das wäre jetzt zu einfach gewesen. Ich habe dir doch gesagt, es gab noch eine Überraschung."

„Also, wer?"

„Geduld, mein Schatz. Denn jetzt haben wir die Darrenbergs und die Anwälte mit Simons Aufzeichnungen konfrontiert. Die waren ja recht konkret, weil er von einigen Deals auch die Daten und Orte notiert hatte. Das war dann Anlass für die nächste Beratungsrunde von Darrenberg & Co. Die hat ein bisschen gedauert. War schon fast Mitternacht, als sie mit der nächsten Geschichte gekommen sind."

„Britta! Mach's nicht so dramatisch! Ich platze gleich vor Spannung!"

Britta lachte. Sie hatte jetzt richtig Spaß. Demonstrativ biss sie aber erst einmal in ihr Honigbrötchen und nahm noch einen Schluck Kaffee. „Sagt dir der Name Philipp von Ludwigseck was?"

„Philipp wer? Von Ludwigseck? Keine Ahnung. Wer soll das sein? Und was hat er mit der Sache zu tun?" Nick stand auf dem Schlauch.

„Man nennt ihn auch den Professor..."

Nick lachte auf. „Der? Was soll mit dem sein? Das ist ein Leisetreter, vollkommen harmlos."

„Nicht, wenn man den Darrenbergs Glauben schenkt."

„Und was sagen die?"

„Na, dass der Professor nicht nur bei ihren Drogengeschäften mitgemacht hat, sondern dass er bei Simons Selbstmord auch mit dabei war."

Nick lachte erneut. „Das ist der Hammer! Aber das glaubt ihr doch nicht?"

„Nein, jedenfalls nicht Wort für Wort. Aber auch dafür gilt: Wir müssen alles erst nachweisen."

„Jetzt nochmal von vorn. Wie soll die Sache nach den Aussagen der Darrenbergs gelaufen sein?"

Britta holte tief Luft und sagte: „Also, mein Schatz, wie immer in vollem Vertrauen und nur für deinen Hinterkopf."

„Klar."

„Simon soll in seinem Liebesfrust gesagt haben, ihm sei nun alles egal, und er würde jetzt Schluss machen. Erst ein Geständnis schreiben und sich dann das Leben nehmen. Sie hätten ihn nicht ernst genommen, sagen sie, sondern wie in ihrer früheren Aussage beschrieben, abgeliefert. Nur, dass Brian im Auto sitzen geblieben sei, während Bruce und Philipp den betrunkenen Simon ins Haus bugsiert haben. Dort soll Simon wieder zu sich gekommen sein, angeblich haben sie auch noch gemeinsam ein paar Jägermeister als Absacker getrunken. Simon habe wieder mit Geständnis und Suizid angefangen, und angeblich so konkret, dass die beiden anderen stutzig geworden sind und nachgehakt haben. Wie er sich denn umbringen wolle, hätten sie gefragt, und Simon habe das mit dem Kabel am Balken demonstriert. Bruce habe dann darauf hingewiesen, dass das Geständnis ja noch nicht geschrieben sei, woraufhin Simon wie irre gelacht haben soll. Er sei dann wegen seines angetrunkenen Zustands ins Wackeln geraten, so dass der Stuhl umgefallen ist. Und dann habe er dort gehangen. Bruce und Philipp hätten sich nur noch angeschaut und beschlossen, nichts zu unternehmen. Als Simons Todeskampf vorbei war, seien sie gegangen und zwar durch eine Kellertür, die sie nur zuziehen mussten. Die Tür zu Terrasse hatten sie vorher von innen geschlossen. So konnte niemand merken, dass jemand das Haus verlassen hatte."

Nick war fast sprachlos. „Die beiden schauen zu, wie ihr Kumpel verreckt? Ist nicht zu fassen. Das soll jetzt wohl als unterlassene Hilfeleistung durchgehen? Also kein Mord? Und Brian, das Unschuldslamm, sitzt ahnungslos in seinem Käfer? Absolut dreist! Und was ist mit dem Professor?"

„Na, den haben wir noch in der Nacht einkassiert, seine Fingerabdrücke genommen und mit denen auf der Flasche verglichen. Volltreffer. Vernommen haben wir ihn aber noch nicht. Das kommt heute Morgen."

„Wahnsinn." Nick sah in Gedanken schon die dicken Schlagzeilen der morgigen HZ-Ausgabe vor sich. „Und wann wollt ihr die interessierte Öffentlichkeit informieren?"

„Das entscheide, wie du sehr gut weißt, nicht ich, sondern das ist Sache der Staatsanwaltschaft. Aber ich denke, dass da heute Nachmittag was kommen könnte. Und damit es nicht an mir liegt, wenn es doch nicht klappt, mache ich mich jetzt besser mal auf den Weg!" Sie leerte ihre Tasse, wischte sich mit dem Handrücken den Mund ab, küsste Nick auf die Stirn und verschwand in die Diele zur Garderobe. Wenig später hörte Nick ein fröhliches „Tschüss" und gleich danach die Wohnungstür klappen

Holger Störenberg eröffnete die Frühkonferenz in der HZ-Redaktion mit dem augenzwinkernden Bekenntnis, er sei neuerdings Buddhist und deshalb viel ruhiger als früher. Als Rollo trocken einwarf, „ich dachte, Sie wären Fan von Union Berlin", war es mit der Gelassenheit des einst aus dem Osten der Hauptstadt in den Westen des Landes gewechselten Redaktionsleiters auch schon gleich wieder vorbei. „Die blöden Sprüche können Sie sich sparen, verehrter Herr Schönewolf, es sei denn, Sie haben einen Aufmacher für die morgige Ausgabe im Köcher, von dem ich bisher noch nichts weiß!"

Daher wehte also der Wind, es hatte sich anscheinend wieder einmal eine Lücke in der Planung der Titelgeschichten aufgetan. Natalie Müllers Bilanzgeschichte zum Weihnachtsgeschäft des heimischen Handels hatte sich als Jahrhundertwerk erwiesen, weil es auf einmal einen wichtigen Geschäftsmann gab, der jetzt doch noch befragt werden musste, aber schlecht erreichbar war. Und Rollos groß angekündigter Skandal um angeblich unterschlagene 233.000 Euro im Haushalt einer Landgemeinde schien doch nur ein Buchungsfehler zu sein, der dem überforderten Kämmerer unterlaufen war. Störenberg, den Jung-Buddhisten, hatten die schon überwunden geglaubten Ängste einer blanken ersten Seite längst wieder eingeholt, als er hilfesuchend zu Nick blickte. Der hatte seinen Chef zwar in letzter Zeit nicht immer verstanden, wollte sich aber nicht an dessen Pein weiden. „Also, man könnte eventuell", begann er und sah Störenbergs Augen sofort aufleuchten, „nochmal mit der Obersberg-Geschichte aufmachen. Ich habe was läuten hören, dass es heute nun doch eine Pressekonferenz mit neuen Erkenntnissen geben könnte. Das würde die Story der heutigen Ausgabe weiterdrehen."

„Aaah, Sie und ihre Kontakte! Mein bester Mann!" Störenberg klang schon wieder entspannter. Selbst die vage Ankündigung einer Fortsetzung hatte für ein schnelles Comeback des Buddhismus ausgereicht. Nur Rollo konnte es sich nicht verkneifen, Wasser in den Wein zu gießen: „Eine Pressekonferenz, ja und? Wenn die uns heute das offiziell erzählen, was wir gestern schon inoffiziell erfahren haben, dann wird das eine ziemlich dünn gerührte Geschichte. Da würde ich mich nicht drauf verlassen."

„Ach, Rollo, Sie sind ein Pessimist", sagte Störenberg, „vielleicht probieren Sie es auch mal mit Buddhismus. Ich schicke Ihnen mal ein paar Links."

Rollo sagte nichts, schaute aber so grimmig, dass Buddha mit ihm seine Probleme haben würde. Es war dann aber nicht Buddha, der Rollo an diesem Tag in die Quere kommen sollte.

Als Nick aus der Mittagspause kam, traf er im Treppenhaus auf Matthias Berger. Der trug ein selbstzufriedenes Lächeln im Gesicht und zupfte sich gerade ein Paar Einmalhandschuhe aus Gummi von den Fingern. Beiläufig grüßte er Nick, schien ihn aber gar nicht richtig wahrzunehmen.

Nick brauchte sich nicht lange zu wundern. In der Redaktion saß Rollo an seinem Schreibtisch und starrte aus tränenblinden Augen ins Leere. Alle paar Sekunden lief ihm ein Tropfen über die Wangen.

„Um Gottes Willen, Rollo! Was ist passiert?" Erst in diesem Moment bemerkte Nick, dass der Schreibtisch des Kollegen so anders aussah als gewohnt. Monitor, Tastatur, Maus, Telefon, Notizbuch und ein Kugelschreiber. Das war's. Alles sauber. Keine Pflanzen mehr, kein Bücher-Sammelsurium, kein Zeitungsstapel, kein Nippes, keine Krümel. Dafür ein kreuzunglücklicher Rollo.

„Der B-b-Berger. Der... der war's", stammelte der Redaktions-Nestor und verstummte. Als Nick in einer Ecke zwei prall gefüllte Müllsäcke sah, konnte er sich zusammenreimen, was hier in der Mittagspause geschehen war. Der Geschäftsführer hatte seine Anordnung, dass die Schreibtische der Arbeit dienen und nicht als Wohnstuben-Ersatz fungieren sollten, drastisch durchgesetzt und offenbar selbst Hand angelegt. Daher die Gummihandschuhe. Armer Rollo.

Kurz nach der Mittagspause kam dann tatsächlich die gemeinsame E-Mail des Polizeipräsidiums Osthessen und der Staatsanwaltschaft in Fulda mit der Einladung zu einer Pressekonferenz am späten Nachmittag in der Hersfelder Polizeidirektion. Nick würde gemeinsam mit Störenberg hingehen, der sich großmütig bereit erklärte, Fotos zu schießen.

Es war dann tatsächlich ein bisschen so wie von Rollo befürchtet. Man habe drei Heranwachsende wegen des Verdachts des gemeinschaftlichen Mordes an einem Mitschüler festgenommen. Die Tat sei vor dem Hintergrund von massiven Drogengeschäften im Umfeld der Modellschule Obersberg verübt worden. Die Ermittlungen hätten gerade erst begonnen. Gegen alle drei seien Haftbefehle erlassen worden.

Die Nachricht vom Ermittlungserfolg der Hersfelder Kripo verkündete mit stolz geschwellter Brust Polizeidirektor Becker persönlich. Als die Fotografen dem Podium näher rückten, bat Becker allerdings auch Britta und Staatsanwalt Albert Hellberg näher zu sich, denn so ganz dreist wollte er sich dann doch nicht mit fremden Federn schmücken. Mehr noch: Als alle Bilder im Kasten waren, übergab er das Wort an seine Kripochefin, die sicher noch ein paar Einzelheiten zu verkünden hatte und außerdem für Fragen zur Verfügung stünde – natürlich nur in begrenztem Rahmen, die Ermittlungen liefen ja noch.

Britta, die die Gelegenheit erkannt hatte, ihren Vorgesetzten wieder etwas zu besänftigen, sang zunächst ein kleines Loblied auf die örtliche Polizeiarbeit. Nur so sei es möglich gewesen, in einem Fall näher hinzuschauen, der lange gar nicht wie ein Fall ausgesehen hatte. Sich nicht mit der naheliegenden erstbesten Lösung zufrieden zu geben, sondern immer noch einmal nachzuhaken, und das trotz hoher Arbeitsbelastung und mit dem ausdrücklichen Einverständnis der Chefetage – das sei man den Eltern des getöteten Schülers und damit der Bevölkerung im Allgemeinen schuldig gewesen. Nick musste sich das Schmunzeln verkneifen, aber er würde Britta heute Abend im Bett ihren Sermon Wort für Wort rezitieren – und ein paar schmutzige Dinge dazu. Er freute sich darauf.

Die Beteiligung eines dritten Beschuldigten war für Störenberg, die Kollegen vom Online-Portal Waldhessen-TV, einem Team des Hessischen Fernsehens und einem Reporter der Bild-Zeitung – würde die Story tatsächlich bundesweit erscheinen?, fragte sich Nick – tatsächlich neu und lohnte den Besuch der Pressekonferenz. Dass es um Drogen ging und möglicherweise um das Ausschalten eines Aussteigers („Wir ermitteln natürlich auch in diese Richtung!"), verneinte Britta nicht, ließ es aber im Ungefähren. Das Alter der Verdächtigen teilte sie mit, die Tatsache, dass alle drei Schüler waren und deutsche Staatsangehörige. Das war's dann aber auch schon.

Nick blieb auch nach dem Ende der Veranstaltung sitzen und klimperte eifrig auf seinem Laptop herum. Weil die Konkurrenz sicher nicht lange brauchen würde, um mit der Nachricht auf den Markt zu kommen, musste sich die HZ sputen. Störenberg hatte ihm eines seiner Handy-Fotos per E-Mail geschickt, so dass Nick es in einen kurzen Text einbauen konnte, den er schon während der Pressekonferenz zu schreiben begonnen hatte. Die moderne Technik machte es möglich, dass er noch von hier aus eine Erstmeldung für Online absetzen konnte. Und den größten Spaß hatte er, weil das auch mit einer Push-Meldung funktionierte, die allen angemeldeten Lesern auf deren Smartphones anzeigte, dass es bei der Hersfelder Zeitung etwas Neues zu lesen gab.

„Gut gemacht“, lobte Störenberg, als sie den Heimweg zur HZ-Redaktion antraten. Weil die Nachricht schon im Netz war, hatte Nick jetzt Luft und Zeit, für die gedruckte Ausgabe der Zeitung in Ruhe einen ausführlicheren Artikel zu schreiben. Das war mit seinem Vorwissen über den Fall im Grunde reine Routine. In Gedanken war Nick längst mit Britta im Bett.

„Pssst! Kein Wort! Spar dir’s! Ich weiß selbst, dass ich Becker Honig ums Maul geschmiert habe. Aber nenn’ mich nicht eine Schleimerin, sag lieber Profi zu mir. Die Männer in seiner Position sind alle gleich, und sie funktionieren auf Knopfdruck. Wenn du das sanftmütige, willfährige Weibchen spielst, kommen sie sich nochmal so toll vor und werden blind für die wesentlichen Dinge. In solchen Momenten kannst du denen alles unterjubeln. Also glaub mir, ich weiß, was ich tue. Und glaub du bloß nicht, dass du mich für dumm verkaufen kannst, okay?“

Nick sah sie an, schwieg und lächelte. „Keine Sorge, ich kenne dich ja schon ein bisschen. Erzähl’ mir lieber, was ihr heute noch nicht herausgelassen habt.“

Britta seufzte. „Ist echt ein irrer Fall. Denn natürlich hat uns dieser Philipp eine ganz andere Geschichte erzählt. Der war übrigens echt wie vom Donner gerührt, als wir ihn abgeholt haben. Und seine Eltern erst. Natürlich war da auch schnell ein Anwalt dabei, aber die beiden waren dann sehr kooperativ.“

„Ja. Schön. Aber was haben sie denn nun gesagt?“

„Der von Ludwigseck war wohl in einer ähnlichen Situation wie Simon Seitz. Nur dass bei ihm das Motiv nicht die unerfüllte Liebe war, sondern Geldgier. Dieser Professor stammt trotz seines tollen Namens aus einer einfachen Familie, alles solide, aber finanziell konnten die keine Bäume ausreißen. Immer das aktuelle iPhone, Apple Watch, iTunes-Karten für die neuesten Spiele und teure Klamotten – das konnte er sich nur leisten, weil er für die Darrenbergs Drogen vertickt hat. Der Raum von der Schülerzeitung muss da übrigens so eine Art Lager gewesen sein, wobei offenbar nicht alle davon wussten."

Nick musste sich vergewissern: „Also, Rebekka Wiegand, die Chefredakteurin, war nicht dabei?"

„Nein, die nicht."

„Puh. Das hätte mir so ein bisschen den Glauben geraubt. Schlimm genug, dass der Professor ein Doppelleben geführt hat."

„Doppelleben? Das ist ein bisschen viel gesagt. Er hat der Versuchung nicht widerstanden. So sieht es jedenfalls aus. War mit Simon befreundet, aber immer auch ein bisschen neidisch auf den Wohlstand der Familie Seitz. Aber weiter im Text: Die Truppe war an besagtem Abend zusammen, hat getrunken, und irgendwann war die Jessica mit Brian Darrenberg eine Weile verschwunden. Simon hat jetzt wohl endgültig kapiert, dass da für ihn nichts zu holen ist. Im Suff muss er dann schwadroniert haben, dass für ihn jetzt Schluss sei, und dass man ihn bloß nicht daran hindern solle, sonst ginge er zur Polizei. Alles wahrscheinlich erst einmal so dahingesagt, aber bei den Darrenbergs müssen die Alarmglocken geschrillt haben. Und weil Simon sich in seinem Leid immer weiter betrunken hat, ist dann wohl der Plan für seine Beseitigung geschmiedet worden – so wie es aussieht, von den beiden Darrenbergs alleine."

„Aber wieso hat der Professor dann mitgemacht?"

„Na, die haben ihn benutzt und als Komplizen erpresst. Der besoffene Simon wurde in Brians Käfer nach Hause gebracht und mit dem Kamera-Trick unbemerkt in die Wohnung bugsiert. Wie es aussieht, ist Brian dann tatsächlich zum Auto zurück und hat seinen Bruder und den Philipp machen lassen."

Nick schüttelte ungläubig den Kopf.

„Doch, mein Lieber", entgegnete Britta, „der ist eben schlau. Er war immer das Gehirn, sein ihm ergebener Bruder die ausführende Kraft. Also weiter: Angeblich hat Bruce dann vorgeschlagen, Simon einen Schrecken einzujagen, ihm eine Lektion zu erteilen und ihm klarzumachen, dass Verrat keine Option ist. Philipp sah sich genötigt, mitzumachen, weil ihm jetzt klar war, dass es ihm nicht besser ergehen würde, wenn er auf den Gedanken käme, ebenfalls aussteigen zu wollen. Also wurde das Kabel geholt, der Stuhl aufgestellt, und der immer mal weggetretene Simon in Position gebracht. Eine ziemliche Schufterei, so hat es Philipp beschrieben, weil Simon öfter mal weggesackt ist. Als er dann mal stand, hat Bruce das Kabel verknotet. Auf einmal sei Simon dann zu sich gekommen, habe herumgezappelt, und dann sei der Stuhl umgefallen. Philipp beteuert, er habe versucht, den Körper vorne hochzuhalten. Doch Bruce muss hinten Simons Arme festgehalten haben, so dass der sich nicht selbst helfen konnte und schon bald ohnmächtig geworden ist. Bruce soll dann behauptet haben, dass es ein Unfall gewesen ist. Aber das sei bestimmt besser so, denn vor Simons Verrat sei man ja nicht mehr sicher gewesen. Philipp sagt, er habe beim Verlassen des Grundstücks noch in eine Hecke gekotzt. Tatsächlich haben wir trotz der langen Zeit noch ein paar Spuren davon gefunden. Philipp beteuert, er habe nicht gewusst, was Bruce vorhatte und hätte nie mitgemacht. Die Nummer mit dem Erschrecken habe er aus Angst vor den Darrenbergs geschehen lassen."

„Das ist alles unglaublich." Nick war konsterniert. Was Britta berichtet hatte, war die kaltblütige Hinrichtung eines unliebsamen Mitwissers.

„Aber wie ist dann dieser Abschiedsbrief neben die Leiche gekommen?"

„Das war der Professor. Der war damals auch einer von denen, die das Mädchen an der Schule gemobbt haben. Er kannte also die Entschuldigungsschreiben und wusste, dass auch Simon ein Doppel im Schreibtisch hatte. Den handschriftlichen Schlusssatz hat er abgerissen und als vermeintlichen Abschiedsbrief missbraucht. Hat ja auch eine gewisse Zeit funktioniert. Dann haben sie noch Simons Handy verschwinden lassen, damit seine Chats und Kontakte nicht mehr nachzuprüfen waren."

„Gott, ist das perfide. Und wie geht es jetzt weiter?"

„Na, für Bruce und Philipp reicht das zunächst einmal für den Verdacht des gemeinschaftlichen Mordes, für Brian vielleicht nur für Beihilfe."

„Weil er bei der Ausführung des Plans nicht dabei war?"

„Es kommt darauf an, was sich beweisen lässt. Ich bin sicher, dass Staatsanwalt Hellberg sein Möglichstes versuchen wird. Und wegen der gefährlichen Körperverletzung in deinem Fall sind ohnehin beide dran."

„Hoffentlich. Und hoffentlich gelingt es diesem Winkeladvokaten Pommerenke nicht schon wieder, Brian rauszuhauen."

EPILOG

Nicks Laune sackte mit jeder Minute tiefer in den Keller. Er hatte sich mit seinen überschaubaren Kochkünsten an einem Risotto mit Meeresfrüchten versucht, das nun schon seit einer Dreiviertelstunde vor sich hin schmurgelte. Den australischen Chardonnay hatte er längst wieder in den Kühlschrank gestellt, weil er Zimmertemperatur anzunehmen drohte. Er hasste es, wenn er sich mit Britta auf eine Uhrzeit für ein gemeinsames Abendessen verständigt hatte und wenn ihnen dann irgendwelche unvorhergesehenen Ereignisse einen Strich durch die Rechnung machten. Dabei hatte er sich nach einem anstrengenden Arbeitstag mit technischen Problemen im neuen Redaktionssystem auf einen ruhigen Abend mit seiner Geliebten gefreut und dafür alle Register gezogen, die seine Fähigkeiten am Herd und bei der Gestaltung der Tischdeko hergaben. Obwohl sie vorsorglich schon mit einem späten Abendessen geplant hatten, war Britta nun schon eine Stunde überfällig. „Sorry, emergency" hatte sie ihm nur kurz per WhatsApp mitgeteilt. Was das bedeuten sollte, erschloss sich ihm nicht.

Die Ereignisse um den Tod des Schülers Simon Seitz lagen schon gut ein Vierteljahr zurück, und als er heute die Redaktion verlassen hatte, war im Städtchen alles ruhig gewesen. Er hatte auf seinem Heimweg noch bei Michaela Seitz ins Lädchen geschaut. Natürlich beklagten sie und ihr Mann den Tod ihres Sohnes, doch wusste sie nun, dass Simon nicht freiwillig aus dem Leben geschieden war. „Dank Ihnen und Ihrer Recherchen", hatte sie dem HZ-Redakteur gleich mehrfach versichert, als sie ihm eine filigrane Metallplastik schenkte, die sehr an Sherlock Holmes erinnerte.

Als Britta kurz nach Mitternacht in die Wohnung kam, lag Nick leicht schnarchend schräg im Sessel, ein Buch war ihm aus der Hand gefallen. Der Esstisch war immer noch gedeckt, doch die Kerzen ausgepustet und der Herd abgestellt, das Risotto kalt. Britta fasste Nick an der Schulter, so dass dieser hochschreckte und für zwei Sekunden leicht verwirrt um sich schaute und krächzte: „Wie spät ist es?"

„Viel zu spät. Tut mir leid, mein Schatz, aber die Dinge haben sich überschlagen."

„Puh, lass mich erst mal wieder aufwachen." Nick blickte suchend um sich, bis er die Wasserflasche auf dem Wohnzimmertisch entdeckte. Er goss sich ein Glas ein und nahm ein paar Schlucke. „Soll ich dir noch was warm machen?"

„Nein, danke. Ich hatte zwischendurch schlechte Pizza und fühle mich jetzt noch viel zu voll."

„Also, was war los bei euch?", wollte Nick wissen.

Britta schaute spitzbübisch. „Ich hätte da dreimal News für dich, eine gute Nachricht und zwei schlechte."

„Ach, du je. Bitte zuerst die gute!"

„Okay. Also, ich bleibe heute Nacht hier bei dir. Ich bin ganz geschafft und will mich nur noch an dich kuscheln."

„Einverstanden. Und was sind jetzt die schlechten Nachrichten?“

„Die Erste: Staatsanwalt Hellberg will Brian tatsächlich nur wegen Beihilfe anklagen. Wollen und Wissen, was den Mord angeht, glaubt er nachweisen zu können, aber mehr nicht.“

„Was bedeutet das in Jahren?“

„Drei bis fünfzehn bei Erwachsenen. Aber im Jugendrecht sicher weniger, ohnehin sind da zehn Jahre die Höchststrafe.“

„Mmmh. Macht mich nicht happy. Ich halte Brian für den eigentlichen Übeltäter in der Geschichte und möchte nicht, dass er zu billig davonkommt. Aber du hast was von zwei schlechten Nachrichten gesagt, was gibt es noch?“

„Dass es jetzt keine Rolle mehr spielt, was Hellberg vorhat.“

„Wie bitte? Das verstehe ich nicht.“

„Kannst du auch nicht. Brian Darrenberg wird vor kein Gericht mehr treten, er ist tot.“

„Tot? Was ist passiert?“

„Du weißt doch, dass heute der neue Termin im Prozess gegen Mustafa Karim war?“

„Ja, klar. Die Kollegin Tetzel war für uns da. Mustafa hatte Pech, habe ich gehört, keine Bewährung.“

„Genau. Und sicher weißt du auch, dass die Urteilsverkündung erst kurz vor 18 Uhr war.“

„Wusste ich nicht genau. Nur dass die Tetzel ziemlich spät aus dem Gericht kam und ziemlich unter Druck stand, weil nicht mehr viel Zeit bis zum Redaktionsschluss war.“

„Sie ist sofort gegangen, nachdem Richter Seliger das Strafmaß verkündet hatte, und hat dadurch das Entscheidende verpasst. Denn offenbar ist es trotz der Kontrollen am Eingang jemandem aus Mustafas Verwandtschaft gelungen, ein Messer ins Gericht zu schmuggeln und es ihm zuzustecken. Mustafa hat sich noch angehört, warum es nichts wurde mit der Bewährung, und dann ist er auf Brian los und hat ihn buchstäblich abgestochen. Der war schon verblutet, bevor der Notarzt angekommen war."

„Ach, du großer Gott! Das ist ja entsetzlich. Aber wieso war Brian überhaupt noch im Gerichtssaal?"

„Na, der hat dieselbe Nummer wie im ersten Prozess abziehen können, weil sein eigenes Verfahren wegen der Simon-Seitz-Sache ja immer noch nicht verhandelt ist. Nicht ganz zu Unrecht hat ihn Mustafa dafür verantwortlich gemacht, dass es keine Bewährung gab. Und Brian, dieser Arsch, ist nach seiner Nicht-Aussage als Zuschauer geblieben. Die Verhandlung ist ja öffentlich. Brian wollte seinen miesen Triumph offenbar auch noch auskosten."

„Krass. Aber wieso haben wir von der Zeitung nichts mitbekommen, wenn so was im Gericht passiert? Normalerweise kommt ihr doch in solchen Fällen mit etlichen Autos an, dazu Notarzt und Rettungswagen, also Blaulichter und Martinshörner in der ganzen Stadt."

„Stimmt. Aber wir haben extra Order ausgegeben, unnötiges Aufsehen zu vermeiden. Brian war tot, sein Mörder in Gewahrsam. Und die fortgeschrittene Zeit hat uns auch in die Karten gespielt. Morgen früh darfst du gerne mal nachfragen, ob da nicht doch noch was war im Gericht. Du hättest sowas gehört..."

Ach, Britta, dachte Nick. Schaute sie schelmisch an und schloss sie fest in seine Arme.

Der Autor hat mit diesem Dank sein letztes Werk abgeschlossen ...

Dieses Buch ist zu wesentlichen Teilen während des Shutdowns in der Corona-Krise und in der Zeit danach in Berlin, in Kerspenhausen und im Kulturzentrum La Roche d'Hys im Burgund entstanden. Wie immer hatte ich bereitwillige Helfer, die erste Entwürfe gelesen, Fehler korrigiert und Verbesserungsvorschläge gemacht haben, allen voran Heiner Paris und Markus Pfromm. Kritische Erstleser waren zudem Kristin Lammerskitten, Rainer Ickler und Finn Schönholtz.

Dass alle Fakten rund um die Polizei stimmen, hat die ehemalige Leiterin der Regionalen Kriminalitätsinspektion in Bad Hersfeld, die Erste Kriminalhauptkommissarin Gabriele Kühlewind, überprüft. Wichtige Informationen und Hinweise verdanke ich Kriminaloberkommissarin Sarah Stiebing, den Rechtsanwälten Christian Kusche und Jochen Kreissl sowie Michael Wolf. Karsten Backhaus, der Leiter der Modellschule Obersberg, hat mich durch sein Reich geführt und mir Orte gezeigt, von deren Existenz ich nicht einmal etwas geahnt habe. 1000 Dank auch hierfür.

Mein Dank gilt der Malerin Heidi Nübling, die meine Bitte um eine passende Illustration für den Titel gerne erhört hat. Ich danke zudem der Hersfelder Zeitung, die mir in mittlerweile 40 Berufsjahren den Stoff für meine Krimis geschenkt hat. Auch meinen Kolleginnen und Kollegen in der Redaktion ist zu danken, weil sie sich bislang klaglos mit meinen Charakterisierungen abgefunden haben. Nicht zuletzt danke ich meiner Frau Ute und meinen Kindern: Ohne Euch wäre alles nichts.

Karl Schönholtz

DIE KÜNSTLERIN

Heidi Nübling hat exklusiv für diesen Roman das Titelbild gemalt. Sie stammt aus Grenzach-Wyhlen (Baden) und lebt seit 1983 in Bad Hersfeld. Sie absolvierte eine Lehre als Bauzeichnerin und studierte von 1979 bis 1983 Grafik-Design an der FH für Gestaltung Pforzheim, Schwerpunkt Malerei und Zeichnen bei Jürgen Brodwolf, Rolf Zimmermann und Bernd Berner. Seit 1986 ist sie als selbständige Malerin und Zeichnerin tätig. Sie arbeitet in Ateliers in Bad Hersfeld und Femø (Dänemark). Ihre Landschaften und Porträts wurden mehrfach mit Preisen ausgezeichnet. Zu ihrem Gemälde für den Titel dieses Buches sagt sie: „Ich habe mich auf die zentrale Figur in dem Roman konzentriert – Simon Seitz. Ein Junge, introvertiert und leicht zu beeinflussen, unsicher mit sich selbst und verletzlich, dessen Leben tragisch endet.“

DER AUTOR

Karl Schönholtz wurde in Coburg geboren, war leidenschaftlicher Hersfelder und seit einigen Jahren Wahl-Berliner. Sein Abitur hat er 1979 an der Modellschule Obersberg bestanden, seit 1981 schrieb er für die Hersfelder Zeitung. Als Redakteur war er dort zuständig für die Stadtpolitik, die Festspiele und die Justiz. Für den herausragenden Bildband „bilder.bögen" über die Bad Hersfelder Festspiele hat er die Texte verfasst und das Konzept entwickelt. 2017 erschien sein erster Krimi „Auf Abwegen", dessen 3. Auflage restlos vergriffen ist. Es folgten der Lolls-Krimi „Enner, zwoon ... tot" und „Tod einer Teufelin" mit dem Thema Festspiele – beide ebenfalls lokale Bestseller. Karl Schönholtz pendelte zuletzt zwischen der Hauptstadt und seinem Arbeitsplatz bei der HZ. Der Ehemann, Vater von drei Kindern, Freund, Weggefährte, erfolgreiche Journalist und Autor hatte ein erfülltes, auch von Leid nicht verschontes, voller Neugier und Zuversicht geführtes Leben. Er ist als einer von den Guten zu früh gestorben.